RONSO KAIGAI MYSTERY

論創海外ミステリ46

悪魔の栄光

ジョン・エヴァンズ
佐々木愛 訳

HALO FOR SATAN
John Evans

論創社

装幀／画　栗原裕孝

目次

主要登場人物

ポール・パイン……………私立探偵
マクマナス……………司教。パインの依頼人
レイモンド・ワーツ……………古文書学者。別名レイモンド・ウォルシュ
ローラ・ノース……………ブロンドの若い女
マイルズ・ベンブルック……………ワーツの友人
コンスタンス（コニー）・ベンブルック……マイルズの妻
アイリーン・テーラー……………マイルズの元秘書
ルイ・アントゥーニ……………元ギャングの大ボス
オーヴァーマイアー……………本署殺人課の警部補
ジャファー・バイジャン……………謎の怪人

悪魔の栄光

アレン・ブラウンに

1

その男は図体がでかく、つい十分ほど前に洗濯してアイロンをかけたばかりのような、黄褐色の夏物のスーツを着ていた。通りを挟んで司祭館の玄関の真向かいにある、煤煙で黒く煤《すす》けた花屋の店先に寄りかかり、何か考えているふうでも周囲に注意を払っているふうでもなく、せっせと爪楊枝《つまようじ》で前歯をしごいていた。

ぱりっとした真新しいパナマ帽のつばが、昼近い五月の陽光から、丸々としたいかつい顔を守っていた。だがおれは、半眼に閉じられた鈍く光る両目が、通りの向こうからこちらを凝視しているのに気づいた。

おれの心にやましさはなく、じっと見つめられても動悸が速まったりしなかった。そいつは私服警官か仕事を怠けている集金人か、はたまた建物にもたれかかり、道行く善良な市民をにらみつけて不安を植えつけるほかにこれといってすることのない一般人なのかもしれない。いささか季節外れの服装さえしていなければ、気にも留めなかったことだろう。

がっしりとした網戸《スクリーンドア》を開け、薄暗い司祭館の玄関ホールへ足を踏み入れた。薄闇を透かして、アーチ型の入口の向こうに、広々とした四角い部屋が見えた。壁は艶《つや》やかなクルミ材で、同じ材質のカウンターが室内を二分している。カウンターの手前には、窓を背にして、よく待合室で見かけるような椅子の列と、座り心地は椅子の半分以下に見える木製の質素なベンチが置かれていた。その部屋は日曜学校の教室のようなにおいがした。といっても、十二歳の誕生日を最後に、日曜学校へは行っていない。かれこれ二十年も前のことだから、記憶違いかもしれなかった。

おれは部屋の中ほどへ進んでカウンターに肘をつき、小型の電話交換台の傍らにあるタイプライター・スタンドに向かう六十代と思しき痩せた女性に、おはようと声をかけた。

彼女は折り目のきっちりした濃い灰色のスーツに、レースのひだ飾りのついた染み一つない白いブラウスを着ていた。顔には多すぎも深すぎもない皺が刻まれ、自然な感じの白髪をひっつめて襟首の辺りで丸く一つにくくっている。意外にもその瞳は若々しく、鋭かった。そして尖った顎と高く反った鼻には、力強さがみなぎっていた。

音も立てずに立ち上がると、彼女はカウンターに歩み寄り、おれの向かい側に立った。口紅の塗られていない薄い唇がわずかに動き、よそよそしい笑みを浮かべた。「おはようございます。何かご用でしょうか？」

「ええ」とおれは言い、財布を取り出して、きちんとした小さな文字で〈個人的調査〉と左下に書かれた名刺を抜き取り、彼女に手渡した。「マクマナス司教と約束があるんです」

名刺は彼女の心をとらえたようだった。名刺を見下ろしたまま、印刷された文字を乾いた唇だけ動かして読んだ。一瞬前までは血の気のなかった頬がかすかに上気し、息遣いもやや荒くなっている。このあと、いったいどういうことになるのだろう。

ややあって彼女は名刺をカウンターに置き、爪を短く切った人さし指で、おれのほうへそっと押し返した。褪せた青い瞳は、おれに焦点を合わせるのにも苦心していた。

「個人的調査」彼女の声は少し震えていた。「つまり、あなたは探偵なんですか、パインさん？」

「扱うのは私的な問題だけです」とおれは言った。「誰かを逮捕したりすることはできません、聞きたかったのはそのことでしょうか？」

カウンターに置いた青く血管の浮いた手をぴくりとさせると、彼女は素早くその手を体の脇に垂らした。「そんなつもりで言ったんじゃありません！　どうしてそんなことをおっしゃるの？」

おれは心からの笑みを浮かべ、「自分でもわかりません。なんとなくそう思っただけです」

それでも彼女を安心させることはできなかった。ふたたびカウンターに片手を載せてもてあそびながら、視線をおれから椅子の列へと漂わせ、次いでまたおれに戻した。いまや――おそらく永遠に――よそよそしい笑みは消え去り、口元を引きつらせ、目に不安を浮かべている。

彼女は矢継ぎ早にまくし立てた。「今度の八月で、彼の元で働きはじめて二十二年になります、パインさん。だからわたしには義務があるんです――」ふいに片手を上げ、顎の右横に強く押し当てた。「わたし――わたしの言ってること、筋が通ってませんわね、パインさん？」

「どうでしょうね。いずれにしろ、もう少しお話しいただかないと、なんとも言えません」

彼女はまたさっと室内を見回した。誰もいなかった。いまも、そしてその前も、折よく彼女とおれの二人だけだった。なだめるような笑みを浮かべつづけるのも、次第に難しくなってきた。

「マクマナス司教の様子がなんだか変なんです、パインさん。三日前にニューヨークから戻って以来、ずっとです。何かを気に病んでいるらしくって。それもひどいくらいに。すっかり老け込んでやつれてしまいましたし、顔にも皺が増えたようです。誰にも会おうとせず、電話にさえ出ません。ただ事務室に閉じこもって、心配ばかりしてるんです。約束をすべて断って、教会の仕事すら放ったらかしにしています。戻ってきた日に秘書のケリー神父に電話して、直ちに休暇を取るよう言い渡しました。それは大変な心配のしようなんですよ、パインさん。そして今度は探偵を呼ぶなんて！」

話は長引きそうだった。「おれが来たことを司教に知らせたほうがいいんじゃないかな。時間が惜しいですからね」

その言葉は彼女の頭を素通りし、壁にぶつかって音もなく砕け散った。彼女の顔はこちらを向いているものの、おれのことは目に入らないといった様子で、喉が詰まる前にすべてを吐き出した。「もちろん、わたしには関係のないことですけどね、パインさん。この事務所には二十年以上勤めていますし、司教が不安に取り憑かれている姿を見るのは忍びなくって。もし司教が……いったい司教にどんなご用ですの、パインさん？」

おれは物柔らかに言った。「それは逆ですよ。司教がわたしに会いたいと言ったんです。約束もしています」おれは親指で名刺を半インチ彼女のほうへ押しやった。「覚えていますか？」

彼女はぼんやりとおれの親指を見つめた。そこに親指があることに少々驚いているようだった。「ええ、覚えていますとも。おしゃべりでお節介な老女だとお思いでしょうね」彼女は力なく目をしばたたくと、笑みを浮かべようとしたが、笑顔にはならなかった。「本当にしゃべりすぎてしまったわ。このことは司教に黙っていてもらえると嬉しいんですけれど……彼は本当にいい方なんですよ。だからあんな姿を見るのは耐えられなくて……」

「ひと言も話しやしませんよ」

「分別のある方ね、パインさん」

「それだけがわたしの取り得でしてね」

彼女は一度鼻をすすると、弱々しい笑顔を浮かべた。「ありがとうございます。座ってお待ちいただけるかしら。司教は電話中なんです」

彼女は交換台に向き直り、おれはいちばん近くにある椅子のほうへ歩いていった。

待つときはいつもそうであるように、時間はのろのろと過ぎていった。背後の窓から陽光が斜めに差し込み、床に映る歪んだ四角い光の真ん中に座って、おれは脚を組んだ。そしてリノリウムの床の四角い模様を数えたり、向かいの壁に飾られた、緋色の帽子をかぶった枢機卿《すうききょう》が、黒い瞳でいかめしくおれをにらみつけている等身大の油絵を観察したりして、時間を潰した。

一度か二度、交換台のブザーが鳴ったが、おれとは無関係だった。陽差しは心地よい暖かさで、おれはうつらうつらしはじめた。煙草を喫《す》いたかったが、教会で煙草を喫うのは粗野な不信心者だけだと思い直した。

もう一度ブザーの音がし、おれは手招きされた。彼女は事務的な態度を取り戻していた。おれの先に立って、部屋の奥にあるドアを開けた。「二〇三号室です、パインさん。廊下の先の、左側に階段があります」

二階の廊下は、乾いた血痕のような色の、毛足の短い丈夫そうな絨毯が敷かれており、ドアは磨き上げられたクルミ材張りで、クリーム色の部屋番号と真珠のボタンがついていた。おれは難なく二〇三号室を見つけ、親指でブザーを押した。

いかにも司教らしいよく響く低い声が、入るようにと告げた。おれはドアを押し開け、帽子を手に持って中へ入った。

それは倹約のなんたるかを知らず、また今後知ることもない何者かによって、調度をしつらえられた部屋だった。広々とした四角い部屋で、天井は見上げるほど高い。床には柔らかい絨毯が敷き詰められ、窓には白金のブラインドと金色の紋織りカーテンが掛けられている。立派な装丁の本が並べられたガラス張りの書棚が唯一置かれていない壁は、赤杉の鏡板張りだった。一方の隅に赤杉の台座の大きな地球儀が置かれ、その横に同じく赤杉のコンソール型ラジオが据えられている。何も置かれていない壁の真ん中に取りつけられた大きな十字架だけが、ここが石油王の事務室でないことを示していた。

二つの窓の中間には大きすぎる赤杉の机が据えられ、その上に光沢のない青銅のランプと、なめし革で縁取られた記録簿、白い大理石のペンセット、そしてらくだを水浴びさせることができそうなほど大きな青銅の灰皿が置いてあった。

机の後ろのなめし革の回転椅子に、男が座っていた。背もたれに寄りかかり、絨毯の向こうからおれを見やると、彼は重々しい笑みを浮かべた。「おはようございます、パインさん。わたしはマクマナスです。来てくださって光栄です。どうぞおかけください」

彼は雇い人とは握手しない性分のようだった。おれは机のこちら側にある赤杉となめし革の椅子に腰を下ろし、帽子を机の隅に置くと、せっかく灰皿もあることだから、煙草を取り出した。司教はがっしりとした骨張った両手を、やや突き出た腹の辺りでゆったりと組み、おれが煙草に火を点けるのを無言で見つめていた。おれがくつろぎながら待っているのを見て取ると、司教は両手をほどいて前屈みになり、ランプを脇へ押しやっておれをじっくりと見つめた。

彼はきびきびと言った。「きのうあなたに電話したのは、ある種の衝動に駆られていたからなんです、パインさん。といっても、電話したことを後悔しているわけではありません。ですが、あなたのことを少々お聞かせいただきたいのです……わたしの問題をお話しする前に」

おれは鼻から煙を吐き出し、協力的であろうと努めた。「歳は三十二で、腕っ節にはそこそこ自信があります。健康に気を配っている割には、さほど健康体じゃありません。選挙では民主党に投票します――投票するとすればですが。二、三年ばかりシカゴの州検事事務所で調査官をしていました。ここ二年間は、独りで細々と探偵業を営んでいます。照会先として、おそらくあなたもご存じの名前をいくつか挙げることができます」

司教はまた重々しい笑みを浮かべた。「照会先に当たってみるのには時間がかかります、パインさん。どういうわけか、あなたとは以前どこかでお会いしたことがあるような気がしたのですが、きのうの電話で違うとわかりました。仕事がら、わたしはかなりの正確さでもって素早く相手の人となりを見抜く術を身につけおります。照会先を調べる代わりに、自分の判断力を信じることにしましょう。この件では、迅速さがきわめて重要ですからね」

彼はそこで言葉を切り、片方の手のひらでもう一方の手の毛深いこうを擦った。柔らかな色合いの青い瞳は、おれの背後の十字架に据えられていた。「お願いしたいのは、あなたのような職業の方にしてみれば、至って簡単なことです。ある男を見つけ出してもらいたいのです。しかしその男を見つけたい理由は、途方もなく信じ難いものなのです」

一瞬目を閉じると、彼は素早く頭を振った。まるでそのことを口に出した自分にいささか驚いているようだった。おれは青銅の灰皿に灰を叩き落とし、脚を組み替えた。そんな調子で話を続けられたら、灰皿もあながち大きすぎるとは言えなかった。

ローマン・カラー（幅の狭い立ち襟）と黒い胸当てなしでも、彼はいかにも聖職者らしい風貌だった。中背で、太りはじめといった体格をしており、いずれは恰幅がよくなるだろう。彼と同じくらいの年齢の男は、おしなべてそうした体型をしているものだ。黒い髪は禿げ上がるより先に、全体的に灰色がかってきている。櫛《くし》で髪を後ろに撫でつけていたが、片側に自然に分け目ができており、最近までそこで髪を分けていたらしい。司教でさえ、髪を失うことに神経質になっているようだった。

彼は丸顔で、目は腫れぼったく、顎の下がややふっくらとしていた。目尻には皺が刻まれ、口元にもいくつか皺がある。階下の親切な老女がどう言おうと、どの皺も新しそうには見えなかった。いったいどうすれば、古い皺と新しい皺を見分けられるのだろう。

マクマナス司教は机に片手を載せて椅子に深々と体を沈めると、小さくため息を漏らした。

「実を言いますと、パインさん。その男が本当に行方不明なのかどうかもわからないんです。あなたの仕事は、その男がわたしに教えた住所に出向いて、本人に伝言を伝えるだけで終わってしまうかもしれません」

「それでも」とおれは言った。「その男は、すでにそこにはいないかもしれないとお考えなんですね？」

司教は強調するようにゆっくりとうなずいた。「その通りです。実際にそこにいたかどうかも怪しいのです」

「ではその男の名前と住所がとっかかりになりますね。もしそこにいたら、あなたが彼を捜す理由もお聞かせいただかなくてけっこうです。あなたがそうお望みならね」

彼は椅子の腕を小指で叩きながら、しばし物思いにふけった。「いいえ、パインさん。もしあなたを雇うことになったなら、わたしはあなたを信頼しようと思います。ですから、中途半端な情報だけ与えるようなまねはできません」彼は目を上げておれの顔を見つめた。その瞳には新たにきらめきが加わっていた。「その、この件には危険が潜んでいると考えるに足るだけの理由があるのです――それも重大な危険が」

もしおれが驚きを見せなければ、彼は落胆することだろう。そこでおれは額に皺を寄せ、「これまでにも一度か二度、困難な状況に陥ったことがあります。前もってそうとわかれば大いに助かります」

彼は陰鬱に目をしばたたいた。「あなたに警告するのは公平なことだと思いますからね。もし気が進まないとおっしゃるなら……」彼は言葉を途切らせると、おれの身内の鉄がどれほど錆《さ》びついているか見定めるべく、おれの反応を窺った。

おれは勇敢そうな笑みを浮かべ、ポール・パインは身過ぎのためなら――それもたかが知れているが――雨も雪も真夜中も物ともしないのだと示した。「おれにやらせてみてください。あなたが心配するほど、悪い事態にはならないかもしれませんしね」

司教は小さくため息をつき、両手の人さし指の先を触れ合わせて下唇に押し当てながら、考え込んだ。開け放たれた窓から差し込む春の陽光の中で塵《ちり》が舞い踊り、五ブロック東にある湖から渡ってきたそよ風に、灰皿の灰が飛び散った。

「十日前のことです」唐突に司教が口をひらいた。「ある男がわたしを訪ねてきました。その時わたしはニューヨークにいたため、受付係はその男に、わたしはもう一週間ほどしたら戻ると言いました。男はわたしが事務所に戻る正確な日にちを知りたがりました。そして名前も告げずに立ち去ったのです」

彼はまた言葉を切り、おれの左肩越しに十字架を見つめながら、ふたたび下唇をつつきだした。

「それは興味深い話ですね」彼に話を再開させようと、おれは言った。

司教はその言葉を聞き流さなかった。さっとおれに顔を向け、その青い瞳は光を放っていた。

「まだ興味深いとは言えませんよ、パインさん。わたしの話はまどろっこしいかもしれませんが、辛抱していただけませんか。このことを話していいものかどうか、確信が持てないのです」

この時初めて、マクマナス司教の温厚さの陰に潜むものが垣間見えた。あの穏やかな青い瞳の奥には、鋭い知性が秘められていた。重々しい笑みも上辺だけのもので、隙を感じさせるのは、ゆったりとした外衣だけだった。

靴の先を見つめながら、おれは銀行残高を思い出そうとした。そう時間はかからなかった。残高は知れていた。

おれが身の程を悟ると、司教がふたたび話しはじめた。「わたしが戻った日に、その男は階下で待っていました。そして二人だけで話がしたいと言い張り、わたしはここへ彼を通しました。彼の名前はレイモンド・ワーツ。ですが宿泊先では別の名前を使っていました。ちょうどいまあなたが座っている椅子に、彼は腰かけました。そしてわたしに売りたいものがあると言ったんです」

「少々話を遡《さかのぼ》ってもかまいませんか」とおれは言った。「ワーツの外見と、だいたいの印象をお聞かせください」

「背丈はあなたぐらいでしたよ、パインさん。ですが、どちらかというと華奢《きゃしゃ》でした。彼の話の内容からして、まず何かの専門家であるような印象を受けました。歳は四十代後半といったところでしたが、物腰のせいで実際より年上に見えました。顔は細面で、茶色の髪はこめかみの辺りが薄くなりかけていました。なかなかの男前と言える顔立ちでしたよ」

「肉体的特徴以外のこともおっしゃりましたね。できたらそれについて、もう少し詳しく話してくれますか」

司教は一方の手をもう一方の手のこうに重ね、指の関節をきつく握り締めたまま、おれの煙草の煙が立ち上るのを見つめていた。やがて、彼は話しはじめた。その声は奇妙なほど低かった。

「彼はひどく怯えていて、半ば正気を失くしていたんです、パインさん。ここにいる間じゅうずっと、びくびくして苛立っている様子でした」

「そうですか」とおれは言った。「ではその続きをお好きなように話してください。もう口を挟んだりしませんから」

マクマナス司教は回転椅子を窓のほうへ向け、視線を宙に漂わせた。「わたしに売りたいものがあると彼が話すや、わたしは言下に断りました。すると彼は、素早くわたしの拒絶を遮ったのです。わたしの覚えている限りでは、彼はこう言いました。『わたしは祈禱書やロザリオを売りつけようとしているのではありません、司教殿。この世に二つとないものなのです。値が値ですから、できればローマ法王に直接かけ合いたかったほどです』

「そんな大見得を切るくらいなら」おれは続けた。「百万ドルは下らないんでしょうね」

これから口にする言葉がおれにどんな影響をもたらすか見届けようと、司教は首を巡らせた。

「その通りです。しかし百万ドルではありませんでした、パインさん」片手をゆっくりと優雅に動かしてみせ、「彼が要求したのは、二千五百万ドルなのです！」

おれを驚かそうとしたのなら、それはみごとに成功した。おれは下顎をネクタイまで落とし、力ない声で言った。「それじゃ、えらく足が出るでしょうね」

司教はまた、重々しい笑みを浮かべた。「もちろん、途方もない金額です。それを聞いたとき、彼は頭がおかしいか変人のどちらかだとわかりました。わたしの頭に浮かんだのは、できるだけすみやかに、そしてできるだけ騒ぎ立てたりせずに彼を追っ払うことだけでした。それには彼と調子を合わせるのがいちばんだと思ったのです。そこでそれほど法外な金額の代物とはいったいなんなのか尋ねました。そして彼は答えました」

おれはもう一度驚くはめになりそうだ。サスペンスを煽《あお》るためにもう七秒待ってから、おれは言った。「彼は何を売ろうとしていたんです?」

「古文書です、パインさん。われらが救い主イエス・キリストによって書かれたものです」

司教の声が偽りのない畏怖を帯びていたからか、あるいはじっと座りつづけていたからかもしれないが、その時おれは、背筋がぞくぞくし、うなじの毛が逆立つのを感じた。

おれは座ったまま、司教を見つめた。窓の下を走るウォバッシュ・アヴェニューから往来の喧騒が漂い込んできた、はるか彼方から飛行機の甲高いジェット音が響いてきた。一瞬、おれはだだっ広い陽光溢れる水面の向こうに神の恩寵《おんちょう》を見ているような突拍子もない感覚を覚えた。

一、二度瞬きをしてその幻想を追い払うと、おれは言った。「わたしが受けた宗教的教育は、やや大雑把なものでした。それでも救い主は自筆の文書を残してはいないと記憶していますが」

「おっしゃるとおりです、パインさん。そうした文書の存在は、教会の記録にもありません」

「しかし、ワーツの言い分は違っていますね。彼の話が本当である可能性はわずかでもあるんですか?」

司教は両手を広げてみせた。「ほぼ彼の話は嘘でしょうね。ですが、わたしがどんな立場に立たされたか、おわかりになるでしょう」

「もしその男が言葉どおりの代物を持っているとしたら、二千五百万ドルを支払うつもりですか?」

　彼は厳かに言った。「そのような文書の価値を金に換算することはできません、パインさん。精神的重要さ、そうした聖なる物への崇敬の念、キリスト教教義そのものへのはかりしれぬ影響……」言葉を途切らせると、とても言葉では言い尽くせぬといった様子で、肩をすくめた。

「その文書はご覧になったんですか?」

「いいえ。もしもわたしが彼の言い値で買い取る意向を示すなら、その次の日にここへ持ってくると、彼は言いました」

　おれは青銅の灰皿の縁で煙草を揉み消すと、もう一本取り出し、火は点けずに指でいじった。

「そもそもワーツは、それをどこで手に入れたんですか?」

「彼は言いませんでした。わたしも訊かなかったのです」

「その文書ですが」とおれは言った。「どうやってそれが本物だとわかったんでしょう?　そういう代物は真贋《しんがん》を見極めるのはきわめて難しいのでは?」

　司教はうなずいた。彼の目はおれの手の中で踊る煙草を注視していた。「あなたのその指摘こそ、わたしがすぐにワーツを追い出さなかった本当の理由と関係があるのです。つまり、ワーツは信頼のおける古文書学者だったのです」

　おれは目をしばたたいた。「それはどういうことです?」

「世界でも五指に入る、古代の紙とインクの専門家だと、ワーツは主張しました。南カリフォルニア大学でそれなりの地位についており——あるいは、ついていたのかもしれませんが、わたしにはわかりません――、博物館や大学、個人的収集家、そして企業のために、様々な仕事をしているそうです」

「彼は口でそう言っただけでしたか？」

「手紙や名刺をいくつかわたしに見せました。どれも本物のようでした」

「その文書については説明したんですか？」

「手短にはね。黄色く変色した八枚の羊皮紙に、かすれてはいるが判読可能なアラム語の文字が書かれていたそうです」

「怪しい点はありませんか？」

「イエスはアラム語を話していたんです、パインさん」

おれは煙草をくわえ、火を点けた。手つきはしっかりとしていた。これまでのところ、指が震えるような出来事は起きていない。「先ほど、ワーツは偽名を使っていると言いましたね？　どんな名前です？」

「ウォルシュです。レイモンド・ウォルシュ」

「彼は手紙と名刺以外に、身元を証明するものを提示したんですか？」

「ええ。彼が自分から進んで、署名入りの古い徴兵カードを見せてくれました。それに、運転免許証も」

「イリノイ州で発行されたものですか？」

「いいえ、カリフォルニア州です。シカゴに来てまだ二週間足らずだと言っていました」

「車種はなんだったか、覚えていますか?」

「覚えていますよ、パインさん」彼はそっけなく言った。「シボレーのクーペでした。免許の取得年は覚えていません」

「彼の自宅の住所は?」

「ヒルローズ・アヴェニューだったと思います。番地は忘れてしまいました。書き留めておくべきでしたね」

おれは脚が痺《しび》れてきた。立ち上がって窓際へ歩いていき、ウォバッシュ・アヴェニューを見下ろした。夏物のスーツを着た大柄な男は、相変わらず花屋の店先の隅に立っていたが、もはや爪楊枝は手にしていなかった。それは大きな変化に思われた。辺りには陽光と、食料品店へ入ってゆく普段着姿の二人の女性——不審な点はない——のほかには、何もなかった。

背後でかすかに回転椅子が軋《きし》む音がした。「何を考えているんです、パインさん?」司教の声には不安が滲《にじ》み出ていた。

おれは椅子へ戻り、腰を下ろした。「さあ、自分でもわかりません。あなたとワーツはどういう取り決めをしたんですか、司教?」

「至って単純なものです。わたしが自分で文書を調べ、もし本物だとわかれば——そんなことはあり得ないだろうがと彼には言いました——教会は間違いなく買い取りに意欲を示すはずだ、と」

「それで?」

「彼は翌日に持ってくると約束しました。そして、好きなように調べてかまわないが、わたしが本物だと納得した暁《あかつき》には、教会に彼の言い値を呑んでもらいたいと言いました。さもなければ、文書を返してもらうとも」

「それはそうですね」

ふいに彼は、椅子の横木に置いた手を強張らせた。「パインさん、そのような文書が存在するなど、信じ難いことなのです。間違いなく贋物《にせもの》でしょう。もし一瞬でも本物かもしれないと考えたなら、あなたには電話しなかったと思います。ですが……どんなにわずかな可能性だって……ずっと考えているのですが……」

司教の声は尻すぼみになった。彼は座ったまま、聞かされたばかりの情報を顎を擦りながら吟味するおれを見つめた。なぜ彼が、重々しい笑みと落ち着いた態度の裏で、竹馬に乗った象のように不安を募らせているのかが、おれにはわかった。そのパピルスの束を手に入れるチャンスをみすみす逃してしまうのではないかという不安が、彼を事務室に引きこもらせているのだ。顔が老け込み、新しい皺が増えたのは言うまでもない。こんな問題を抱えていては、司教の仕事も手につかないだろう。すべての約束をキャンセルし、秘書に暇をやったのだって当然だ。人に聞かれるのは好ましくない話なのだから。

おれは言った。「先ほど、ワーツはひどく怯えていたと言いましたね。とてつもなく価値のあるものを所持していることのほかにも、何か理由は考えられますかね?」

「おそらくあなたは、ご自分で答えを出されてるんでしょう、パインさん。けれども、ワーツは神経過敏だっただけではありません。皮肉げな、ひねくれた態度でした。きっと一度か二度、ひどく不当な扱いを受けたことがあるんでしょうね。わたしはそんな印象を持ちました」

「なるほど。彼がその翌日に現れなかったとき、あなたはどうしたんですか？」

「何も。まったく何もしませんでした。ワーッは結局のところペテン師だったのだと、まずは思いました。ですがこの問題を頭から追い払うことはできませんでした。ほかのことは何も考えられなくなっていたのです。けれども、自分で出かけていくわけにはいきませんでしたし、教会のほかの誰かを行かせることもできませんでした」彼の眉間の皺が深まった。「あなたが彼に会いにいくだけで済めばいいのですが。その文書のために何人かが命を落としたと、ワーッはにおわせていました。それでこの件に危険が伴うかもしれないと言ったのです」

おれは煙草を揉み消し、窓から吹き込むそよ風に、黒い灰が寄せ集められるのを見つめた。「それほど大きな危険ではないでしょう」とおれは言った。「これは風変わりな詐欺のようですね。楽しんで取りかかりますよ。万一、きのうの新聞より古そうな文書に行き当たったとしても、雲隠れしたりはしません。二千五百万ドル相当もの代物なんて、持ってるだけで震え上がりますからね」

またしても司教は重々しい笑みを浮かべた。「それはまさしくわたしの気持ですよ、パインさん。あなたなら間違いなく、この件を理知的に解決してくれるでしょう」

「それはどうも。住所を教えてくれたら、ひとっ走りして、できるだけのことをしましょう。大方のところ、ワーッは自分がふっかけた金額にびびって、ずらかったのかもしれませんからね」

マクマナス司教は口をあんぐりと開け、穏やかな青い瞳に困惑を浮かべておれを見た。おれは言った。「これが普段の話し方なんです、司教。つまり、彼は自分がしようとしていることの罪深さに恐れをなしたんでしょう。時々おれは、下品な映画の登場人物みたいなしゃべり方をしてしまうんですよ」

「なるほど」司教の声はなおも訝《いぶか》しげだったが、それ以上何も言わなかった。机の真ん中の引き出しを開け、小さな白いカードと金銀線細工の万年筆を取り出す。おれがその万年筆に見惚れていると、彼はカードに小さくて読みにくい字で二行書き込んでから、おれに手渡した。一行目にはレイモンド・ウォルシュという名前が、その下にはウエスト・エリー一七三〇番地の住所が書かれていた。

おれは親指の爪でカードの裏面をはじいた。「二千五百万ドルにありつける男にしては、貧相な界隈に住んでるとくる。できあいのスーツ一着分の料金で、あの辺りを一ブロック買えますよ」

「そうですね」彼は万年筆を引き出しに戻した。「彼は質素な身なりをしていました。古文書学の第一人者といえども、稼ぎはよくないようですね、パインさん。いま思い出しましたよ」

彼はやっとのことで身を屈めると、右手のいちばん下の引き出しを開けて緑色の鉄製の金庫を取り出し、そろそろと吸い取り紙の上に置いた。「もちろん、報酬はお支払いしますよ。尋ねるのが遅くなってしまいましたが」

「この件に限っては」とおれは言った。「あとでかまいませんよ。経費込みで一日三十ドル。何百万という話をしたあとじゃ、芥子《けし》粒ほどの額ですがね。数千ドルにかかわるような仕事ですら、これまでそう多くはありませんでしたよ。仕事が終わったあとか、続行が無意味だとあなたが判断した時点で、請求させてもらいます」

司教は小さくかぶりを振った。「差し支えなければ、先にお支払いさせてください」鎖につながれた鍵で金庫を開ける。蓋を持ち上げ、分厚い紙幣の束を取り出すと、五十ドル札二枚、二十ドル札二枚、そして十ドル札一枚を抜き出した。そのどれもが、造幣局から運び出された日と変わらぬピン札だった。

「これで五日分になります」おれに手渡しながら、彼は言った。「それより前に速やかに事が片づいたら、残りはボーナスだと思ってください」

おれは彼の寛大さを二言三言称えると、紙幣を財布に押し込んだ。もともと財布に入っていた四枚の一ドル札が、悔しがって裏地の下に潜り込もうとしているかのようだった。

司教は金庫に鍵をかけ、引き出しにしまい込んだ。次いで、会見は終わったというように立ち上がり、ドアに歩み寄って開けてくれた。

おれは言った。「何か進展があり次第、お耳に入れますよ」

「わかりました」司教は笑みを浮かべ、片手を差し出した。「あなたにお会いできて楽しかったですよ、パインさん。その、今回が初めてでして——私立探偵に会うのは」

「それはおれも同じですよ」とおれは言った。「司教にお目にかかったのは初めてです」

握手を交わすと、部屋に彼を残して、おれは廊下へ出た。

一階へ下り、嘆願するような目を交換台から向けている受付嬢には目もくれず、黒と白の四角い床板が交互に敷き詰められ、教皇と枢機卿の青銅の胸像が置かれた薄暗い玄関ホールを抜けると、ウォバッシュ・アヴェニューへ出た。例の大男は相変わらず通りで油を売っていた。いまは新聞を読むか、掲載された写真を眺めているようだった。

六月はまだ二週間先だったが、シカゴには春が早く訪れ、昼近い陽光が熱く照りつけていた。道路の緑地帯には青々と草が生え、まばらな木々も遠からず葉が生い茂ることだろう。

おれは角を曲がって、スペリオル・ストリートの縁石に停めてあるプリマスへ向かった。この辺りはかつて、上流階級の住む地域だった。といっても、それは七十年前のことで、炉棚や木炭によるベッド加温器《ウォーマー》のある二階建てや三階建ての住居の外見は、いささか寂れていた。どこかで駒鳥が声高にさえずり、物干し綱に掛けられた絨毯を引っぱたくリズミカルな音が聞こえてくる。

本来なら、そこに立って柔らかな春の空気を胸一杯吸い込み、また仕事にありつけたありがたみを味わっても差し支えないところだろう――今回、依頼人はおれの頭をかち割ろうともせず、あるいは別れた夫が扶養料を用意するまで支払いを待ってくれとも持ちかけなかったのだ。

だが司教は問題を抱えており、それはいまやおれの問題でもあった。そしてその答えは、町の別の場所にあった。

おれはプリマスの運転席に乗り込み、ウエスト・エリー・ストリート一七三〇番地へ出発した。

2

その辺りは、持ち物といえば自分の命だけというような人々の住む界隈だった。狭苦しく、寂れていて、想像を絶するほど汚らしかった。おんぼろビルが並び、貧困のにおいが満ち満ちている。動くものといえば、乳母車を押す若い女と、消火栓に小便を引っかけている茶と白の斑《ぶち》の子犬だけだった。

一七三〇番地にあるのは、三階建てで半地下のある、色褪せた木造の建物だった。グラント将軍が回想録を記していた頃には、灰色に塗られ、青く縁取られていたのだろう。ぴたりと閉じられた窓の向こうにひび割れたブラインドがだらりと垂れ下がり、ところどころ見られる白いレースのカーテンがまわりの不潔さを際立たせている。歩道から一階へ通じる磨り減った木の階段の両側にある錆びた鉄製の手すりは、斜めに傾いていた。

排水溝にはまった壊れたオレンジの木箱の後ろに車を停め、窓を閉めて外に出ると、ドアをロックした。そして階段の上の、朝の空気を締め出している、塗装に気泡のできたドアを見上げた。

老人が階段のいちばん上に座り、体と白髪の禿げかけた頭に陽光をまともに浴びていた。片方の膝に置いた手にくすぶっているコーンパイプを持ち、色褪せくたびれたブルー・ジーンズに青いシャツの裾を無造作にたくし込んでいる。

おれたちは遠くから互いの目を見つめた。老人はゆっくりとパイプを持ち上げ、灰色の染みの浮いた鼻の下の口へ運んだ。おれは少し片手を上げるると、これみよがしに階段を二段飛ばしで上っていった。

おれは老人の一段下で足を止めた。彼は薄青い瞳でおれの胸ポケットのハンカチをまじまじと見つめてから、パイプの柄をくわえたまま言った。「人を捜してるのかね、若いの？」

「まあね」とおれは言った。「きょうはずいぶんと暑いな」

老人は相槌を打ったが、老骨の身にはちょうどいいと言った。うとんじられてはいないようだ。そこで老人の隣に腰を下ろし、煙草を取り出して火を点けた。パイプのにおいと、彼の体臭がかすかにした。黄ばんだ洗濯石鹸のような、干からびた黴《かび》の臭いだ。

おれは鼻から煙を吐き出し、膝の上で両手を組んだ。ややあってから、おれは口をひらいた。

「あんたがここの大家かい？」

老人は首を巡らし、高校時代にフットボールのスパイクシューズでへこまされたおれの鼻っ柱を見つめた。「いいや」彼は声を強張らせた。「おれは不動産は持っちゃいないし、持とうとも思わんね。正確に言や、人間が不動産を持ってるわけじゃねえんだ、おれがいつも言ってるようにな。不動産が人間を所有してるのさ」

経験からそう言っているとは思えなかったが、その点を追求しても意味はなさそうだった。

「でも、ここに住んでるんだろう？」

「ああ。ここに住んでるよ。長く借家住まいをするにはいいところだ」

「ほかの間借り人のことを知ってるかね？」

「知ってるやつもいるし、知らないやつもいる。しょっちゅう出入りしてるからね」

「ウォルシュという名前の男がここに住んでる。そいつのことを、ちょいと教えてくれるかい？」

老人はコーンパイプを口から離し、まるで初めて目にするかのようにそれを見つめた。次いで慎重にくわえ直すと、ゆっくりと三度吹かし、灰色の煙がまっすぐ立ち昇った。「そうしてやってもかまわんよ、事によってはね」

「というと？」

「話がどこへ行き着くかによる。刑事《デカ》なんだろう、旦那？」

「あんたが考えてるような人間じゃない」とおれは言った。階段の端に落ちていた木片を拾い、それで手のこうを引っ掻きながら、「おれはそいつに用があって来たんだ」

老人は考え込んでいる間、おれの顔の出っ張りやへこみに目を走らせた。

ややあって、喉の奥で低く唸ると、彼は言った。「あんたは本当のことを言ってるようだ。ウォルシュは一度か二度見かけたことがある。頭のおかしな男だよ、旦那。あんたの名前は？」

「パインだ。頭がおかしいとは？」

「不安に取り憑かれてるのさ」老人は思慮深げにうなずいた。「何かがあいつを追い詰めてるんだ。それが何かは知らんがね」

「あんたにそう思わせるようなことを、あいつが言ったのかい？」

「不安を抱えてるかどうかなんて、言われなくてもわかるもんさ」

おれは相槌を打った。二つに折れた木片を手すりの向こうに投げ捨てる。配達の少年が自転車で通り過ぎていった。かごにはビール瓶が詰め込まれている。

おれは言った。「ウォルシュはある男に会いにいき、また会いにくる約束をした。だが、二度と現れなかった。そこでその男は、ウォルシュが約束を果たさなかった理由を調べさせるために、おれを雇った」

老人はまたパイプを口から離すと、今度は手すり越しに唾を吐いた。「ここ三、四日はあいつを見かけてねえな。引っ越したんなら、トロッター夫人がおれに話すはずだ」

「その女は大家かい？」

「ああ。不幸せな女さ、旦那。自分の不動産が心配でならねえんだ」老人は朽ちかけた板の上で少し体をずらした。「ウォルシュの部屋は三階だ。正面に向かって、左側だよ。行ってドアを叩いてみりゃいい」

おれは立ち上がって尻の埃を払い、煙草を踏み消した。「そうしてみるよ」一ドル札を取り出し、パイプを握る手にねじ込ませた。「手間賃だ」うさんくさそうに紙幣を見つめる老人に言う。

「こんなにもらっていいのかい？」

おれは手を突き出した。「だったら、返してくれよ」

老人はそのつまらない冗談に大笑いした。おれが子どもの頃には歯が生えそろっていたのだろうが、いま残っている黄色い歯の根を剝き出しにし、「おしゃべりしただけで金をもらったのは初めてだよ。また来るといい、若いの」

おれは玄関のドアを押し開け、去年の空気がこもった薄暗い廊下へ足を踏み入れた。茶のツートンカラーの壁は染みだらけで、昔風の帽子掛けの上に、古びた真鍮の笠がついた五十ワットの電球が取りつけられていた。両側に並ぶドアの間に、かつては赤かったらしい年代物の絨毯が敷かれ、その先には暗闇へ続く急勾配の階段があった。

人の気配はなく、どこかのドアの奥からくぐもった掃除機の音が聞こえてくるだけだった。それは彼方で聞こえるむせび泣きのようでもあり、山頂での雨の夜のように、物悲しく気が滅入る音だった。

おれは取り立てて物音を立てぬよう注意するでもなく、階段へ進んで三階まで上った。ワーツのだと思われる部屋のドアの外には、鋳鉄《ちゅうてつ》製のゴミ箱が置いてあった。おれは蓋を開け、数フィート先にある五十ワットの電球の明かりを頼りに、中を覗き込んだ。悪臭がするだけで、ゴミ箱は空だった。わざわざ開けるまでもなかった。おれは蓋を戻して、ドアにはめ込まれた、脂《やに》で黄ばんだガラスを叩いた。

返事はなかった。おれはもう一度、今度はもっと強く叩いてみた。が、ノックの音が反響し、関節が痛くなっただけだった。おれはドアに体重をかけ、ノブを右へ左へ回してみた……すると、中へ入ることができた。

それほどひどい部屋ではなかった。トランプの独り遊びを——カードを胸元で持ちさえすれば

――できるほど広かった。一つある窓の緑色の鎧戸が四分の三ほど下ろされ、光の筋がひび割れた箇所を示している。煤けたガラスから十分に陽光が差し込んでいた。赤錆色の長椅子やずっと昔に擦りつけられた整髪油らしい黒っぽい染みのある安楽椅子、剝がれかけた天板に引っ掻き傷のあるぐらつく二つのテーブル、それに笠にへこみのあるフロアランプ――どれも安っぽい物ばかりだ。高級そうな青いウィルトン絨毯（イングランド地方のウィルトンで生産される毛足の短い絨毯）にしても、毛足の短さは禿頭以上だ。クローゼットと壁面収納式のベッドの間に、カーテンの掛かったアルコーブ（壁を窪ませた、床の間のような場所）があった。

　ワーツ氏に会うには出直さなければならないようだ。しかし、せっかくここまで来たのだから、室内を少々物色してもばちは当たるまい。ひょっとすると、例の古文書にお目にかかれるかもしれなかった。見つけたところでどうこうできるわけではないにしろ、二千五百万ドルの代物に手を触れられるのはまんざらでもない。生涯自慢の種にできることだろう。

　目ぼしい場所を探してみたものの、見つかったのは安物のパイプや半分ほど中身の入ったなめし革の煙草入れ、チューインガムの広告が描かれた紙マッチ二つ、ひび割れた白いプラスチック・ケースの電気カミソリ、黒い靴紐の切れ端二本、そしてうずたかく積もった埃《ほこり》だけだった。長椅子の下で見つけた最後の二つは、そのまま放置しておいた。

　古文書はなかった。故郷からの手紙一枚出てこなかった。おれは立ち上がって膝の埃を払うと、新たな隠し場所を求めて辺りを見回した。カーテンの掛けられたアルコーブは、このような部屋につきものの簡易キッチンであることがわかった。残るはクローゼットと、壁面のベッドの収納場所だけだった。おれは壁に近づいて収納場所の扉の取っ手をつかみ、ぐいと引いた。

扉が手前に四分の一ほど開いたところで、おれは手を離した。そうしたのは、扉の奥の薄暗がりに、淡い黄褐色のコートを着た女が立ち、おれを見つめていたからだった。体の脇に垂らした左手に、艶やかな黒革のバッグを持っている。右手には青みがかった小さなオートマチック拳銃が握られ、おれが今朝食べたロールパンに狙いをつけていた。

「やあ」おれは明るく言った。そう口にするまでに少し時間がかかった。というのも、ズボンの裾から言葉を引っ張り上げねばならなかったからだ。

女は言った。「どいてちょうだい」簡明な言葉だった。やや声が震えており、人に銃を突きつけるのは不慣れなようだった。

おれはゆっくりと後ずさり、安楽椅子にぶつかって足を止めた。女は暗がりから出てきて、冬の夜空に瞬く星のように冷たくよそよそしい瞳でおれを見た。そしておれの胴体に銃口を向けながら、用心深くおれをよけて通った。おれは彼女が目に入るよう向きを変えた。見るなとは女は言わなかった。彼女は廊下へ出るドアへ向かっており、おれが動かぬよう銃で制している。

女がノブに手を置いたとき、おれは言った。「何か忘れてやいないか?」

まるで壁にぶち当たったかのように、女は立ち止まった。おれをまじまじと見つめ、その美しい顔に、迷いと疑念が激しくせめぎ合うのが見て取れた。おれが先を続けて、彼女が何を忘れているのか教えてやったら、どんなに喜ぶだろう。だが、おれはそうするつもりはなかった——彼女に訊かれない限り。

どこかでトイレの水を流す音が聞こえ、見えない場所にある防音になっていないパイプに、水が音を立てて流れた。おれは安楽椅子の背を指でそっとなぞり、女が腹を決めるのを見守った。

「あたしはなんにも忘れちゃいないよ。あんただってそれをわかってて、あたしを足止めしたいだけなんだろ」

「そうかもな」とおれは言った。「だが、どうしておれがそんなことをしなきゃならない?」

女は唇の端を噛みながら考え込んだ。手にした銃のことを忘れているようだったが、おれから狙いを外すほどではなかった。

「わかったよ」おれは続けた。「きみが何を見落としているか、教えてやろう。ここは三階だ、地階を除けばね。きみが部屋を出たら、おれはすぐさま窓を開けて大声で叫ぶ。そうするだけで、大勢の人間が表に出てきて、きみを捕まえてくれるだろう。そして警官が来て、きみは人に銃を突きつけたかどで逮捕される」

「あんたはそんなまねしないさ」女はぴしゃりと言った。「あんただって、他人の部屋でこそこそ何をしてたか、警察に説明しなきゃならないだろ」

「きみよりはましな言い訳を考えつく自信があるよ。試してみるかい?」

女はおれの声音に身を強張らせた。「あたしはウォルシュさんを待ってたんだ。あんたには関係のないことだけどね」

「ベッドの後ろでかい?」おれは慇懃《いんぎん》に言った。「なんで長椅子の下じゃなかったんだ?」

「どこで待とうとあたしの勝手だろ」彼女はドアから離れ、おれを見つめた。「ところで、あんたは誰なんだい？」

　おれは彼女を見つめ返した。そうするのは快かった。歳は二十五にもなっていまい。いや、ひょっとすると今年で二十五になるのかもしれない。顔は卵形で、皮膚がぴたりと骨に張りつき、高い頬骨の下が少し窪んでいる。かすかに日焼けした肌はほとんど化粧っけがなく、うっすらと白粉《おしろい》をはたいて唇にほんのりと紅を差しているだけで、官能的でも魅力的でもなかった。髪は金鉱夫の時計の鎖と同じ色で、当世風にわざと無造作に切りそろえられたショートヘアだった。

　そのほかの部分は彼女の顔と釣り合っていた。背丈はおそらく自分で望んだ以上にすらりと高く、なおかつ外套の中に着た黒いウールのクレープ地のワンピースはふくよかに膨らんでいた。銃口がもう二インチ上向き、女の青い瞳――菫《すみれ》色に近いほど色が濃かった――が糸のように狭まった。「あんたは誰なの？」彼女はもう一度繰り返した。その声には苛立ちが滲んでいた。

　おれは言った。「パインという名のただの男だ。害のない人間だよ。二度はおろか、一度だって考えるに値しないようなね。その銃を下ろしたらどうだい？」

　ふいに女は笑みを浮かべた。理由はまったくわからなかった。ハッとするような笑みで、目が笑っていないことに気づかなければ、心臓が止まっていたかもしれない。両脚の力が抜け、おれは椅子にもたれかかった。

　女は言った。「実を言うと、あんたがドアの外でゴソゴソやってんのが聞こえたのよ。なんだがうさんくさかったから、あたし――隠れたの。こういった場所じゃ、何があるかわからないでしょ」

彼女は銃を無造作にバッグに押し込むと、またおれに笑いかけた。おれはさりげなく優雅な身のこなしで椅子の後ろから出て、彼女に笑い返した。いまやおれたちは、たまたま奇妙な状況で出くわした、人のいいひと組の男女だった。

「おれもウォルシュを待ってるんだ。一緒に座って待たないか？」

女は外套の袖をまくり、これ見よがしに小さな白金の腕時計を見やった。「せっかくだけど」時計を見て愛らしく顔をしかめてみせ、「ずいぶんと時間をむだにしちゃったの」顔を上げ、おれに親しげな笑みをさっと向ける。「彼を待つんだったら、イヴ・ベネットがお金のことで立ち寄ったと彼に伝えてくれないかしら？　そう言えばわかるはずよ」

「そりゃわかるだろうさ」とおれは言った。

彼女はかすかに息を詰まらせ、輝くような笑みがすっと消えた。「そうね。ええと、さよなら、パインさん。伝言をお願いね」

彼女が背を向けてドアへ一歩踏み出しかけたとき、おれは手を伸ばして彼女の手から革のバッグを引ったくった。

引っぱたかれた豹のように、彼女はくるりと振り返った。「バッグを返してよ、ちくしょう！」

おれは肩で彼女の手を遮った。「まあ、まあ」とおれは言い、彼女の手の届かぬところへ後ずさりしながら、バッグの中身を探った。

コルト二五口径の弾倉を外し、五つの弾薬を抜いてポケットに入れると、薬室から六つ目の弾薬を取り出した。銃口に鼻を近づけてみたが、硝煙の臭いはしなかった。おれはクリップを戻して、椅子の横木に銃を置いた。

　バッグに入っていたもので唯一名前が書かれていたのは、スティーヴンズ・ホテルからミス・ローラ・ノースへの、二二一二号室の先週の宿泊代に対する請求書だけだった。ほかには、小さな文字でLNと頭文字があしらわれた金色の四角いコンパクト、銀のクリップで束ねられた紙幣、金のケースの口紅、櫛、隅にLと刺繡《ししゅう》された白いハンカチ二枚、真っ黒なエナメルの煙草入れとそろいのライター、そして髪の色に合うヘアピンがいくつか入っていた。

「気は済んだ？」彼女の声は、寝台車の窓のようにとりつくしまがなかった。

「ああ」おれは銃を取り上げ、自分のハンカチで拭ってからバッグの中へ滑り込ませた。次いで留め金を留め、手のひらの上で軽く弾ませると、冷ややかに彼女を見た。「あんたはさっき、イヴ・ベネットと名乗らなかったか？」

　怒りのせいで彼女の顔はややおとなびて見えたが、美しさを損ないはしなかった。「バッグを返してくれないなら、面倒なことになるわよ」

「きみはそんなまねのできる立場じゃない」親指で安楽椅子を指し、「そこそこ頭はよさそうだな、ミス・ノース。座ったらどうだ。しばらくは怒りを引っ込めて、お互いに知っていることを話し合おうじゃないか」

「あんたに話すことなんてないわ」

「いいや、あるね。そう思う根拠を話してやろうか。おれは警官だ、ミス・ノース。おれの知る限りじゃ、きみは他人の部屋に隠れていた。そしておれに銃を突きつけ、部屋を出ようとした。

そうしたことを考え合わせると、きみに訊きたいことがいくつか出てくる。ここで訊いてもいいし、署まで行って、じっくり話し合ったっていい。話の内容を誰かに速記させながらね。どっちがいい？」

彼女は動じることなくおれをまともに見据えた。だがその黒い瞳の奥では、迷いがちらついていた。「あんたが本当に警官だっていう証拠は？」

そう言われるのではないかと思っていた。おれは外套のポケットに手を入れ、提示を求められたときのために持ち歩いている、一九二八年の保安官代理のバッジを引っ張り出した。次いで親指で慎重に文字の部分を隠しながら、彼女にちらりとバッジを見せた。

女は息を呑んだ。「わかったわ。あたしはなんにも隠しちゃいないわよ。あんたはこそ泥か何かだと思ったの。ねえ、バッグを返してもらえる？」

「ああ」

彼女はバッグを受け取ると、安楽椅子に歩み寄り、スカートの裾を気にしながら腰を下ろした。おれは長椅子に近づいて片方の横木に尻を乗せ、静寂を破った。「話してくれるね、ミス・ノース」

「何を？」

やや凄味をきかせて、「しらばっくれるな。一日じゅう付き合ってやれるほど暇じゃないんだ」

女は顎先をぐいとおれに向けた。「そんな乱暴な口をきかなくたっていいじゃない、パインさん」

「どこが乱暴なもんか、いたってビジネスライクだぜ。さあ、話せよ。ウォルシュが入ってきたら撃ち殺そうと思って、隠れてたのか？」

「まさか！　よりによってそんな馬鹿げたこと――」

「わかったから、よしてくれ。芝居がかった振る舞いなら、映画を見て参考にするからな。ウォルシュにはなんの用だったんだ？」

女はためらい、次いで唇を真一文字に引き結んだ。「あたしを逮捕したいならそうすればいいのよ。あんたにはひと言だってしゃべらないから。弁護士を雇うわ！　あたしは別に――」

「そのへんにしておけよ」とおれは言った。「急いでるんなら、引き留めるつもりはない」

女は目を見ひらき、口をあんぐりと開けた。彼女は驚いていた――仰天したと言ったほうが適切だろう。今度は芝居ではなかった。「帰ってもいいってこと？」

「ああ。好きにしろよ」

「ええと……」女は不安そうだった。おれが何か企んでいると思ったのだ。「ありがとう、パインさん」ゆっくりと椅子を立ち、バッグの留め金をいじりながら、「あたしは本当にウォルシュさんのことは何も知らないの。その――友だちに頼まれてここへ来たのよ……」

「そうだろうとも」

彼女はさらに何か言おうとしたが、唇をぴたりと閉じて足早に歩きだし、ドアから出ていった。絨毯の敷かれていない階段を下りてゆくハイヒールの靴音が静寂に響いた。そして静けさだけが残ると、おれは煙草に火を点け、ローラ・ノースのことを考えた。頭の固い警官に身の程を思い知らせることができて勝ち誇っている、ほっそりとした女。いや、そうではないかもしれない。

やすやすと勝利を収めることができて、かえって不安になっているとも考えられる。だがやはり、保安官のバッジがグレープフルーツほどの効き目があったのかもしれない。

ローラ・ノース、美しい女だ。申し分のないプロポーション、歳も取りすぎていない。そして、幾度も脳裏によみがえり、胸の奥の感情を掻き乱しかねないあの顔。白百合のごとく潔白かもしれないし、あるいは罪にまみれているかもしれない――そのどちらでも驚きはしないが。

二千五百万ドルの代物があると考えられる場所を嗅ぎ回っていた女。

おれは煙草を絨毯の上に落として踏み消すと、吸殻を拾ってポケットに入れた。次いでローラ・ノースが隠れていた、ベッドを収納する壁の窪みに歩み寄った。奥の壁に何もぶら下げられていないフックが一列並んでおり、かすかに香水の残り香がした。

窪みの外に出ると、扉を元に戻した。残っているのはクローゼットだけだった。そこには何も入っていないだろう。部屋を出て、昼飯でも食ったらどうだ、パイン。

おれはクローゼットに近づき、ドアをあけた。

中は思ったより広く、隙間はほとんどなかった。使い古された黒革の旅行鞄が二つ、隅に押し込められている。シャツと下着、それに靴下が、一段ある棚にきちんと畳んで積み重ねられ、地味な柄のネクタイが数本、ハンガーの一つに引っかけてある。背広が四着。ただし、そのうちの一着には中身が入っていた。

おれはドア枠にもたれて静かに息をしながら、暖かみのある金髪で、両頬の下にえくぼがあり、深みのあるダークブルーの切れ長の目をした女に思いを巡らせた。逮捕しろと息巻き、おれの帽子の趣味にケチもつけずに部屋を出ていった女。変死体と殺人課の荒っぽい刑事と二千五百万ドルのことが頭に浮かんだ。そのうちに、だんだん考えるのが嫌になってきた。

その男の死体は、耳の下まで引き上げられたネクタイの端がクローゼットの奥の板に捻じ込まれたフックに結びつけられ、吊るされた格好になっていた。背中をこちらに向け、足を床につけて膝を曲げ、頭を一方に傾けている。

恐る恐る肩に手を置き、軽く引いてみた。死体はゆっくりとこちらを向いた。ボタンをきっちりと留めたダブルの上着に、黒っぽく変色した乾いた血がこびりついている。染みの上端、胸ポケットの辺りに、細い切り込みが入っていた。どうやらナイフで布地とその奥にある肉を切り裂いたらしい。

見覚えのない顔だった。顎はがっしりとしているが、口元は弱々しい。狡猾で愚か、そして何より卑劣さが際立っている。まさにごろつきの顔だ。

とはいえ、年老いたごろつきだ。白髪と皺からして、六十は越えているだろう。もう一つ目につくのは、真っ黒に日焼けした顔と手だ。この時期にこれほど日に焼けはしないから、フロリダかカリフォルニア南部で冬を過ごしたにちがいない。

血痕の色が多くを物語っていたが、念のために片手をつかんでみた。肌は冷たくて湿っており、腕を動かすとスパゲティのようにぐにゃりとしていた。屈んでズボンの片裾を引き上げてみる。肌は紫色に変色し、足首が膨れ上がっていた。死後硬直がはじまり、そして終わってから、かなりの時間、おそらく数日は経っているはずだ。もしローラ・ノースがこの男を刺し殺したのなら、きょうでないことは確かだ。どちらにしろ、その可能性は深く考えなかった。死体をネクタイで吊り下げるなど、彼女には到底無理だろう。それによもやナイフを呑み込んだわけではあるまい。そうは言っても、確かめてみたほうがいいかもしれなかった。

調べるのはもう十分だった……死体はワーツの部屋にあるけれども、ワーツの死体ではないと結論づけるには。もっとも、司教の説明が正確だとしたらの話だが。

これからどうするか、選択肢はいくつかあった。だが、理に適っているのはそのうちの一つだけだった。

あの老人は、おれが別れてから二インチとたがわぬ場所に座っていた。ポーチに出て力任せに玄関ドアを閉めると、クローゼットのドアを静かに閉めて廊下へ出ると、一階へと階段を下りた。

おれが煙草と紙マッチを取り出す間、老人の横にどさりと腰を落とした。先ほどより陽差しは熱く、排水溝で古い新聞紙が風に吹き寄せられていた。

おれが煙草と紙マッチを取り出す間、老人の穏やかな青い目がこちらを見つめているのを感じた。老人が口をひらいた。「ちょいと時間がかかったな、若いの。片はついたかね?」

おれは煙草に火を点け、マッチを振り消した。火の消えたマッチをむっつりと見つめてから、投げ捨てた。「ウォルシュは部屋にいなかった」

「そうかい」老人はパイプを喫った。が、ぶくぶくという音がしただけで、煙は出なかった。おれはマッチを手渡した。「どっかへ行っちまったんだろう。でなきゃ、もっと見かけてるはずだ」

「教えてもらいたいことがあるんだ、爺さん」

「なんだ?」

「何分か前に女が出てきたろう？」

「ああ。べっぴんだった。本物の金髪で、体つきも申し分なかった」

「その女がおれより先に中へ入ったのを見たかい？」

「ああ」

「どのくらい前に？」

「そうさな——十分か十五分くらいだ。それより前じゃない」

「前にもここへ来たことがあるかな？」

「さあ、どうだかねえ」

「彼女が何をしにきたか、心当たりは？」

「ウォルシュの部屋はどこかとわしに訊いたよ。教えてやると、階段を上っていった」

「なんだって」おれは唸った。「おれがウォルシュのことを訊いたときに、どうして言わなかったんだ？」

老人は落ち着き払っておれを見た。「わしの知ったことじゃないからな、旦那。礼儀正しく訊かれりゃ答えもするが、だからといって余計なことまでべらべらしゃべったりしねえさ」

「わかったよ」とおれは言った。「もし良心が許すなら、ある男のことを教えてくれないか。体重は七十キロぐらいで歳は六十代、白髪混じりの茶色い髪に茶色い瞳、いかにもごろつきといった風貌だ。ここの住人かもしれないし、そうじゃないかもしれない」

老人は考え込むように遠くへ目を泳がせながら、パイプに火を点けた。「確かそんな男だったな。二、三日前にここへ部屋を探しにきたよ。この界隈の人間に比べると上等な身なりをしてたから、うさんくさいと思ったんだ」

「名前を訊いたのか?」

「わしは知らんよ。やっこさんが話したのはトロッター夫人だからね」

「それで、部屋は借りなかったんだな?」

「ここのはね。満室なんだ。トロッター夫人が一七〇七番地のミーガンのとこを当たってみろと言うと、帰っていったよ。それきり見ていない」

おれは左手を握り締め、関節を凝視した。「そいつはとうとう終《つい》の棲家《すみか》を見つけたよ。ウォルシュの部屋のクローゼットだ。ネクタイで吊るし首にされて、死に果てていた」

老人はさっと頭を巡らせ、無表情でおれを見た。「まさか! どうやって?」

「どうやってとは?」

「そいつはどうやって死んだんだ? 自分で首をくくったのか?」

「いや。誰かにやられたんだ。その上ナイフで心臓を刺されていた。汚れた爪を熟れすぎたスイカに突き立てるようにね」

パイプを持つ手がぴくりと動いたが、老人の声はそれまでと変わらなかった。「そりゃ肝を潰しただろうな。で、これからどうするつもりなんだね、旦那?」

おれは立ち上がり、じっと彼を見下ろした。「こういう時にやることといったら一つしかない。警察に電話するんだ」

たとえその言葉が老人に影響を与えたとしても、おれにはわからなかった。そもそも影響を与えたようには思えなかった。老人は言った。「トロッター夫人の電話を使うといい。中に入って、左手のいちばん手前のドアだ」

おれはタバコを投げ捨てると薄暗い廊下へ戻り、教えられたドアをノックした。ドアはすぐさまひらき、黄ばんだ肌でごつごつした顔立ちの、皺くちゃの老女が顔を覗かせた。太った体を着古した部屋着できっちりと包み、今月に入って一度しか櫛を通していないような白髪の頭に、ピンク色のレースのヘアキャップをだらしなくかぶっている。彼女は無愛想におれを見つめて言った。「何か用かい、お若い人」

きょうは何かとおれの若さがあげつらわれる日だ。おれは言った。「あんたを煩わせるつもりはないよ、トロッターさん。ただちょっと、電話を貸してもらいたいんだ。少々厄介なことになってね」

疑心と共にあからさまな敵意が、彼女の小さな瞳に揺らめいた。「あたしは厄介ごとなんて聞いてないよ。ここはまっとうな下宿屋で――」

「急ぐんだ、トロッターさん」おれは辛抱強く言った。「電話をかけたあとで、詳しく話すよ」

老女はヘアキャップからはみ出た毛束を手のこうで撫でつけながら、「いったい何があったか聞くまでは、一歩たりとも中へ入れるもんか！」

「この建物に関することだ」おれはうんざりして言った。「ウォルシュの部屋に、死体がある。警察に知らせたほうがいいだろう。電話はどこにある？」

老女の下顎がだらんと垂れ下がり、お粗末な義歯が二つ丸見えになった。「死んだのは誰だい？　ウォルシュさんかね？　なんで死んだってわかったんだ？」

「男だ」とおれは言った。「ウォルシュだとは思えないね。大量に出血していた。血がなけりゃ、生きていられないさ」

老女はおれをにらみつけ、「酔ってるんだろ、お若い人？」

「失礼」とおれは言い、足を踏み出した。老女はしぶしぶ後ずさり、おれは彼女の脇をすり抜けて小さな居間へ入っていった。そこにはパール・ホワイト（無声映画時代の〈連続活劇の女王〉と呼ばれたアメリカの女優）がサスペンス映画に出演していた頃よりも古そうな、ずっしりとした黒っぽい家具が所狭しと置かれていた。しかし電話は見当たらず、おれはもう一度トロッター夫人に訊かねばならなかった。彼女は洗濯したほうがよさそうな、ふんわりと膨らませたオレンジ色のスカートをはいた大きなフランス人形を載せてある台を指さした。

おれは顔を赤らめることなくスカートをめくり、据え置きタイプの電話機を見つけて本署に電話した。交換手が殺人課に電話を回すと、おれは自分が発見したものをデムース巡査部長に説明した。彼はそこそこ興味深そうに聞いていたが、それもおれが住所を告げるまでだった。彼はおれの名前を尋ねてから、そのまま待っているようにと、そしてすぐに誰かを現場へ向かわせると言った。彼の口調からは、「すぐに」というのは、一週間後くらいのような印象を受けた。

おれは受話器を置き、電話機を人形に返した。トロッター夫人が毛穴という毛穴から質問を飛び出させたが、おれははぐらかした。彼女は続いて、階上《うえ》へ行って死体を見たいと言いだしたが、警察は手がかりを踏みにじられるのは好まないだろうと説き聞かせ、思いとどまらせた。ほかに話すこともなく、おれは帽子をかぶってドアから外へ出た。

老人は相変わらず前と同じように座っていた。パイプの吸い口を嚙みながら、自分の世界――そこにおれの入る余地はなさそうだった――で物思いにふけっていた。おれは腰を下ろし、両脚を伸ばした。「トロッター夫人は、ちょいと動揺したみたいだったよ」

老人は喉の奥でかすかな音を立てた。「そうだろうな。不動産を所有すると、こういうことになるんだ。間借り人の中にゃ、警察にあれこれ訊かれるのを嫌がる連中もいることだろう」

「飛び出しナイフ《トゥースピック》を使うのがうまい間借り人はいるかな?」

老人は横目でおれを見た。「爪楊枝《トゥースピック》だって?」

「ナイフのことだ」

「ああ。そう呼ぶのは初めて聞いたよ。はっきりとはわからないな」

おれは言った。「頼みがあるんだ、爺さん」

「なんだ?」

「例のブロンド女のことは警察に黙っててくれないか。彼女の思惑については、おれが自分で探ってみたい」

ふいに老人はげらげら笑いだした。「彼女の曲線やら思惑やらをたっぷりとな、お若いの! だがそうすりゃ、おれが面倒なことに巻き込まれるかもしれんな」

「なら、いま言ったことは忘れてくれ」おれは冷ややかに言った。

「わしに腹を立てるなんざむだなことはよすんだ、若いの。連中が彼女のことを口にしなかったら、わしも黙ってるとしよう。やれるだけのことはするさ」

「すまないな」おれは煙草を手に取り、じっと見つめてから、ため息をついてしまい込んだ。「そうしてもらえさえすれば、十分だろう。この辺りでほかに彼女を見たやつはいないだろうかな」

老人は唸り声を上げた。ややあって、「なんともおかしな話だな。ウォルシュは姿を消し、別の男がやつの部屋で死んでたなんて」

「おれもそれを考えてたんだ」とおれは言った。

3

十分と経たぬうちに、ウエスト・シカゴ・アヴェニュー署の灰色のマーキュリーが、けたたましくサイレンを鳴らしながら、エリー湖沿いを突進してきた。通りに面した家々から、主に女たちが顔を覗かせ、車がブレーキを軋らせて通りの向こう側に急停止する前に、人だかりができていた。

二人の制服警官が車から降り、通りを渡って急ぎ足で階段を上ってきた。先頭は二十五歳より上には見えない男で、制帽から黒いくせ毛が覗き、オリーブ色の肌で映画スター並みにハンサムだった。彼は老人とおれの一、二段下で足を止め、頭のてっぺんから爪先までおれたちを眺め回すと、荒っぽい声で言った。「殺人課がここの住所を連絡してきた。いったい何があった?」

「三階の、表に面した部屋だよ」おれは言った。

冷たい眼差しがおれに向けられた。「きみの名はパインだな?」

「ああ」

「きみが死体を見つけたということだったな。ほかに何か知っていることは?」

「話すまでもないことだ」

おれの態度は不適切で、なんらかの手段を講じねばならないと、彼の表情が物語っていた。一般市民を脅すのは慣れっこなのだ。

「そう言うなって」彼はいらいらと言った。「話を聞かせてくれ。手短にな」

おれは眉を上げてみせた。「あんたは少々職務を逸脱してやいないか、お巡りさん？　警察ってのは、たいてい質問するものだろ」

おれが銃を抜きでもしたかのように、彼は後ずさりした。その顔がみるみる怒りに染まった。それまでとは打って変わって、穏やかな声で彼は言った。「そうかい、そうかい。こりゃ楽しいことになりそうだな。何か名前の書いてあるものを見せてもらおうか」

「ああ、いいとも」とおれは快く言った。財布を取り出して彼に手渡しかけたが、いったん手を引っ込め、紙幣を抜き出した。次いで、彼に財布を渡した。すでに赤くなっていたその顔が、これ以上ないほど赤くなった。

彼は苛立たしげに身分証を改めると、おれの手のひらに叩きつけるようにして財布を載せた。「私立探偵、だと?」彼は唸った。「でかい顔しやがって、私立探偵なんてみんなそうさ。報告書になんて書くか、覚えてろよ」

これまでずっと傍らに突っ立っていたもう一人の警官が、若造の肘を軽く揺すぶった。年配の男で、こめかみの辺りに白髪が混じっており、この仕事を長く続けている者に特有の、忍耐強く不屈の表情を浮かべている。「上へ行ったほうがいいんじゃないか、クリント。本署の連中が来る前にな」

おれは金を元通りにしまい込むと、二人を階上へ連れていき、死体を見せた。彼らは何にも手を触れず、ただ辺りを見て回り、埃っぽさに苦笑いを浮かべただけだった。白髪混じりの警官は、彼の同僚とおれの後について階段を下りた。表には新たにもう一台パトカーが停まっていた。二人の警官は廊下でトロッター夫人と話をはじめた。

おれはポーチに戻り、手すりに寄りかかって通りの人だかりを眺めた。おれが上に行っている間に、老人は姿を消していた。おれの連れは、あとからやって来たパトカーに乗っている私服警官だけだった。のろのろと十分ほど過ぎた頃、本署の殺人課の一行が到着した。

担当の巡査部長はフランク・ティニーという男で、彼が強盗事件を担当していた頃に顔を合わせたことがあった。ティニーは無表情でおれにうなずきかけた。「すぐに戻る、パイン」そして塗装のところどころに気泡のできたドアから中に入っていった。どれだけ長くかかろうとかまいやしない。時間はたっぷりある。なんなら三、四日付き合ってやったっていい。ひとたび警察に目をつけられたら、私的生活は中断せざるを得ないのだ。

おれはあくびをし、煙草を喫いながら、野次馬たちの空虚な表情を見つめた。

三十分は経っていないが、それに近いくらい経った頃、ティニーが一人で外に出てきた。「きみとおれだけで話そうじゃないか。きみの車の中はどうだ?」

「オーケー」

見物人はほとんど立ち去り、二人の警官の車も排気ガスの渦とタイヤの跡だけを残して消えていた。おれはプリマスへとティニーを誘《いざな》い、前部席に乗り込んだ。

ティニーはおれが勧めた煙草を断り、ポケットからガムを二枚取り出した。次いで太く短い指で不器用に包み紙を剝がしはじめた。彼は背の高い瘦せた四十代はじめの男で、赤い髪は薄くなりかけ、骨ばった十人並みの顔を機知と黒ずんだニキビが覆っていた。奥歯の間にガムを押し込むと、顎を一、二度動かしてから、かすかに賞賛するような目でおれのネクタイを見やった。

「元気だったか、パイン？」

「まあまあだ」

「商売は繁盛してるかね？」

「ぼちぼちとね。贅沢な暮らしができるほどじゃないが」

ティニーはおれからハンドル、そしてフロントガラスへと、真昼の太陽にしおたれたエリー・ストリートの寂れた町並みへ視線を漂わせた。「こんなところでは死にたくないものだな、まったく」

「あれは間借り人の死体じゃないんだな？」

「ああ。その点はきみの言うとおりだ」ティニーはうんざりしたような目をおれに戻し、「どうなんだ、パイン？　きみがあの男をクローゼットに押し込んだのか？」

「一度も会ったことのない男だ」とおれ。「床に下ろしてやったんだ、腕がちぎれそうだったがね」

ティニーはうなずいた。「おまえさんは確かにあそこにいたんだな、パイン。ウィリー・ポストは知ってるか？」

「もちろん。ルイ・アントゥーニの腹心の部下だ。まさかあの死体はウィリーだと言うんじゃないだろうな？」

「おれはそう聞いたよ。一緒に来たケネディが、その昔にあいつを一、二度しょっぴいたことがあってね。一瞬の迷いもなく彼だと断言した」

おれは言った。「ウィリーはおれの前の世代の人間だ。テーラー・ストリートにサワー・マッシュ（ウィスキー蒸留に用いるもろみ）のにおいが漂っていた頃のね。ホールステッド・ストリートの辺りは特ににおいがきつくて、ガキどもは空気を吸い込むだけで酔っ払ったような気分になれたものさ。ルイに脱税容疑がかけられたとき、おれは高校生で、アメフトに夢中になっていた」煙草の灰を窓の外に叩き落とし、「ウィリーはボスの腰巾着で、フロリダでボスと一緒に暮らしてるというもっぱらの噂だが」

「大方の連中がそう思ってるよ。あいつは町に長く留まることはできない。当局の耳に入るからな」

「相変わらずよく日焼けした肌だった」おれは言った。

「ああ。気がついたよ」

ティニーはガムを噛み、おれは煙草を喫いながら、一、二分ほどが無為に過ぎていった。ややあって、ティニーは椅子の上で身じろぎし、うんざりしたような表情と厳粛さの入り混じった目をおれに向けた。真面目な警官で、それなりの権力を得ているべき年齢に達していたが、巡査部長の権力など微々たるものだとわきまえてもいた。

「きみはこの件とどういうかかわりがあるんだ、パイン?」

「かかわりなんてあるもんか」とおれは言った。「おれはウォルシュという男に会いにきたんだ。ドアをノックしても返事がなかったんで、なんだか心配になって中へ入ってみた。そして室内を探すと、死体が見つかった。当然ながら、おれは電話に飛びついて警察に知らせたわけさ」

ティニーは半ば怒ったように、そして半ば嫉妬するように鼻を鳴らした。「やれやれ! 私立探偵ってのは、よくも好き勝手やってくれるもんだ。おれたちがそんなまねをすれば、生皮を剝がされちまう」

その点に関して、おれが何か言える余地はなかった。

ティニーは指で膝を叩き、大きく息を吐いた。ガムのにおいがした。「そのウォルシュという男のことを話してくれ」

「知らないんだ」とおれ。

彼の目がやや濃い灰色に、そしてやや険しくなったように見えた。「きみは彼を訪ねていったんだろ、パイン」

「そのとおりだとも。おれは知らない相手を訪ねて糊口《ここう》を潤してるのさ」

ティニーは舌で頰を膨らませた。「ああ。事件なんだな?」

「そうさ」とおれ。「事件だ。仕事だよ。依頼人がいるんだ。どうかクビにされませんように」

「そいつはウォルシュとはどんな関係なんだ?」

「それは話せない」

彼の表情は変わらなかった。「その手は食わないぜ、パイン。きみの商売のやり方に口出しする気はないし、もちろん、きみには権利だってある。だがこれは殺人事件だ。それも、町じゅうの注目を集めるようなね。おれの腕の見せ所なのさ。昇進の後押しを得るためにも、またとない機会なんだ」

「それでもあんたの力にはなれないね」おれは言った。「そうしたいのはやまやまなんだが」

ティニーの頬がさっと紅潮し、瞳がぎらぎら光を放った。「よく聞けよ、まったく。おれはウォルシュを見つけなきゃならん。あの薄汚いおかみや貧相な間借り人どもと話をして、おれは心底うんざりしたよ。たぶんきみはウォルシュのことを何も知らないだろうが、きみの依頼人は知らないとは言わせないぞ。その依頼人がおれの唯一の手がかりだから、おれはこうして名前を訊いてるわけだ……頼むから秘匿権がどうのとくだらんことは言わんでくれ。必要とあらばきみを拘留することだって辞さない」

「どんな罪状で?」おれは落ち着き払って尋ねた。

ティニーはおれのほうにぐいと顎を突き出し、「重要参考人として、あるいは司法妨害のかどで——なんだってかまうものか。おれにはきみを拘留できないと思ってるんだろう? いいか、町じゅうの地区署から地区署へ引きずり回してやるからな。どうだ?」

「そいつはご免だよ」おれは続けた。「どのみちあんたは、そんなまねはしないさ。その理由をこれから話してやるよ。まず第一に、そんなことをしたって望みのものは手に入らないからだ……それに、あんたへの仕返しに、嘘を教えてやることだってできるからな」

彼はその言葉をガムと一緒に嚙み締めた。「オーケー。抜け目のない男だな。よかろう」その声音と険悪な表情はちっともよくないと物語っていた。「今度警察に協力を仰ぎたくなっても、聞く耳は持たんぞ。じゃあな、きみの悪運を祈ってるよ！」

ティニーは怒りに任せて手のひらをドアの取っ手に叩きつけ、舗道へ足を踏み出した。彼がドアを閉める前に、おれは言った。「取り引きしないか、巡査部長」

彼の顔に驚きが浮かび、そのままそこに凍りついた。皺の寄った額の裏側で、歯車がカタカタと音を立ててるのが聞こえてきそうだった。

「どんな取り引きだ？」ティニーは慎重に言った。

「おれは自分でウォルシュを捜すつもりでいる。ひょっとすると、あんたたちより先に見つけるかもしれない。その場合はそっちに引き渡してやるよ。だがもしそっちが先だったら、すぐにおれに知らせてほしい。そして、彼と二人きりで話をさせてもらいたい」

ティニーの表情はますます険しくなった。「くたばりやがれ」手をドアに叩きつける。

「おれの依頼人の名前もつけるよ」

彼の手がゆっくりとドアの端から滑っていき、顔の皺が幾本か消え、穏やかな表情が残った。

「それなら考えてもいい」

「取り引き成立か？」

「きみが望むのは、こっちがウォルシュを捕まえたときに、彼と話をすることだけだな？」

「ああ」

ティニーは太い人さし指を顎の輪郭に沿って滑らせた。「おれの判断では乗るとしよう。だがもちろん、警部補がなんと言うかは保障できん」

「だったら一筆書いてきてもらってくれ」おれは冷ややかに言った。「それが済んだら、取り引き成立だ」

彼は自分自身にうなずいてみせると、おれの右膝を見つめて考え込んだ。「わかったよ、パイン。すべてきみの言うとおりにする」

「それともう一つ」おれはこの成り行きを楽しんでいた。ティニーには気づかれていなかったが。「警部補には無理押ししないでくれ。悪い印象を与えたくないからね」

ティニーは苛立たしげに肩を揺すった。「おれは忙しいんだがね、探偵さん」

「ああ」この場面は、おれの経歴のハイライトとなることだろう。「この件はマクマナス司教の依頼だ、巡査部長」

まるでおれの頭が突然二つになったかのように、ティニーはおれを見つめた。そして十五秒か二十秒ほどしてようやく、抑揚のない声で言った。「そんな話は信じられんね。もっとほかの情報はないのか？」

「いいや。取り引きは取り引きだ。これ以外は何も教えられない」

ティニーにとっては信じ難い話で、その陰鬱な顔に彼の考えがありありと浮かんだ。司教を連行し、尋問して怒鳴りつけたりすることはできない。いかにもアイルランド人らしいティニーという名を持つ者ならなおさらだ。仮に上司に任せてもそれが裏目に出たら、巡査に降格されて朝の三時にケンジントン辺りを巡回するはめになるだろう。

ティニーは二度何か言いかけたが、そのたびに言いよどんだ。「……また会おう、パイン」

「いいとも。取り引き成立だな？」

「ああ」彼は不機嫌そうにおれを見た。「まったく、おれは運がいいよ！」

フランク・ティニー巡査部長は静かに車のドアを閉め——そのしぐさは彼の性格を雄弁に物語っていた——舗道に後ずさりした。おれは厳《おごそ》かに敬礼してみせるとエンジンをかけ、ティニーを残して走り去った。

4

シカゴの中心部ループには高層ビルが林立し、そのまわりをぐるりと囲む高架鉄道は、さながら突き立てた巨人の指にはめられた結婚指輪といったところだ。商業が盛んなものの住人は少なく、煤煙と騒音、そしてかのバベル以上の混沌に満たされた、どんな欲望も満足させ、どんな病も癒してくれる場所だ。

ずっと昔、インディアンはこの地を追われた。インディアンほど運の悪い連中はいない。

ウォバッシュ・アヴェニューへ戻ったときはすでに正午を過ぎていた。アダムズ・ストリートを南へ走り、いつもの駐車場へ折れ込む。白いオーバーオール姿の黒人の係員が億劫そうにプリマスを引き取った。おれは角のニュース・スタンドで『デイリー・ニューズ』の早版を買い、〈オントラ〉でゆっくりと昼食をとりながら目を通した。そのあと暑さの中、ジャクソン・ブルヴァードへとぼとぼ歩いて帰った。ミシガン・アヴェニューの数件西にあるクローソン・ビルに、二部屋続きのおれの事務所があった。

クローソン・ビルはシカゴ万博が開催された一八九三年に建てられ、いまや薄汚れ古びた十二階建ての赤煉瓦の建物だ。両側に建つ現代的な高層ビルは、このビルからじりじりと遠ざかろうとしているかのようだ。奥行きのあるロビーは薄暗く、灰色と白の人工大理石があしらわれ、中古の鳥かごのようなエレベーターが二台あり、黴臭い空気が澱んでいる。階上のホールは雨が降ってから二週間後のカンザスの干草置き場のような臭いがし、隣の間借り人は客よりもサービスを施す本人が魅了されるような商売を営んでいる。

気難しそうな顔――かつては違ったのだろう――をしたビルの管理人が、昼食の間だけエレベーター係の代役を務めていた。八階へ上がっていく間、彼はレバーをいじり続け、まるで引き抜いておれに殴りかかろうとしているかのようだった。おれはひとけのない廊下をゆっくりと八一二号室まで歩いた。擦りガラスのパネルに黒い文字でおれの名前と〈私立探偵〉という文字が書かれている。

室内にある擦り切れた茶色の革の長椅子と二つの椅子はいつものように空っぽで、テーブルに積まれた雑誌も読まれた形跡はなかった。奥の部屋のドアを開けて中に入ると、壁際にある茶色の空の書類棚の上に帽子を放り、郵便差し入れ口から黄褐色のリノリウムの床に落ちていた郵便物を拾い上げた。そして窓辺へ歩み寄ってブラインドを上げ、窓を数インチ開けた。

煙草に火を点けて灰皿の溝に置き、湿った漆喰《しっくい》の臭いを消すためのお香代わりにした。次いで意気揚々と軋む回転椅子に腰を下ろし、郵便物を開封しはじめた。一通はダイレクトメールで、一通はまた旦那に逃げられたという前の依頼人からの手紙だった。前回おれが旦那を連れ戻してから二ヵ月と経っていないのだから、今回は無料で見つけてもらいたいという。まるでおれが時計の修理屋と同じだとでも思っているらしい。

ダイレクトメールは屑かごへ捨て、手紙は真ん中の引き出しへしまった。近いうちに引き出しの中身を整理しなければならない。灰の水曜日（四旬節の初日。カトリック教徒が懺悔の印に頭に灰をかけることにちなんでいる）が最適だろう。おれは椅子の背にもたれて親指と人さし指で顎をつまみ、八階下から聞こえる往来のざわめきに耳を傾け、天井へゆらゆらと立ち上る煙草の煙を見つめた。きょうの出来事を数え上げてみる。費やした労力に見合うだけのものを得ていた。つまり、ほとんど何もないのだ。

午前中に何もなかったわけではない。少なくとも一人にとっては二千五百万ドルの価値がある古文書、思わずむしゃぶりつきたくなるような、それでいて銃と灰色の動機の持ち主でもある美女、エリー・ストリートの安宿で刺殺され、ネクタイで吊るし首にされた、フロリダで日光浴をしていると思われた禁酒法時代のギャング――問題は十分すぎるほど起きていた。しかしこれまでのところ、おれの役割は困惑した傍観者に限られていた。浅瀬を歩き回るのはやめて、泳ぎだすべきときなのだろう。

机の引き出しから住所録を取り出し、きのう書き込んだばかりのページをひらいて、そこに記された番号へ電話をかけた。年配の受付係は何も訊かずにマクマナス司教に取り次いだ。

「これほど早く電話が来るとは思いませんでしたよ、パインさん」マクマナス司教は言った。

「何か進展がありましたか？」

「ええ、ほんの少し。ですが好ましいことではありません」

永遠とも思われる沈黙ののち、司教は言った。「というと？」

「ワーツは」とおれは言った。「部屋にいませんでした。どうやらこの三、四日戻っていないようです。でもドアに鍵がかかっていなかったので、思い切って中へ入ってみました。そして、クローゼットに押し込まれた死体を見つけました」

「なんですと！」驚いたというより、気を揉んでいるといった声音だった。「ワーツではないんですね？」

「あなたから聞いた人相とは違っていました。それに、死体はウィリー・ポストという名の男だと確認されました」

「それだけですか？　つまり、ワーツとの関係を示すものは見つからなかったのですか？」

「ええ、何も」おれは続けた。「ポストというのは、覚えてらっしゃると思いますが、十六年ほど前に新聞紙面を賑わわせた男です。古き悪しき時代には、ルイ・アントゥーニの片腕でした。そいつが町にいたとわかって、警察は目を丸くしてましたよ。少なくとも、おれが話をした警官はね」

「アントゥーニ」司教が物思わしげに言った。「シカゴで最も悪名高いギャングです……これは込み入った状況になりそうですね、パインさん。アントゥーニはすでに引退したという話ではありませんでしたか？　病気を患っていて、フロリダで隠遁生活を送っているのでは？」

「そう考えてほぼ間違いないでしょう」おれは椅子の背にもたれて吸い取り紙の上に踵《かかと》を乗せ、独りにやりとした。時には司教もこういう座り方をするかもしれない。「ウィリーが町に舞い戻った理由は、誰にも見当がつかないらしいですね」

しばらくの間、受話器からかすかにブーンという音が聞こえてきた。ようやく口をひらいた司教の声は、いままで以上に重々しかった。「これまでのところ、あなたは何をしたんですか、パインさん？」

「警察に通報しました。ご承知のとおり、それは義務ですからね」

「もちろんですとも」

「殺人課のティニーという巡査部長に、おれがワーツを訪ねた理由をしつこく訊かれました。必要以上のことは話さないと突っぱねましたが、あなたの名前は教えました。その代わりに、役立つかもしれない、ささやかな交換条件を取りつけました。まあ、彼があなたに会いにいくかもしれませんが、尋問するにしてもほかの警官よりはるかに礼儀正しいでしょうね」

「あなたはその——つまり——例の件に関しては、何も話してないでしょうね？」

あの古文書のことにちがいにない。「ええ、司教。おわかりでしょうが、話す必要はないですからね。新聞の日曜版に書き立てられるのがお望みでない限りは」

電話越しでさえ、彼が身震いするのがわかった。

「そんなことがあってはなりません」司教は鋭く言った。「あの件についてお話ししたことは、すべて内密にしておいていただきたい」

「ご心配には及びませんよ」

彼の声がやや和らいだ。「警察はワーツがそのポストという男を殺したと考えているのですか？　その、殺人なんですか？　あなたの話からは……」

「殺人に間違いありませんね。凶器はナイフで、おぞましい犯行です。ええ、警察はそう考えるでしょう。殺人現場は彼の部屋ですし、しかも行方をくらませていますからね。嫌疑をかけられても不思議はありません」

「あなたの意見は?」

「おれには意見などありません、いまのところは。もしお望みなら、考えてみてもいいですよ」

「彼を見つけてください、パインさん」司教の声は奇妙なほど抑揚がなかった。「抜け目のない、厄介な男です。ですがわたしにはどうしても信じられないのです——その——あんな学者肌の男が、ナイフで人を殺すなんて。そうです、きっとほかに仲間がいるにちがいありません。少なくとも、すべての事実が明らかになるまでは信じることはできません。それに——」司教は咳払いをし、「お気づきのとおり、あの古文書はわたしの想像力に火を点けました。おかげでほかのことは何も考えられません。もし本当にそんな文書があるなら——」

「全力を尽くしますよ」おれはなだめるように言った。

「くれぐれも連絡は絶やさないでください」

「そうします」

別れの挨拶を告げる司教の声はやや焦燥を来《きた》していた。おれはそっと受話器を戻し、煙草の吸いさしに手を伸ばした。さらに別のもう一本を喫い終えた頃、あるちょっとした考えが浮かんだ。ふたたび、受話器を手に取る。ウエスタン・ユニオンに電話し、クリフ・モリソン宛の長い電報を口述した。ワインと酒に目のない友人で、シカゴ近辺のいくつかの探偵事務所相手に何年か仕事をしたのち、ロサンゼルスへ移って自分の事務所をひらいた。稼ぎは映画スター並みで、おれは二年ほど前から、ロスへ来て手伝わないかと持ちかけられている。だがおれは頑なに拒みつづけている。落ちてきたオレンジで頭をかち割られるのが心配なのだ。

あと一つだけやるべきことがあった。電話帳にその番号が載っていた。二度の呼び出し音に続いて、いかにも交換手じみた愛想の悪い女の声が聞こえた。「スティーヴンズ・ホテルです」

「一二一二号室を頼む」とおれは言った。

プラグが差し込まれたときに一度、続いてボタンが押される際に三度、カチリという音が聞こえた。

「もしもし?」

男の声だ。髪が薄くなりかけ、太鼓腹を隠してくれるようなデザインの服を着た太った男がおれの頭に浮かんだ。長いこと理髪店の椅子の上で過ごし、マニキュア師とデートする、ストリップ・ショー好きの男。午前中はずっと化粧品かコンクリート・ミキサーか段ボール箱を売り歩き、いままさにシャワーを浴びんとしていた男。

おれは言った。「一二一二号室か?」

「ああ、そうだ」せかせかとした声で、「なんの用だ?」

「ミス・ノースがその部屋に泊まっていたと思うが」

「そううまいことはいかんよ、きみ! ハハッ! わたしはついさっきここへ着いたばかりで、部屋に女の姿はない。もちろん、まだベッドの中は見てないが――」

おれは電話を切り、もう一度スティーヴンズ・ホテルにかけ直した。ミス・ノースは一時間足らず前にチェック・アウトし、どこへ行くかも言わなかったという。おれは宿帳に書かれた彼女の住所を尋ねて副支配人に鼻であしらわれ、もっともらしい嘘をでっちあげてようやくニューヨーク市とだけ書かれていたと聞き出した。そういった情報はホテルには関係のないことだと考える連中がよく使う手だ。

いくばくかの事実も引き出せずにローラ・ノースを放免したのは、おれの落ち度のように思えた。彼女と一緒にいた間、クローゼットに死体があるとは知らなかった。それもまた失態だったと、おれは陰鬱に思い返した。

とにかく、彼女はすでに、跡形もなく消え失せてしまった。おれにできることはなかった。もしワーツが持っていると思われる古文書に彼女も興味があるなら、また出くわすことがあるかもしれない。ほんのかすかではあるが、その可能性はある。だがいまや、レイモンド・ワーツに関する唯一の手がかりは、おれの電報に対するクリフ・モリソンの返事だけだった。それが得られるのは数日先になるだろう。

依頼人と会い、死体を見つけ、警察をやり過ごし、ストッキングをはいた麗しい脚を取り逃がした——一日分の仕事としては、もう十分ではないだろうか。おれは腰を上げ、窓を閉めると、書類棚の上の帽子を手に取った。アポロで冗談の種になりそうな探偵ものの映画をやっている。きっといくつかものにできるだろう。

廊下へ出るドアを明けようとしたとき、電話のベルが鳴った。おれは引き返して奥のドアの鍵を開け、受話器を取った。

「パインさんですか?」きびきびとした自信に溢れた若い男の声が、タイプライターの音と騒々しい会話を背に聞こえた。

「ああ」

「わたしは『ヘラルド・アメリカン』のグラントと申します、パインさん。エリー・ストリートで今朝ウィリー・ポストの死体を見つけたのはあなただと聞きましてね」

「それを教えたのは誰だ?」

おれの声に含まれた苛立ちを感じ取ったのだろう、彼はやや申し訳なさそうな声で、「事件を担当している警官の一人です」

あの映画俳優のような容貌の若い警官にちがいない。必要もないのに何かとサイレンを鳴らしたがる警官は、最初に現れた新聞記者に自分の名前もろとも洗いざらいぶちまけてしまうものだ。

「なんの用だね?」おれは言った。

彼は急に説得力のある口調になり、「ただ事実を整理したかっただけですよ。もちろん、あなたを不快にさせるようなことは何も言いやしません。どのように死体を見つけたのか、あなたの口からお聞きしたかったんです」

「トイレを探してたんだ」とおれは言った。「そうしたら迷ってしまってね」

彼の礼儀正しい笑い声は、墓石のように硬く、ユーモアのかけらも含んでいなかった。「まあまあ、パインさん。それだけではないでしょう? ポストが発見された部屋のウォルシュという間借り人を、警察が追っているのはわかっています。彼は誰なんです? どこの出身ですか?

ウィリー・ポストとはどういう関係なんです?」

「ウォルシュとは誰だ?」とおれ。「知らないね」

ひと呼吸置いて、「協力していただけませんかね、パインさん」グラントは傷つき、気分を害したようだった。「われわれの立場もわかってくださいよ。それに、あなたのお知り合いの警官には、われわれの協力が必要になるかもしれませんよ」

「悪いが」おれは続けた。「ネタは『ニューズ』に流すことにしてるんでね」

おれは電話を切り、事務所を出た。廊下を歩いていると、ふたたびベルが鳴りだすのが聞こえた。それにはかまわず、エレベーターへ向かった。

5

映画館を出たとき、壁の時計は四時十七分を指していた。おれは突っ立ったままランドルフ・ストリートに降り注ぐ強い陽差しに目をしばたたき、夕食の前に一、二時間事務所へ戻ろうかどうか考えた。そうしなければならない理由はなかった。仕事を抱えてはいたがいまのところ袋小路に入り込んでおり、クリフ・モリソンに送った電報の返事が来るまでは、おそらくなんの進展も望めまい。

まるひと晩を無為に過ごさずにすむための電話番号が、住所録に一つ二つ載っている。だが、ベッド脇のナイト・テーブルの上には、フィリップ・ワイリー（アメリカのSF小説家）の小説が置いており、キッチンの冷蔵庫には炭酸水が入っている……。

東を見ると、灰色の――ほとんど黒に近いような――雲が湖上に垂れ込め、そよ風もめっきりと冷たくなっている。雨が近いのだ。それもそう先のことではないだろう。今夜は自分のアパートメントで過ごすのが最善の策かと思われた。

だが突然、テーブルの上の小説への興味は消え失せた。おれが求めているのは、明かりとグラスを満たす琥珀色の液体、それに仕切りのついたテーブルでおれの隣に座るパーティ・ドレスを纏《まと》った暖かい肉体だ。きょうは主として性質《たち》の悪い人間にばかり出くわした。解毒剤が必要だった。マクマナス司教のおかげで、処方薬を手に入れるだけの金には困らなかった。
おれは角のニュース・スタンドで『ヘラルド・アメリカン』の遅版を買い、タクシーに乗って事務所の住所を告げると——住所録はそこにおいてあった——新聞をひらいた。見出し語がおれの目をとらえた。〈アントゥーニの片腕、死体となって発見される〉
太字の小見出しの下に記事が載っていた。自分がニュースの一部となっていることにいくらか気をよくしながら、おれは目を通した。

ヴィト・ポストーリ、別名ウィリー・ポスト——かつて一大勢力を築いたアントゥーニ・シンジケートの副官であり殺し屋だったといわれる——の死体が、ウエスト・エリー一七三〇番地の下宿屋で発見された。ナイフで心臓を刺されたのが死因。検死官の報告によると、死後数日が経過しているという。発見者は私立探偵のポール・パイン氏で、現場に居合わせた経緯はこれまでのところ明かされていない。
下宿屋の所有者で経営者のトロッター・アグネス夫人は、ポストが発見された部屋は二週間前からレイモンド・ウォルシュが借りていたと話している。ウォルシュは部屋に荷物を残したまま、数日前から行方不明だという。警察は現在、彼の足取りを追っている。

記事の後半では、ポストは十三年前にシカゴから姿を消し、カリフォルニアのターミナル島にある連邦刑務所からアントゥーニが釈放されると、ほかの手下たちと共に大ボスに合流したことはよく知られていると書かれていた。そして最後は、周知の事実で締めくくられていた――ルイ・アントゥーニは不治の病に侵されており、余命いくばくもない。

クローソン・ビルの前でタクシーを降りた頃には、小雨がぱらつきはじめていた。ビルの軒先で人々が雨宿りしながら、哀れっぽく空を見上げている。おれは人込みを押し分けてロビーへ入り、エレベーターで八階へ上がった。

窓から差し込む灰色の薄明かりで待合室は暗かった。おれは鍵束を取り出し、内側のドアの鍵を錠に差し込んで回した。そして敷居を二歩またいだところで、鍵がかかっていなかったことに思い至った。

そんなことはあり得なかった。鍵はかけたはずだ。いつも必ずかけている。おれは用心深い男なのだ。

棍棒《こんぼう》を手にしていたのが誰であれ、熟練者だったにちがいない。物音一つ聞こえなかった。

それは女が帽子と呼ぶ、幅広の青いリボンの端切れだった。両端が光沢のある三角形の銀色の布で留められている。それが艶やかな赤毛の頭に小粋に載せられていた。

髪と帽子は消えては現れ、そしてまた消えていった。やがてそれらは落下するエレベーターのように、目のくらむような急降下をはじめた……おれは両目を閉じ、唇を引き結んで吐き気をこらえた。

輝くような音色のベルが、がらんとした巨大な部屋に鳴り響いた。おれはその音に身震いすると、なぜ光が見えないのか訝った。

と、辺りが明るすぎる光に満たされ、ベルの音は言葉に変わった。

「……目を開けて。大丈夫？　わたしの声が聞こえて？」

おれはやっとのことで半分ほど瞼《まぶた》を開けたが、それ以上開けられなかった。雨のあとでコテージの窓を開けるのに似ていた。穀物庫の鼠のように、傷みが後頭部に嚙みついた。

リボンと艶やかな赤毛がふたたび現れ、その下には先ほど気づかなかった顔があった。隠遁者を山奥から誘い出し、離婚裁判所を満員にさせ、老人にホルモンを見直させる顔。香水や黒いレースの下着の売り上げを伸ばし、エプロンになど誰も見向きさせなくなる顔。美しい肌は熟練した化粧でいっそう美しく見え、茶色の瞳は絹のような艶を放っている。頭の中で何を考えているのか絶対に見透かせないような、用心深そうな落ち着いた眼差し。鼻はまったく目に入らない。なぜなら、ふっくらとした唇に心を惹きつけられてしまうからだ。髪は頭頂部分が艶やかで、後ろはミディアム・ボブほどの長さ、あちらこちら無造作に乱している。

おれの痛む頭は、布で覆われた固く温かいもの、つまり女の太腿で心地よく支えられていた。

「一時間足らず前に、こういう場面を嘲笑ったばかりだ」おれは言った。「あの座席案内係は、おれを放り出したかったただろうね」

彼女の表情から、おれの頭がおかしくなったと考えているのが窺えた。どんな目に遭わされたかを思えば、そうなってもいいくらいだった。

「大丈夫なの？」いかにも彼女に似つかわしい声だった。ハスキーで、堂々たる声ではあるが、抑制もきいていた。

「大丈夫かどうかなんて、おれにわかるもんか。起き上がりたいんだがね」

彼女の手を借りて上半身を起こすと、脚の間のリノリウムの床を見下ろしたまま、めまいが治まるのを待った。次いでどうにか机の脇までたどり着くと、そこでひと休みしてから、回転椅子に腰を下ろした。座ると楽だった。温泉で二週間療養したほどではないにしろ、多少はましだった。おれは机の後ろに大きな半円形に取り散らかった書類や紙マッチ、吸い取り紙、それに輪ゴムに目を見張った。

訪問者はおれの向かいに立っていた。おれの気力を奮い立たせようとかすかな笑みを浮かべてはいるが、いくらかは心配しているようだった。「気分はどう、パインさん？」

「申し分ないよ」とおれは言った。「辛抱強く待ってくれてすまないね。もう頭ははっきりしてる。おれを殴ったのはきみか？」

「とんでもない！　何分か前にここへ来たら、あなたは床に倒れていて、物が散乱してたのよ」

「ほう」天井の明かりが灯り、ブラインドは下ろされていた。午後の早い時間におれが部屋を後にしたときには、そんなふうになっていなかった。緑と白のチェックの女物の傘が、開け放たれたドアにいちばん近い隅に立てかけられている。それでごく最近に誰かの頭を殴ったようには見えなかった。

彼女は口の端にだけ笑みを浮かべ、興味深そうにおれを見た。「何か大事なものはなくならなかった?」

「大事なものなんて持ったためしがないさ。座ったらどうだ?」

彼女は快い笑い声を立てた。「あなたってなんだか変わった人ね、パインさん。それじゃ、座らせてもらうわ」

彼女は机と平行に置かれた客用の椅子に歩み寄って腰を下ろし、黒いストッキングをはいたさほどか細くはない脚を組んだ。靴など目にも入らない。紺色の薄手のウールのドレスはシンプルなデザインで、数年先にはえも言われぬ色香を漂わせるであろう身体を引き立たせている。襟ぐりは丸く開きぎみで、そこから覗く肌は聖人の良心のように透き通っていた。

ふんだんに注ぎ込まれた金が、彼女をあたかも三十五歳から二十八歳へ若返らせていた。どうやら金には困らない暮らしぶりのようだ。

おれは彼女の膝に置かれたワニ皮のハンドバッグ、指にはめられた指輪、真珠の一連のネックレスを見つめた。電話を、自分の指を、そして虚空を見つめた。いますぐ家に帰って、冷たいシャワーを頭から浴びることにしよう。

「わたしはコンスタンス・ベンブルックよ、パインさん。お医者さんに診《み》せたほうがよくないかしら? 脳震盪を起こしてるかもしれないわ」

おれは煙草を取り出し、彼女にも一本勧めたが断られた。座ったまま両目の焦点が合うまで、煙草の滑らかな表面を見つめた。頭を殴られると時折焦点が合わなくなるものだ。

視界がはっきりとなった。おれはマッチを見つけて煙草に火を点けた。煙を胸いっぱいに吸い込むと、気分がよくなった。目を上げると、彼女の心配そうな茶色い瞳がこちらを見ていた。

「はじめまして、ベンブルック夫人。医者に診せる必要はないよ」

彼女は上品な曲線を描く片眉を上げた。「あなたってすごいのね！　どうしてわたしが結婚してるとわかったの？」

「きみは結婚指輪をはめている。ここから見ても、かなり値の張るもののようだ。ということは、きみは結婚していて、そしてかなりの金持ちだ。初歩的なことだよ、ベンブルック夫人。で、いったいなんの用だ？」

彼女は笑い声を上げた。楽しげな心からの笑いで、頭をのけぞらせたりはしなかった。「女はよく指輪をするものよ……わたしの夫を見つけ出してもらいたいの、パインさん」

おれはさらに煙を吸い込むと、かぶりを振った。

「申し訳ないが、ベンブルック夫人。おれは個人営業なもんだから、一度に一つの依頼しか受けられない。人を雇えるほど仕事が来るわけじゃないしね」

「いまは別の仕事をしてるってこと？」

「そうだ」

彼女は言いよどみ、下唇を噛んだ。やがてゆっくりと、口をひらいた。「確信はないんだけど……」言葉を切り、どう話したものか思案してから、言い直した。「夫の失踪は、あなたがいまかかわっている件に関係があるかもしれないの」

その言葉はおれと彼女の間に漂った。よもやそんなことを彼女が口にするとは、思いもしなかった。考えていることが顔に出ないようにするのはひと苦労だった。

一瞬ののち、おれは言った。「もう少し話を聞かせてくれるかね、ベンブルック夫人。もし役に立たない話だとわかっても、吹聴して回ったりはしない」

彼女は膝の上で落ち着きなく両手を動かした。まるで高価なものに触れるのが好きだというように、バッグの表面を撫でている。彼女は口をひらいた。「今朝早く、新聞にあなたの名前が出ているの見つけたの——ウォルシュという男との関連で」

「ああ、そうだが」彼女が口ごもると、おれは励ますように言った。

「彼の本名はワーツよ、パインさん。夫の古い友人なの。マイルズは数年前からこの町の博物館で館長を務めていて、ワーツさんは何度か博物館のために仕事をしたことがあるのよ」

「マイルズというのは、きみの旦那のことか?」

「ええ。マイルズ・ベンブルック。わたしたち、三年前に結婚したの——わたしは彼の二番目の妻で、彼よりずっと年下よ。新婚旅行はカリフォルニアへ行ったわ。レイモンド・ワーツとはよくそこで会うの。

それで二週間ほど前に、彼がわたしたちの家に現れたの。カリフォルニアから車でやって来たばかりで、とんでもなく重要なものを運んできたと言ったわ。安い部屋を借りて、十日かそこらここにいるつもりだ、って。彼は変わり果てていたわ、パインさん。みるからに痩せ衰えて、びくつくあまり椅子に座っていることもできなかったくらいよ。最後に会ってから、十歳は老け込んだようだったわ」

「そいつの年齢は？」

「ええと、マイルズが四十七歳だから、ワーツさんもそれぐらいでしょうね」

「ワーツは結婚してるのか？」

「ええ。奥さんに会ったことはないけれど。二年前に年下の女性と結婚したのよ。あまり長くは続かなかったみたいね」

「離婚したのかい？」

彼女は記憶をたぐり寄せた。そうしているだけでも彼女は美しかった。「別居したんじゃなかったかしら。確かかどうかわからないわ」

おれは床の乱雑さに、さらに煙草の灰を加えた。「その先を聞かせてくれ、ベンブルック夫人。もしそうしたければね」

あの茶色の瞳に、期待の色が溢れた。「わたしを手助けしてくれるのね、パインさん？」

「まあ、そういうことになるだろうね」

彼女の笑みがおれを打ちのめし、ひざまずかせた。「嬉しいわ。マイルズのことが心配でならなかったの」

おれは本題に入った。「その重要なものとやらについて、ワーツはきみに詳しく話したのか？」

「いいえ。でも、あの日の午後に、マイルズと彼は二時間近く書斎にこもってたわ。二人が出てきてワーツさんが帰ったあと、マイルズはひどく興奮してたの――でも、わたしには何も話してくれなかった。ワーツさんとはそのあと会ってないけど、あれから数日の間に何度かマイルズに電話してきたみたいね。何を話したのかは知らないわ。マイルズは日に日に、神経質で怒りっぽくなっていったわ。そうはいっても、マイルズとはほとんど一緒にいなかったの。ワーツさんが訪ねてきて以来、彼が——わたしの主人が——いなくなるまで」

「ご主人がいなくなったのはいつだ？」

「三日前よ」

「彼の事務所の連中は何か知らないのかい？」

「マイルズに事務所はないわ、パインさん。三年前に退職したの。それまではラ・サーレ・ストリートでブローカーをしてたんだけど、それも退屈しのぎのためよ。主人は父親から莫大な遺産を受け継いだの」

おれは立ち上がり、ブラインドを半分ほど開けて窓の下端を数インチ引き開けた。さほど強くはない雨が、いまやすっかり雲に覆われた空から絶え間なく落ちてくる。窓ガラスに頭を押しつけると、その心地よい冷たさのおかげで、頭の中の蜂の羽音が鳴りやんだ。

「大丈夫、パインさん？」心配しているような、苛立っているような、そしてさらに誘惑しているような声だった。おれは驚いて振り返った。

彼女は微笑んでいた。満面の笑みではないが、上顎の歯の白い線がやや覗いている。そして彼女の瞳には、おれへの好意があからさまに宿っていた。それに値するほどのことをしたかどうか、おれはぼんやりと考えた。

おれはまた腰を下ろした。脚はさっきほどふらついておらず、頭もまずまずの調子に戻った。

一杯やれば完全に癒えるだろうが、もはや机の一番下の引き出しに酒瓶は入れてなかった。いかにも私立探偵ものの映画じみていて面映かったのだ。

「三日じゃそれほど長いとは言えないな、ベンブルック夫人。ほかに彼がいなくなる理由に心当たりは？　もちろん、このワーツの件も理由の一つだがね」

彼女は脚を組み替え、ウールのスカートが無意識とは思えぬほどめくれ上がった。片方のストッキングの上に滑らかな肌が三角形に覗いていた。彼女はそれをなんら気にかけていないようだった。

「どう話せばいいかわからないんだけど」彼女はゆっくりと切りだした。次の言葉を探しながら、ハンドバッグを開けて煙草とうね模様の金のライターを取り出す。ライターの側面にはプラチナで象嵌細工の頭文字が施されている。ストロー型の長めの煙草でさえ高価そうに見えた。おれがマッチを見つける前に彼女は火を点け、白い煙を吐き出した。「女がいるのかもしれないわ。信じられないけど」

彼女の容姿からして、おれにも信じられなかった。「詳しく話してくれ」

「マイルズがいなくなった日のお昼頃、彼は書斎の電話で女と話していたの。わたしがたまたま二階にある内線の受話器を取り上げると、『彼女にも言わないで。暗くなってから取りかかったほうがいいでしょうね』と言う女の声が聞こえたわ。マイルズはきっと受話器を取る音を聞きつけたのね。『さよなら』と言うなり電話を切ってしまったもの」

「その女もすぐ電話を切ったのか？」

「いいえ。彼女もびっくりしたんでしょうね。早口で一、二度『もしもし』と言ったわ。わたしはそれを遮って、こう言ったの。『夫はもう電話を切ったと思うわ。かけ直させましょうか？』」

「ほう」おれは賞賛するように言った。「するとその女は、話をしていた相手には妻がいたと知ったわけだな。彼女は何か言ったかい？」

「いいえ。ただ静かに受話器を置いたわ」

「その電話の主を突き止めようとしなかったのか？」

彼女は短く笑った。「どうすればそんなことができるのか、見当もつかないわ」

「そのことを旦那に話したのかい？」

「いいえ。問いただすほどのことは知らなかったから。もしそうしていても、彼の説明で納得させられていたでしょうね」

おれは後頭部をそっとさすり、彼女のドレスの丸い襟ぐりに目を向けぬよう、不本意ながら努力した。「きみは旦那さんと愛し合ってたのかね、ベンブルック夫人？」

「あなたって無作法なのね、パインさん」冷ややかだが怒っているわけではなく、いささか楽しんでさえいるようだった。

「そのとおりだ。すまないね。で、どうなんだ？」

「夫は素晴らしい男《ひと》よ。若くはないけれど」これまでになく落ち着き払い、用心深そうな眼差しが彼女の瞳に戻った。

「四十七歳は年寄りじゃないと思うがね」おれは言った。

机の上の手の届く位置に置いてやったガラスの皿に、彼女は煙草の灰を落とした。その手はがっしりしていて、真っ赤な爪は長すぎるにもかかわらず、どんなことでもできそうだった。「男の人は実際の歳より老けていることがあるものよ、パインさん。女はそれを嫌がるけど」ほんのかすかな笑みが、ふくよかな口元に広がった。「わたしは違うわ。それにお金は大切だもの——わたしのような女にとってはね」

おれは何も言わなかった。頭が痛み、口の中は禿鷲《はげわし》の塒《ねぐら》のような味がした。雨が囁くように窓を叩き、ジャクソン・ブルヴァードの上手《かみて》に湿っぽい夜の帳が下りていた。家へ帰る時間だった。コンスタンス・ベンブルックは美しい女性で、彼女の女性ホルモンは抑制心以上に強い。そっと幹を揺すぶるだけで、熟れた実よろしく彼女が膝の上に落ちてくることだろう。だがいまのおれは、それを望んでいなかった。またの機会にするとしよう。

「わたしのために彼を見つけてくれるわね、パインさん?」

おれは肩をすくめた。「たぶんね。やってみるさ。だがきみからは、手がかりらしきものをほとんど与えられていない。親しい友人や仕事上の知人のリストがいる。明日にでもきみの家へ取りにいくよ、きみさえ嫌でなければ。きょうのところはもう、仕事は真っ平という気分なんでね」

「もちろん、いいわ」その声には同情と興奮が入り混じっていた。コンスタンス・ベンブルックほどの美人でも、なかなかできない芸当だ。「住所はシェリダン・ロード六一七四番地よ」

おれがそれを書き留めている間に、彼女は立ち上がってドレスを直した。「午後に来てくれるかしら? 二時半頃はどう?」

「二時半でけっこう」とおれ。

彼女はおれがそうするより先に自分で傘を拾い上げて部屋を出ていきかけたところで、おれは金をもらって仕事をしているのだろうと思い至った。おれは明日話し合おうと言い、彼女は別れの言葉を告げて忘れがたい笑みをおれに向けると、帰っていった。湿った漆喰のにおいに混じって、彼女を思い起こさせる高価そうな香水の残り香がかすかに漂っていた。

おれは窓を閉めると、向かいに建つビルの明かりのついた窓の列を見つめながら、とりとめもなく考えを巡らせた。正午には、コルト二五口径を携えたローラ・ノース。五時には、セックス・アピール——まだこういう言い方をするならば——を振りまくコンスタンス・ベンブルック。マイルズ・ベンブルックはレイモンド・ワーツの友人だった。ベンブルックは女から電話を受けたあと姿を消し、それから三日経つ。ローラ・ノースは女で、レイモンド・ワーツに興味がある。つながりがあるのだろうか？　三日前にマクマナス司教の事務室を出て以来、レイモンド・ワーツ、別名ウォルシュは行方不明だ。引退したギャングの死体がワーツのクローゼットで見つかった。そこへ死体が入れられたのは三日ほど前かもしれなかった。

つながりがあるのだろうか？　どこかにあるにちがいない。パインがきっと見つけるだろう。パインにはなんだって見つけられる。パインは夫だろうと犬だろうと季節外れのイチゴだろうと見つけられる。棍棒だって見つけられる——もしそいつで脳天を叩き割られたら。

どうかしてる。

おれは窓ガラスに映った自分の顔をせせら笑い、リノリウムの床から帽子を拾い上げて形を整え、机の後ろの乱雑さに顔をしかめると、電気を消して外に出た。せいせいした。

6

ずんぐりとした陽気な黒人の係員が、おれのプリマスを出してきた。「こんばんは、パインさん。外は雨でしょう?」そう言って、車のドアを開ける。レジの上のネオンサインが、彼の黒い肌に赤い光を投げかけた。

「ありがたいことだ」とおれは言った。「作物には恵の雨だからな。それにきみだって、雨のおかげで縮れ毛がまっすぐになるだろう?」

「ええ、そうですとも」

濡れた路面と夕方の混雑で、シカゴのノースサイド地区にあるプラット・ブルヴァードにたどり着くのにまる一時間かかった。近所のレストランに寄って軽い食事をとったため、さらに三十分を費やしてから、ウェイン・アヴェニューに車を駐めた。そこから半ブロック南のディンズモア・アームズに、二部屋と簡易キッチンからなるおれのねじろがあった。

車に鍵をかけ、ひとけのない舗道をディンズモアまで走った。柔らかな明かりの灯ったロビーで、かなりの住人が雨が上がるのを待っていた。おれは郵便物か伝言がないかと、フロントに立ち寄った。

パルプ・マガジンの愛読者である夜番のサム・ウィルソンが勤務につくにはまだ早い時間だった。昼番の品行方正な若者は、必要以上にちらちらとおれに軽蔑の目を向けた。手紙も伝言もないと彼は言い、その口調はまるで訊かれるだけ迷惑だと言わんばかりだった。そのとおりかもしれなかった。

係員のいないエレベーターでブロンドの図書館員と乗り合わせた。一週間くらい前に、廊下を挟んだ向かいの部屋に越してきた女だ。デートの約束でも取りつけることができたかもしれないが、彼女はダンテの『地獄編』を小脇に抱えており、おれにはその半分ほどの熱い時間すら過ごさせることができないだろうと判断した。彼女がドアを閉めたあと、おれは自分のドアの鍵を開けて中に入り、電気のスイッチをつけた。

長椅子の両脇にある二つのテーブルランプが、ほの暗い光を居間に投げかけた。おれはスイッチに指をかけたまま、簡易キッチンと部屋を隔てているスイングドアから出てきた二人の男に目を見張った。

二人ともレインコートを着ており、袖と肩が濡れて光っていた。一人は背が高く痩せぎすで、気難しそうな面長の顔に、一度骨折して靴磨き人にでも元通りにしてもらったような細い鼻、寄り目がちの冷ややかな灰色の小さい瞳。もう一方は標準的な体形で、一人目の男より老けていたが、場慣れしていないように見えた。しかしその顔は、連れの男よりも冷酷で知的そうな顔立ちだった……そしてその男が、銃を手にしていた。

おれは銃を見つめた。ニッケルでメッキされたバンカーズ・スペシャルで、照準器はやすりで削られ、銃口はおれに据えられていた。おれは言った。「金は銀行だし、宝石類は質屋に入れてある。隣の部屋を試したらどうだ?」

「軽口はよしときな、旦那」痩せた男が言った。「スイッチから手を離せ、変な気を起こすんじゃないぞ」

おれは手を下ろした。男は砂色の絨毯の上を音もなく歩いておれの背後に回り、おれの体の両脇に軽く両手を滑らせ、ポケットとベルトの位置を叩いた。彼は膝に短剣を忍ばせていないかどうか確かめ忘れたが、どうということはない。おれは短剣を持ち歩いていないからだ。「銃は持ってない」と彼はおれの肩越しにもう一人の男に言った。なま温かい息がおれの頬にかかり、ビールのにおいが鼻をついた。振り返って男にヘッドロックをかけ、盾代わりにすることもできただろう。しかしまた、オレンジの箱に押し込まれてナイアガラの滝から突き落とされることになったかもしれない。

男はおれの前に回り、ずんぐりとした手でおれの外套の下襟をつかんだ。手のこうと指は毛むくじゃらだった。

「個人的な恨みはないんだ、旦那」彼は穏やかな声で言った。「あんたは道理をわきまえ、厄介ごとの嫌いな、頭のいい人間のようだ。ちょっとそこまで一緒に来てもらいたいだけだよ」

おれは彼から銃を持つ男へと視線を移した。「もっとましなやり方があるだろう?」おれは言った。「これはどういうことなんだ?」

下襟がぐいと引かれた。ただし荒っぽいしぐさではなく、話している相手を思い知らせるためだった。穏やかな声で、「レインコートを着たほうがいいだろう、旦那？　雨に濡れたくないだろうからな。どこにあるんだ、旦那？」

「寝室のクローゼットだ」とおれ。「急ぐことはない。一杯やりながら話し合おうじゃないか」

男は外套から手を離し、寝室へ猫足に歩いていった。そしておれのトレンチコートを手にして、すぐさま戻ってきた。ポケットを探ってから、おれに放ってよこす。彼の表情は、よそよそしくはあったが相変わらず親しげだった。

「そいつを着るんだ」

おれはボタンを留めるのに手間取りながら、トレンチコートを身につけた。老人が銃を握った手をレインコートの脇ポケットに突っ込み、ドアのほうへ頭を傾けると、おれたちはそちらへと歩きだしかけた。

ドアの向こうから軽いノックの音が聞こえた。

おれたち三人は凍りついた。痩せた男は、うろたえたようにドアからおれへ、そしてまたドアへと目を向けた。彼の連れは素早くバンカーズ・スペシャルを引き抜き、銃口を床に向けて体の脇に垂らした。

今度はブザーが鳴った。

おれは低い声で言った。「ドアの下から明かりが漏れてるんだ。おれが家にいるとわかってるから、友だちはそうやすやすとは帰らないだろうな。ここに裏口はない。どうするね？」

痩せた男が決断を下した。「そいつをしまえ、ホワイティ」銃を持った男にそう言ってから、おれに向かって、「これから外に出る。あんたの友だちには、あとで出直すように言うんだ。そのとおりに言わないと、一発お見舞いしてやるからな。本気だぜ、旦那」

おれは肩をすくめた。「仰せのとおりに」

男は長い腕を突き出し、ノブをつかんでドアを引き開けた。

ローラ・ノースが立っていた。ちょうどもう一度ブザーを押そうとしていたところだった。おれたち三人を見て、彼女は口元をやや引きつらせ、後ずさりした。そして早口で、「ごめんなさい、パインさん。あたし、知らなかったものだから――お取り込み中だとは。またあとで来ましょうか?」

おれは悩み事など一つもないかのように、彼女に笑いかけた。「急ぎの用件でしょうか、ミス・ノース? いつ戻ってくるかわからないものでね」

彼女はリバーシブルの春ものの外套を着ており、防水になっている面を外側にしていた。ブロンドの頭に帽子はかぶっておらず、金のワイヤに連なる宝石のように雨滴が光った。黄色いブラウスのネックラインが、外套のひらいた襟元から覗いている。彼女は美しく、粋で、そして何かにひどく興奮していた。

「またにするわ」彼女はしぶしぶ言った。「いいのよ。そうね、明日の朝にでも……」一ドルの時計が急に止まるように、彼女は言葉を切った。その目はホワイティと呼ばれた男の右ポケットに釘づけになった。おれの肝臓へ向けた銃身の形がはっきりと浮き出ている。彼女はさもおれの肝臓が大事だというような表情を浮かべた。

痩せた男がいちはやくそれに気づいた。鷲が急降下するように片手で彼女の手首をとらえて室内に引きずり込み、彼女が抗《あらが》う間もなくドアを閉めた。

男は壁にもたれてゆっくりと彼女を眺め回した。「タイミングが悪かったな、お嬢さん」

「ど――どういうことなの」彼女は消え入るような声で言った。「あたしはただ、ちょっとパインさんとお話しすることがあって立ち寄っただけなの。あたし……」

それまでだった。彼女にはほかに言うべきことがなかった。次は男の番だった。

痩せた男が言った。「大丈夫ですよ、お嬢さん。気を楽にして。具合の悪いことに首を突っ込んでしまったようですね。ちょっと縛ってもかまわんでしょう？　急に叫んだりしないように」

おれは言った。「こんな話を聞いたことがある。女が縛られ、猿ぐつわをされ、そして絞め殺された。この国じゃそれを殺人と呼ぶんだ」

「黙れ」と男は上の空で言い、彼女を見つめたままゆっくりと耳を掻いた。やがて彼は口をひらいた。「一緒に来てもらったほうがいいだろう、お嬢さん。そうするとしよう」

「行かないわ！」

「行くんだ」灰色がかった青い目をもう一人の男に向け、「ホワイティ、二人のうちどちらかが少しでも物音を立てたら、お見舞いしてやれ。行くぞ」

廊下に人の姿はなく、ほかの部屋のドアの向こうから物音が聞こえてくるだけだった。小さな家庭的な音――夕食時の音楽を奏でるラジオ、女の甲高い怒鳴り声、電気剃刀のくぐもった音。銃を向けたり向けられたりするオツムの弱い連中と違い、まっとうに生きているごく普通の人々が立てるごく普通の音。

「裏階段だ、旦那」瘦せた男が小声で言った。「誰かに出くわしても、騒いだりするなよ」

二人はおれたちの後について、静寂に足音を響かせながら、コンクリート剝き出しの階段を二階下まで下りた。おれたちは一階についた。エレベーターからも受付からも遠く離れている。天井に埋め込まれた明かりが、廊下に淡い黄色い光を投げかけ、部屋番号がきらめきを放っていた。

「裏口から出ろ」瘦せた男が普通の声で言った。

おれは廊下の端へ一行を先導し、重いドアを引き開けた。そこはコンクリートで覆われた狭い勝手口だった。ローラ・ノースとおれは先に立って特大のゴミ箱が並ぶ路地へ進んだ。その先には大通りがあった。いまや雨はどしゃ降りになっていた。おれはトレンチコートの襟を立てた。

おれたちはディンズモアの南に位置するウェイン・アヴェニューに出た。一台の車が、身を寄せ合うようにして歩くおれたちの横を、ゆっくりと通り過ぎていった。タイヤが濡れたアスファルトを静かに嚙み、ヘッドライトの金色の光芒に大きな雨粒が無数に浮かび上がった。

「あんたの車を使おう、旦那」穏やかな声がおれの耳に囁きかけた。「どこに駐めてある?」

おれは場所を教え――その声は不明瞭に聞こえた――舗道をプリマスへと向かった。おれが車を持っているとなぜ知っているのか不思議だったが、わざわざ尋ねるほどのことではなかった。訊いたところで答えは得られないだろう。

おれは鍵を取り出し、右側のドアを開けた。老人が前部席のシートを倒し、ミス・ノースが後部席に座りやすくした。彼女は座席に体を押し込み、その動きは操り人形のようにぎこちなかった。老人が彼女に続いて乗り込んだ。腰を屈めるのは楽ではないというように、ゆっくりとした動きだった。

順番に従い、おれは運転席に滑り込んだ。痩せた男はおれの隣に座り、ドアを閉めた。

「車を出せ、旦那」

おれは点火装置を解除すると、最後の悪あがきを試みた。「楽しいといえば」おれは続けた。「楽しいがね、いつもおれが言っているように。だが念のために、それからおれの心の平安のために訊いておきたいんだが、どんな意味があるかは別にしても、その冷たい目と銃の裏にいったい何が潜んでるんだ?」

隣に座る男は左足を動かしてスターターを踏み、モーターが脈動しはじめた。彼は明るく言った。「あとでな、旦那。あの方たちを待たせるわけにはいかないんだ。出せよ」

「ああ。この辺りをうろうろすればいいのか? それとも、行き先があるのかい?」おれがどんな気分か、声音によく表れていた。

男はおれの気分などおかまいなしだった。「ウェスタンへ出たら、南に向かえ」

おれはUターンしてプラット・ブルヴァードへ戻り、次いで西へウェスタンに向かった。腕時計を見ると七時数分過ぎだったが、空にはすでに光はなかった。

その通りには大きな新築のアパートメントが建ち並び、時折生垣の奥の広々とした敷地に立派な邸宅が垣間見え、景観の単調さを和らげていた。どっしりとしたハコヤナギと楡《にれ》が舗道と排水溝に覆いかぶさるように枝を垂れ、湿っぽいトンネルを形作っている。その中を行き来する人影と、駐車された車のおぼろげな輪郭が見えた。

雨は間断なく車の屋根と窓を叩き、曇ったガラスにおれたちは隔絶されていた。湿った布とかすかな汗のにおいが漂い、座っている人間が立てる小さな音だけが聞こえた。

数ブロックを走り過ぎた。明滅する信号機のライトが車内を照らし、モーターが静かに唸っている。ワイパーがシャッシャッと音を立てて動き、後ろの老人がぜいぜいと息をしていた。

ウェスタン・アヴェニューは煌々《こうこう》と街灯の灯る幅広の道路で、路面電車が前方を走っていた。おれはその通りへ折れ込み、時速三十五マイルを保ったまま南へ向かった。交通量がかなり多く、おれは運転に注意を集中した。

まもなくウィルソン・アヴェニューに差しかかった。痩せた男が口をひらいた。「アーヴィングを西だ、旦那」

「かしこまりました」

アーヴィング・パークにも路面電車の線路が敷設されていた。通りに折れ込んだ際、線路に乗り上げてプリマスが少し揺れた。走行距離は数マイルに達し、雨は降りつづけ、信号は赤、黄、青と移り変わった。

町の西外れに近づくと、助手席の男は身をよじらせ、交差点の道路標識に目を光らせた。少ししてと、おれは男に命じられて速度を落とした。彼は言った。「次の角を左に曲がれ。通りの東側の三軒目の家だ」

「アイ・アイ・サー」

男は何か面白みを感じて笑ったようだったが、違うかもしれなかった。おれは角を曲がり、言われたとおり縁石に車を寄せ、小さな煉瓦造りの平屋の前でブレーキを踏んだ。舗道に植えられた二本のプラタナスの巨木が落とす影に、その家は埋もれていた。両隣の家との間は、五十フィートほどの芝生と二つの生垣が隔てている。

おれたち四人は車を降り、水の滴る枝の下の、意味もなく曲がっている舗道を歩いて、小さなポーチへ上った。声帯を備えているほうの男が親指で白いボタンを押し、中でブザーがけたたましく響いた。チェーンをつけたままドアが三インチ開き、奥の暗闇から不機嫌そうな声が聞こえた。「なんだ?」その声は、もし合言葉を間違えたら、すぐさま弾丸が飛んでくることをほのめかしていた。

「ライリーだ」痩せた男が言った。「ドアを開けろよ」

いったん閉じられてチェーンが外されてから、ドアが大きく開け放たれた。おれたちは玄関と思しき、食人族の奥処のように闇に包まれた場所へ足を踏み入れた。ドアを閉めて手探りでチェーンをかけ終えるまで、その暗闇が続いた。異常なまでの用心深さだった。

電気のスイッチが押され、おれはオーク材と緑と白のストライプ柄の壁紙があしらわれた狭い玄関ホールに目をしばたたいた。

男は三人に増えていた。新顔は背の低いずんぐりした男で、灰色のズボンをはき、白いシャツの胸元をはだけている。かなり年老いてはいるが、人の手を焼かせるには十分なほど腕っ節が強そうだ。そしてその表情は、時と場所を問わず、人の手を焼かせのは大好きだと物語っている。

彼はごつごつした顔をおれへ、次いでローラ・ノースへと向けた。力ない色目がどうにか彼の目に浮かびかけたものの、練習不足のためか途中であきらめた。彼の目がふたたびおれに向けられた。おれは色目ではなく嘲笑を浮かべた。

「こいつがそうなのか？　探偵にしちゃ色男じゃないか。近頃は大学で探偵業を教えてるんじゃないのか」

「あんたの役目はドアを開けることだろ、爺さん」おれは言った。「もう掃除に戻っていいぞ」

彼の黄ばんだ灰色の目が、ペンキのように不透明になった。声を強張らせ、「なんだと、このクズ探偵め！」次いで、尖った靴先をおれの脛《すね》めがけて蹴り上げた。

おれは素早く脚を動かしてそれをかわすと、手のひらで男の肩を突き飛ばした。彼は壁に叩きつけられ、壁が振動した。したたかに頭を打ち、壁紙に脂染みが残った。男は突っ立ったまま浅く息をし、目はショックで虚ろになり、膝がふらついていた。

痩せた男ライリーは、いささか面白がっているようだった。「あきれたやつだな。相手は年寄りじゃないか」ホールの反対のドアを示し、「あっちだ、パイン。お嬢さんも来るんだ」

ポケットに銃を忍ばせた男も後ろからついてきた。ライリーは右手の指を曲げ、白い琺瑯《ほうろう》のパネルを関節で軽く叩いた。

「誰なの？」冷たく甲高い女の声だ。

「ライリーだ。あいつを連れてきた」

「お入り」

その部屋は居間兼事務室として使われている寝室だった。ベッドが運び出され、代わりに電話機と蛍光灯ランプがガラス天板に載せられた、立派なクルミ材の机が持ち込まれていた。ほかに壁際に置かれた現代的な長椅子、対照的な色合いの無地の安楽椅子二脚、緑と茶の絨毯、そして机と同じほどの大きさもある、クルミ材の酒瓶用の棚があった。すべてが真新しく、光沢を放っていた。あたかも配達のトラックがたったいま私道を出ていったばかりのようだ。象牙色の鉄製のブラインドは下ろされ、きっちりと閉められていたが、奥にある二つの窓はそれ以上に堅く閉ざされていた。隅にあるラジエーターが静かにシューッという音を立てており、室内の空気はトルコの蒸し風呂のように湿っぽかった。夥《おびただ》しいほどの光が溢れていたが、それがどこから発せられているのかはわからなかった。

その部屋の調度には想像力が欠如していたが、ぞっとするほどではなかった。

冷ややかで虚ろな顔をした背の高いブロンド女が、平均よりはややグラマーな体にぴったりしすぎている赤いイブニングドレスを纏い、膝を折って長椅子に座っていた。片手にハイボールのグラスを持っている。ローラやほかの男たちと一緒に部屋へ入っていくと、女はなんの興味もなさそうにおれを見た。

だが机の後ろの椅子に座る男には、よくよく見るだけの値があった。彼は厚ぼったい黒いスーツにボタンを留めたベスト、さらに茶色の模様が描かれたウールのドレッシングガウンまで着ていた。外の気温は二十度以上あり、隅のラジエーターが墓石も溶かすかと思われるほどの熱を放っているというのに、それほど着込んでいるのだ。しかしながら、蠟《ろう》を塗ったような黄ばんだ肌の額と頬に玉の汗を浮かべているものの、彼は体の芯から凍えているようだった。

彼は両腕で胸を抱きかかえるようにしたまま、年老い、やつれ、苦悩で皺の刻まれた顔をおれに向けた。顔の割には大きすぎる茶色の瞳と、きちんと梳《くしけず》られた黒い縮れ毛にだけ、生気が感じられた。

その男が誰か、おれは思い出した。というのは、この十二時間の間に何度か彼の名前を耳にしたからだった。

ルイ・アントゥーニ。シカゴの禁酒法時代の大ボス。神と称されたこともある、狂騒の二〇年代の、気前がよく、温厚で、明るいシチリア人、ルイ・アントゥーニ。アルコール醸造の帝王、馬券売り場の王子、ポン引きの支配者、賭博の太守。ダイヤモンドつきのネクタイピンと青銅メッキの棺桶をしばしば同じ相手に贈った男。ひとかたならぬ件数の殺人に関与しながら、度重なる告発をかいくぐってきた男――ただ一つ、所得税の脱税による告発を除いて。それにより彼は一線から姿を消し、およそ四年後に刑務所の門がひらかれたのちも、返り咲くことはなかった。

それもみな、ずっと昔のことに思えた。

ただ、目の前にいるのは古き時代のルイ・アントゥーニではなかった。その面影すら残っていない。年老い、病に苛まれ、呼吸をするにも全気力と体力の大部分を必要とする老人だ。

彼の目がおれを見据えた。なんの表情も浮かんでいない、空虚な目。かろうじて生の気配だけが見て取れた。そんな目を長いこと覗き込んでいるのは無理だった。おれの胸元を汗がひと筋伝い落ちた。室内は暑かったが、それほどの暑さには感じられなかった……。

彼はローラ・ノースへ視線を移した――金色の髪が間接照明の光に輝き、頬骨の下の窪みが奇妙な具合に際立っているその顔は、取り澄ましているようにも見えた。が、暗藍色の瞳に浮かんだ恐怖がそれを打ち消していた……。

その黒曜石のような目を彼女はまる五秒間見つめ返した。と、彼女の顔が紅潮し、喉の筋肉がひくひくと動いた。爪先に目を落とし、手探りでおれの腕をつかんだ。

アントゥーニの顔つきはまるで変わらなかった。ほとんど白に近い灰色の分厚い舌が、そろそろと突き出されて萎びた唇に触れた。二度深く息を吸って声を出す準備をしてから、「どういうことだ、ライリー？　わしはパインくんをお連れしろと言ったんだ。この女は誰だ？」

その声は彼の外見以上に衝撃的だった。紙やすりで漆喰を擦るような、かすれた囁き声だった。弱々しい首の筋が引っ張られてひくついた。その時初めて、おれは室内に漂う腐臭に気づいた――悪性腫瘍の臭いだ。

左手の手相を調べていたライリーが、かすかな威厳をもって机に座している男を見やった。「この女はあいつと一緒にいたんです、ルイさん。置いてくるのはまずいと思いまして」

「その女を連れ出せ」

「来いよ、お嬢さん」

彼女は無言で訴えるようにおれを見た。彼女の顔に浮かんだ恐怖がいっそう強まった。おれは言った。「彼女はおれの女だ、アントゥーニ。ここにいてもらう」

黄色い鍵爪――かつては指だったのだろう――が椅子の肘をつかんだ。「わしのことを知っとるんだな、パインくん?」

「ああ」

「在りし日のルイの面影はないだろう?」その声は苦渋を帯びているようにも聞こえた。が、定かではなかった。

「おれが知るもんか」

「そのお嬢さんは隣の部屋で待っていてもらおう。きみと個人的な話があるんでね、パインくん」

おれはかぶりを振った。「こんな連中と一緒にいさせるわけにはいかない。どっちにしろ、彼女に何もかも話すつもりだ」

アントゥーニは肩をすくめた。おれのやり方が通ったらしい——少なくとも、その点については。彼はもう一度大儀そうに息をしてから、言った。「ここへ連れてこられた理由はわかっとるんだろう?」

「もちろん。バンカーズ・スペシャルのせいだ」

「気に入らんようだな?」

「だったらどうだと言うんだ?」

茶色の瞳の奥で焰《ほのお》が燃え上がったかのように見えた。「口の利き方に気をつけるんだな、若造」

お遊びはこれまでだ。おれはとうとう自分の立場を理解した。ここへ連れてこられたのは、おれのあずかり知らぬことのせいで、何も教えられることなく殺されるのだろう。

アントゥーニは長い間、たるんだ瞼の下からおれを見つめていた。ふいに、二人の男に頭を振ってみせると、彼らは素早く、蠟燭の炎のように音もなく部屋を出ていった。静寂の中、ブロンド女が退屈そうに爪でグラスを叩いた。

と、アントゥーニが身を乗り出し、燃えるような目をおれに据えた。「いくら払うと言われたんだ、パインくん?」

「払うって、誰がだい?」

「ジャファー・バイジャンだ。どうなんだね?」

「そんな名前のやつは知らないよ、アントゥーニさん」

彼はしばらくおれの返事について考え込んでいた。やがて椅子の背にもたれて、この上なく弱々しく、そしてどことなく哀れっぽいしぐさで、額に指先を滑らせた。

アントゥーニは言った。「わしは疲れたよ。長く話すのは億劫でね。嘘はついてもらいたくない。あんたがヴィトを見つけたと新聞に書いてあった。わしはそのことを知りたいんだ」

おれは言った。「座ってもいいかね?」

彼は初めてそのことに思い至ったらしく、片手を安楽椅子に振ってみせた。それすらも彼にはひと苦労のようだった。おれはミス・ノースがレインコートを脱ぐのに手を貸し、自分のトレンチコートも脱いで、長椅子の横木にかけた。そして別の椅子に腰を下ろし、帽子を床に置くと、ブロンド女が手にしたグラスを物欲しそうに見つめた。彼女は自分の飲み物に固執し、おれの左の耳たぶを目に焼きつけていた。

アントゥーニのしゃがれ声が聞こえた。「話を続けてくれ、パインくん」

おれはボーイ・スカウトのように率直であけすけな表情を浮かべた。「ここへ連れてこられた理由に身に覚えがないと言い張るほど、おれのプライドは高くないよ、アントゥーニさん。あんたはおれの名前と居場所を知っていた。だったら、おれが何にかかわってるかも知ってるにちがいない。

おれはいま、ある仕事に携わっている。もしそれが、あんたやあんたの手下どもと関係があるとしても、依頼を引き受けたときには知らなかった。そして、いまもね。おれはエリー・ストリートへウォルシュという男に会いにいった。そいつは留守で、部屋の中を見て回ると、クローゼットで死体を見つけた。知らない男だったが、警察が身元を教えてくれた。おれが見つけたときにはすでに死んでいたし、見た限りじゃ、おれが雇われる前に殺されたようだった。話せるのはたったこれだけだ。実に単純な話だろ」

おれは言葉を切った。アントゥーニは喉の具合でも悪いのか、ぎこちなく頭を動かした。「わしに質問をさせるな」囁き声で、「誰に雇われたんだ?」

おれの腕時計の秒針の音が耳についた。ローラ・ノースが椅子の中で身じろぎする音、雨が窓を打つ音、そしてブロンド女のハイボールのグラスの中でぶつかり合う氷の音が聞こえた。

おれは机の向こう側の男のことを考えた。酒を運ぶトラックが、襲撃犯を寄せつけぬために、警察の護衛つきでシカゴの町を走っていた頃の彼の名声を。ルイ・アントゥーニのひと声で、灰と消えた死体の数々を。そして、おそらく外見以上に陽気であろうライリーという若者と、ただ銃の狙いを定めているだけの寡黙な老人のことを考えた。

そうしている間ずっと、ルイ・アントゥーニはおれが肚《はら》を決めるのを待ちつづけた。

おれは言った。「カトリック教会のマクマナス司教がおれを雇った。三日前、ウォルシュが司教を訪ねてきた。だがウォルシュは、約束した二度目の面会をすっぽかし、司教がその理由をおれに調べさせようとしたんだ」

アントゥーニは山頂の巨石のように鎮座していた。そして、信じられないような言葉を口にした。

「きみに謝らねばならん、パインくん。新聞でヴィトを見つけたのはきみだと知って、わしは早とちりしてしまった。てっきりヴィトのほかにもあるものを見つけて、持ち去ったのだとね。きみの事務所に人をやってそれを捜させたが、見つからなかった」

「そいつが見つけたのは」おれは言った。「ある男の頭だけだ。それでその頭を鉛管で殴りつけなきゃならなかった。それはおれの頭だったんだ、アントゥーニさん」

まるでおれが口を挟まなかったかのように、アントゥーニは続けた。「そのあと、わしはある知り合いに電話をかけた。連中はきみのことをよく知っていた。タフな男で、正直者だと言っておった。だがどうやら、バイジャンのことは知らんようだった——きみがそいつに雇われたかもしれんこともな。それできみを連れてこさせた。

きみは司教に雇われたと言ったな。彼のことなら知っとる。ある男に、通りの反対側から、ワーツが舞い戻ってくるのを見張らせておる」

おれは間違いを犯さなかったかどうか、素早く思い返した。確かに間違わなかった。この会話の中でおれは、エリー・ストリートの男のことを「ウォルシュ」と呼んだ。細心の注意を払ってそうしたのだ。それに、司祭館の通りの向かいにいた、爪楊枝を手にした夏物のスーツ姿の大男のことも思い出した。驚嘆の念がおれの心を満たした。ことの初めから入り組んでいた事態が、いまや複雑さの迷宮と化していた。

アントゥーニが両手をせわしなく机の端に滑らせた。ぎこちなく頭を左右に振り、喉の奥を掻きむしる何かを和らげようとしているようだった。と、アントゥーニが咳き込みはじめた。麻布を引き裂くような耳障りな音だった。両手の関節が角砂糖のように白くなるほど、椅子の横木を握り締めている。閉じた瞼から涙が絞り出され、刺すような痛みのせいで顔が歪む。それはまるで、溶け残った雪の色をした、苦悶《くもん》の仮面のようだった。

発作が収まった頃には、アントゥーニの頬に汗が滴り、口元の皺は血が滲み出しそうなほど深まっていた。彼はガウンのポケットからハンカチを引き抜くと、顔と首を拭った。ふたたび口をひらいた彼の言葉は、まるで手傷を負っているかのように、やっとのことで唇の間から這い出てきた。

「酒だ、キャリー」

ブロンド女が長椅子から下り、酒瓶棚へ歩み寄った。それだけで彼女は、広大な平原を何マイルも歩き通したようにくたびれ果てたようだった。クルミ材の扉を開けるのすら、彼女にとってはひと仕事なのだ。滑らかな肩越しにローラ・ノースとおれを振り返ると、彼女は弧を描く眉を八分の一インチ上げた。

おれは期待で唇を湿らせた。「スコッチの水割りを」とおれは言った。少しよだれが出ていたかもしれない。「ミス・ノースは？」

「いいえ、けっこうよ」

それは心ここにあらずといった声で、明瞭だが抑揚がなかった。おれは彼女を見た。それまでおれは、ほかのことに気を取られていて、彼女に注意を払っていなかった。喜劇を観ている老嬢のように、彼女はくつろいだ様子で座っていた。両目を見ひらき、アントゥーニの机の端を見据えている。もうずっと前から、そうしているようだった。一瞥しただけでは変わったところは見受けられないが、その実、彼女はヒステリーを起こす寸前にあった。指先で触れでもすれば、飛び上がって逃げ出すことだろう。

わけがわからなかった。銃口を向けられてここまで連れてこられ、ルイ・アントゥーニの茶色い瞳でにらみつけられたせいかもしれなかった。が、それはもはや過ぎ去ったことだ。おれたちが足を踏み入れたときに室内に満ち満ちていた疑心と冷ややかな脅しは、おれがマクマナス司教の名を口にしたとたん、消え失せたのだ。

アントゥーニはハンカチをしまい終えると、ぼそぼそと言った。「まだワーツを捜す気かね？」

「ウォルシュのことなら――そうだ」

「あいつの名はワーツだ、パインくん」

「教えてくれて、どうも」

「司教のために捜すのか？」

「ああ」

「彼はいくら払うと言った？」

「どの依頼人も同じだ。一日三十ドル。安い割に客は少ないがね」

「五万出すと言ったら、パインくん？」

「それを断るには、良心を奮い立たせなきゃならんな」

アントゥーニの上唇の端がひくついた。笑ったのかもしれない。本当のところはわからないが。

「正直な男だ。わしは正直者が好きだよ、パインくん。正直者には時々お目にかかることがある。ごくたまにだがね」

おれには何も言うことがなかった。煙草を喫いたかったが、煙はおそらくアントゥーニの体に障るだろう。

アントゥーニがしごくゆっくりと言った。「わしのために、ワーツを捜してくれ、パインくん。見つけたら、まずわしに知らせるんだ」

その言葉に続く短い静寂に、ローラ・ノースが鋭く息を呑む音が唐突に響いた。おれは驚いて彼女を見やった。相変わらずアントゥーニの机の端に目を据えている。だが、椅子の横木に置かれた両の拳は固く握り締められていた。奇矯な反応であり、説明を求めるべきだろう——いずれ然るべき時に。いまはその時ではないように思えた。

おれは大ボスに言った。「どうして彼を見つけ出したいんだ、アントゥーニさん？　あんたの手下を刺し殺したのは彼だと考えてるのかい？」

答えを待つ間に、ブロンド女がふらふらと近づいてきて、水滴で濡れたグラスをおれの手の中に押し込んだ。彼女はまるでテーブルに置いたも同然の表情をしていた。グラスはまさに適度な濃さの琥珀色の液体で満たされ、みるからに冷たそうな角氷が二つ浮かんでいた。

おれはグラスを傾け、三口続けてたっぷりと喉に流し込んだ。グラスを下ろした頃には、内なる自分が覆いを振り払い、力こぶを作っていた。ブロンド女は棚に戻り、タオルを巻いたボトルの入った、アイス・バケットを運んできた。

彼女は体をうねらせるようにして机に歩み寄り、アントゥーニの前にバケットを置くと、タオルを取ってワインボトルを光にかざした。いかにもフランス産ワインといった派手な柄のラベルで、聞いたことのない銘柄だった。彼女は慣れた手つきでポンという硬質な音と共に栓を抜き、クリスタルの脚つきグラスに注ぎ入れてアントゥーニが楽に手の届く場所に置いた。そのあと彼女は長椅子に戻り、おれたちのことは忘れ去った。

アントゥーニは無表情のまま、親指と人さし指の間にゆっくりとグラスの脚を挟んで持ち上げた。次いで空いているほうの手の指を椅子の肘に食い込ませながら、いっきに半分ほど飲み干した。そんなふうにしていたら、いくつも椅子をだめにしてしまうだろう。

彼は音を立ててグラスを置き、震える指で喉をさすった。「体のためにはよくないんだ。ひと晩じゅう動悸が治まらんことがたびたびある」

おれは言った。「なら、どうしてそんな安酒を飲むんだ？」論理的な質問だ。

阿呆でも見るような目で、アントゥーニはおれを見やった。「きみになんの関係があるというんだね？　それから、ルイ・アントゥーニは最上の酒しか飲まんということを知らないようだな。きみは昔を覚えとらんのだろう？」

その時、今夜初めて、おれは病に蝕《むしば》まれた殻の内側を垣間見たような気がした。目の前にいるのは、すっかり忘れ去られ、年老い、死にかけている男だ。だが、もはや体が受けつけぬ酒と、はべらせているだけの女をまかなうには十分な金を持っている。そして、自分と手下たちにとって、彼はいまも大ボスであり、警官を買収して陪審員に賄賂を贈り、必要とあらば重火器を入手することもできるのだ。

考えていることが顔に出たにちがいない。アントゥーニの落ち窪んだ頬がわずかに紅潮し、先ほどの怒りが茶色の瞳の奥でふたたび燃え上がった。

「そうだとも」その声はいまや、紛れもない辛辣《しんらつ》さを帯びていた。「ルイ爺さんは、もう先が長くないのさ。医者が言っとったよ、『脳腫瘍だ、ルイ。今夜かもしれないし、来年のいつかかもしれない』とな。それから、喉の奥にも何かあるらしい。医者は何も言わんが、このわしにはわかっとる。それがなんだ。人間はいつか死ぬものだ、そうだろう？」

その長いスピーチは彼を疲労困憊《こんぱい》させた。おれは待つ間、ハイボールを口に含み、横目でローラ・ノースを見た。ラジエーターが部屋の隅でシューッと音を立て、雨音も遠く聞こえた。おれはブロンド女を見ていようと努めたが、彼女が癇《かん》に障《さわ》りはじめてきたため、あきらめた。頭はまだ痛んだものの、二時間前よりは格段によくなった。

腕時計は先ほど八時を指していたが、それからまだ十分しか経っていなかった。おれは目を疑った。今夜は静かな夜になるはずだった。ベッドと、本と、氷の入ったバケットとその傍らのボトル。かわいそうなパイン。ささやかな喜びさえも彼には縁遠いのだ。

アントゥーニはグラスに残ったワインを飲み干した。その痛手から回復するのに一分ほど要してから、彼はくたびれたように椅子の背にもたれかかり、ふたたび胸の前で腕を組んで話しはじめた。

「ワーツを捜せと言った理由を知りたいだろう。ああ、話してやるよ、パインくん。二ヵ月、いや三ヵ月前だったかな。ある文書が国内に持ち込まれた。ひと組の男女が歴史ある国から持ち出したもので、かなりの値打ちがある——きみが想像する以上のね」

彼は言葉を切って呼吸を整え、喉を休ませた。もちろん、その文書が何かわかったが、アントゥーニはおれの知らない事実を明らかにしようとしていた。

「カリフォルニアへ着くと、女は男の元を離れた。女に何があったかは知らん。ひょっとしたら男が殺したのかもな。それはどうだっていいことだが、ある連中がその文書に目をつけ、是が非でも手に入れようと考えた」

アントゥーニはまた言葉を切ると、覚束ない手つきでボトルを傾け、グラスを満たした。しかし口をつけようとはせず、代わりに舌先で唇を湿らせてから話を再開した。

「ここで、ジャファー・バイジャンという名の男が登場する。バイジャンはひじょうに変わった男でね、パインくん。そいつを知っている者も、会ったことがある者もいない。ごく少数の人間が、彼の噂を耳にしたことがあるだけだ。大物の悪党だよ、パインくん、頭もかなり切れる。仕事は時々しかしない、数年おきぐらいにね。それもとてつもなく大きなヤマだ」

「さながら国際犯罪小説だな」おれは言った。「裏の世界の男が宝石のついた王冠に目をつけ、苦労してでも盗み出す価値があると思い立ち、まんまとやりおおせる。何年か前のパルプ・マガジンに、そんな話が載ってたっけ」

アントゥーニは嘲笑を浮かべ、「おかしな話だと思うだろう？　ルイ爺さんはオツムがいかれちまったんだ、とな。それもこれも、おまえさんがジャファー・バイジャンに会ったことがないからだ、パインくん。だがじきに会うだろうさ。その理由はあとで話そう」

アントゥーニは体に障らぬ程度に、ワインを少し啜《すす》った。「とにかく、その文書を国内に持ち込んだ男は、そいつを売るつもりだった。それで古文書の専門家を訪ね、そいつが本物だという——本物だという……」言葉を探しあぐねた様子で、「血統書のようなものを得るためにね。わかるだろう、パインくん？」

「真贋の鑑定のことだろ」

「そうだ。で、文書はその専門家に預けられた。そしてその同じ晩に、文書を運び込んだ男は自分のアパートメントで拷問され、殴り殺された。やったのはジャファー・バイジャンだ、パインくん」

アントゥーニはおれが何か言うのを待っていた。おれは座ったままグラスを揺すり、心得顔をして、興味があるような表情を浮かべて黙っていた。

「オーケー」とアントゥーニ。「その専門家というのがワーツだ。話をしたことはないから、そいつが何を考えていたかはわからん。だがわしは、こう思っとる。

ワーツは、自分のところに文書を持ってきた男が殺されたと知った。文書にはざっと目を通し、どんな代物なのかは見当がついていた。文書を売れば大金が転がり込んでくる。そこで車を駆ってシカゴへ赴き、司教に文書を売ることにした。ここまではいいか？」

「ああ」

「ただ――」アントゥーニは語尾を延ばした。「ワーツは一つ忘れていた。文書を持ってきた男は、殺される前に拷問されていた。拷問されたということは、拷問を加えた人間が何か知りたがっていたということだ。そして男は殺された。つまり、その前に口を割ったからだ。わかったかね？」

「一点の曇りもなく、はっきりとね」おれは言った。

「よし。で、男を殺したやつ――ジャファー・バイジャンだ――は、ワーツが文書を持っていると知り、手に入れるためにシカゴへワーツの後を追ってきた。しかしこの時までに、わしもその文書の存在を知ることとなった。わしはなんとしてもそいつが欲しい。手に入れるつもりだよ、誰よりも早くな」

「その文書のことやそういった話はどこで聞きつけたんだ？」おれは尋ねた。

アントゥーニはうなずくとワインを口に含んだ。「きみの知ったこっちゃないがね。このわしには大勢友人がいるんだ、パインくん。最初に文書を持っていた男は、カリフォルニアである男にそいつを売りつけようとした。それがわしの友人だったのさ」

「なるほど」とおれ。「文書がワーツの手に渡ったことをそのお友だちがどうやって知ったか、おれにはわからない。でもあんたにはそれも説明できるはずだ——必要とあらばね。ともかくあんたは、ワーツが司教を訪ねていったことを突き止めた。あいにくと司教は町を離れていたが、ワーツが誰に商談を持ちかけようとしているか、それではっきりとした。わからないのは、三日前にワーツがふたたび司教を訪ねた際に、あんたが彼を野放しのままにしておいたことだ」

アントゥーニは大げさに肩をすくめてみせた。「あの時、あいつは文書を持っていなかった。大きくてポケットに入るような代物じゃないからわかったんだ。運ぶには大きな封筒か書類鞄がいる。あいつがそういったものを持ってまた現れるのを待つことにした。だが、やつは二度と姿を見せなかった。そして、わしは手下を失った」

「どうしてそんなことに?」

古い雪のような色の肌がやや紅潮した。「ヴィトは下宿屋を見張っていた。ワーツが司教に会いにいってる間、部屋に入って文書を探そうとしたんだろう。おそらくワーツが案外と早めに戻ってきてあいつを殺したか、あるいはバイジャンがやったのかもしれん。どっちだろうとかまわんよ。ワーツは恐れをなしたんだ。誰かが文書を狙ってると気づいてね。それで逃げ出したのさ」

アントゥーニの使い古され病んだ喉は、もはや言葉を満足に発せられなくなっていた。彼を休ませようと、おれは立ち上がって棚に歩み寄り、新しい飲み物をこしらえた。そんなささいなことのためにブロンド女の眠りを妨げるのは心苦しかった。

おれは椅子に戻り、両足首を交差させて深々と腰かけた。ローラ・ノースの顔は先ほどより強張っていず、背もたれに体を預けていた。だがそれでも、寄りかかるほどではなかった。その視線の矛先も変わっていた。机から、その上に置かれたランプへと。

一、二分が過ぎ、ルイ・アントゥーニはまた話ができる状態になった。グラスを脇へ押しやり、机の上に肘をついて体を支え、おれの顔を形造っている平面やへこみを眺め回した。

「その文書について」アントゥーニはくぐもった声で言った。「これから話すとしよう。それを聞いたら、突拍子もない話だと思うかもしれん。かまわんさ。わしは突拍子もないとは思っとらんし、きみがどう思おうと知ったこっちゃない。わかったかね？」

「ああ」とおれは言った。

「その文書はかなりの年代物で、二千年前の代物だ。これだけでも妙な話だと思わんかね？」

「それっぽっちの古さじゃ、なんとも思わないさ」重箱の隅をつつくように、「エジプトじゃ、その三倍昔からパピルスが作られていた」

「ハッ！」そのひと声で、エジプトとパピルスの書き手とおれの博学が一蹴された。「そんなことは、これから話すことの比にもならんよ」

アントゥーニは深々とぎこちなく息をした。と、その瞳にふたたび焔が閃《ひらめ》いた。「パインくん、その文書を書き記したのは、イエス・キリストなのだよ！」

ほんの一瞬、震える指で十字を切ってみせると、アントゥーニは椅子の背にもたれかかり、目を閉じた。

その最後の言葉は、鐘の音のように鳴り響いた。続いて、耳鳴りのするような静寂が室内を領した。ブロンド女はうたた寝を続け、窓外で轟く雷鳴はどこかほかの惑星から聞こえてくるようだった。一秒が呻吟《しんぎん》と共に生まれて一分となり、やがては永遠の塵埃《じんあい》の山に打ち捨てられる。おれはどうにかあくびをかみ殺した。

おれに向けられた茶色の瞳がゆっくりと開いた。もはや焔は消え失せ、両の眼窩《がんか》に燃え殻が残されているだけだった。疲弊した喉から言葉を絞り出そうと、しまりのない口が二度開いたり閉じたりした。

ようやく発せられた声は、かろうじて聞き取れるものの、痛々しくも単なる細切れの音にすぎなかった。

「パインくん、わしはこれまでに幾多の悪事を働いてきた。改めて言うまでもないだろうが、ルイ・アントゥーニを知らぬやつはおらん。じきにわしは死ぬ。だがその前に、神や教会と仲直りしたいのだ。わしが死んだら、死者のためのミサ《レクイエム・マス》を執り行ない、聖なる土地に埋葬してほしいと思っている。わかるかね、パインくん？」

畏敬の念に打たれ、おれはうなずいた。

アントゥーニは少し咳き込んだが、先ほどのようにひどくはなかった。続いてハンカチを取り出し、額に押し当てた。

「わしは救い主イエスの御言葉を教会に寄贈したいのだ。そうなれば、教会にとっちゃ一大事だろう？　きみに手を貸してもらいたい、パインくん。この善行を成し遂げることができれば、ルイ・アントゥーニの悪事も帳消しになるかもしれん」

おれは言った。「おれの知る限り、文書を持っているのはレイモンド・ワーツだ。マクマナス司教はワーツを捜し出すためにおれを雇った。おそらく司教は手ぶらのワーツに用はないだろうが、ワーツ抜きでも文書さえあれば文句あるまい。とまあ、こう考えてみるとしよう。おれがあんたのところへワーツを連れてくるってのはどうだ、彼を見つけられたらの話だがね。それであんたが、ワーツから文書を買い取る、値段の折り合いがつけば、だ。そのあと、あんたとおれは一緒に司教のところへ行き、文書を進呈する。おれをのけ者にされちゃ困るな、アントゥーニさん。司教はもともとおれの依頼人だ、彼のためにできるだけのことはするよ」

アントゥーニは厳かにうなずいた。「さっきも言ったが、パインくん、きみは実に正直な男だ。きみの言うとおりにしよう――そして文書を司教に手渡した暁には、きみに五万ドル払おう」

「やけに多すぎやしないか」おれは言った。

アントゥーニには聞こえなかったのかもしれない。手のひらを軽くハンカチに擦り合わせ、顔をしかめると、「もう一つ、きみに話さねばならんことがある、パインくん。ジャファー・バイジャンのことだ。様々な噂を耳にしてきたが、実際のところ、その正体はわかっとらん。かなり頭が切れる――きみとわしの頭を併せた以上にな。そして、殺人狂だ――誰彼かまわず、容赦なく殺す。きみはまだ会っていなくても、そう遠くないうちに会うことになるさ。ワーツの部屋にいたとして、新聞にきみの名前が出ていたからな。だから、じきに顔を合わせるはずだ……そして、あやつはきみを殺そうとするだろう」

「その怪人はどんな風体をしてるんだ?」

アントゥーニは大きく肩をすくめた。「わからん。それは誰も知らんようだ。バイジャンは男でさえないかもしれん。ひょっとすると、女かもな。きみに飲み物を作った、そこのキャリーかもしれない。どちらにしろ、パインくん、わしは知らんのだ」

「それは雲をつかむような話だな」とおれ。「バイジャンはもうワーツを見つけて、文書を手に入れたのかもしれない。だとすれば、ワーツが消えた説明がつく」

彼はもはや目を開けているのも、頭を真っ直ぐにしているのも辛いようだった。年老い、疲れ果て、苦しみに苛まれている老人。長々としたおしゃべりが、彼に残された力を使い果たしたのだ。

アントゥーニはどうにか片手を上げ、机の端の下にある何かを押した。と同時にドアが開き、戸口にライリーが現れた。

「なんです、ルイさん?」

「友人のパインくんがお帰りになる。それに彼のお友だちもな。二人を元いた場所にお連れしろ。くれぐれも粗相のないようにな。わかったか、ライリー?」

「ああ、ルイさん」

おれは中身を空にしてからグラスを置き、長椅子の上のコートを取り上げ、ミス・ノースに着せかけてやった。彼女は一種のトランス状態にあった。床から帽子をすくい上げ、おれは言った。

「ここへはおれの車で来たんだ。エスコートはいらない。だが、お心遣いありがとう、アントゥーニさん」

彼はほとんど頭を動かさずにうなずいた。両目もほぼ閉じられている。「何かわかったら、電話してくれ。いいな？　番号はケジーの七三二四だ」

イタリア語の別れの言葉らしきものを口にすると、彼は藁《わら》のようにか細く、もろそうな手を差し出した。

おれはそっとその手を握った。「酒をどうも」と声をかけると、ブロンド女は無表情な顔をこちらに向けた。ローラ・ノースの肘を取り、戸口のライリーの元へと向かう。

その途中、おれは肩越しに振り返った。大親分は先ほどと同じく座ったままだった。いまやすっかり両目を閉じ、頭を前に垂れ、浅く呼吸《いき》をしながら口を開けたり閉じたりしている。

温室のような部屋にいたあとでは、ポーチの空気は寒いほどだった。雨がプラタナスの葉叢《はむら》を縫って降り注ぎ、雨樋《あまどい》を音を立てて流れ、舗道の水たまりに跳ね返っている。

ライリーは柱に寄りかかり、煙草に火を点けた。束の間燃え上がった炎が、いっそうねじ曲がったように見える鼻を照らし出した。ミス・ノースとおれはコートのボタンを留め、襟を立てた。ライリーが言った。「なあ、探偵さんよ。そんなに悪かなかったろう？」

「きょうは長い一日だった」とおれは言った。「大勢の人間から、おれには理解できないことを聞かされすぎた。それじゃ、よい夜を。用意はできたかい、ミス・ノース？」

「ええ」返事は小さな声で、そのたったひと言だけだった。

ねじれた笑みを浮かべる口から煙を吐き出しているライリーを残し、おれたちは曲線を描く舗道に沿って、縁石に停めたプリマスまで足早に歩いた。ミス・ノースが前部席に乗るのに手を貸すと、反対側へ回って運転席に滑り込んだ。

車を発進させながら、おれは後ろを振り返った。ポーチは濃い闇に包まれていたが、ライリーの煙草の火先だけが明るく灯っていた。

7

「きみはすみやかにスティーヴンズ・ホテルを引き払った」おれは言った。「スーツケースに荷物を放り込み、蓋の隙間からブラジャーのストラップがはみ出ていたにちがいない、よく新聞の漫画にあるようにね。そしてベルボーイに部屋まで勘定書を持ってこさせ、裏口から忍び出した」

彼女は何も言わなかった。

「きみはいまや、おれの秘密を知り尽くしている」おれは続けた。「あの老人がいったいおれにどんな用なのかわかっていれば、彼の言ったとおりきみを同室させなかった」

今度もまた彼女は無言だった。目の端でちらりと彼女を窺う。ドアにくっつくように身を寄せ、ぐったりとしている。まるでかなりの高みから突き落とされたかのようだ。計器盤のかすかな光に、半びらきになった口元が浮き上がっている。唇を結んでいる力さえ残っていないらしい。両目を閉じ、金色の頭が車の振動に小刻みに揺れ動いている。彼女は独りぼっちで弱々しく、不安におののいていた。腰に添えられたがっしりとした男の手と、頭をもたせかけることのできる、パイプ煙草の匂いが染みついたツイードのジャケットの肩が、彼女には必要だった。

年配者――濡れた路面を走行する危険を訴えるポスターを見すぎたにちがいない――が運転す

るフォードのクーペを、おれは追い越した。雷が稲光を頼りに空をさ迷い歩いている。おれの中でふつふつと怒りがわき起こった——模糊《もこ》とした、無力で、意味のない怒りが。

おれは決意を新たにし、穏やかに言った。「どうしても話してもらいたいんだ、ミス・ノース。わかるだろう?」

彼女はかすかに身じろぎし、膝の上にだらりと置いた両手をきつく組み合わせ、持ち上げかけた。と、その手をふたたび膝の上に落とした。芝居じみてさえいる仕草で、絶望を表していた。だが相変わらずひと言も話さず、表情もぴくりとも動かさない。おれは深く息を吸い込み、もう一度問いただそうとした……。

「話せないわ」小さいが、十分に明瞭な声だった。しかしその表面下では、紛れもなくパニックが渦巻いていた。

おれは前方の道路を見つめた。銀色のヘッドライトの光芒の中で、雨滴が跳ね返っている。ハンドルをきつく握り締め、「なぜだ?」

「あんたも彼の敵だから。あんたと、あの忌まわしい爺さんと、警察は。ひと言だって話しやしないわ!」彼女の声は次第に上擦っていった。「あんたたちになんて! 話すもんですか!」

行く手に脇道が見えた。おれはハンドルを切ってそこへ曲がり込むと、ブレーキを踏んで角から二十フィートほどのところで急停止し、エンジンを切った。彼女に向き直ると、蒼白になった卵型の顔に驚愕の表情を浮かべ、深みのある濃い色の瞳を見ひらき、警戒心を漲《みなぎ》らせていた。

おれは言った。「この問題を話し合う気になってくれて嬉しいよ、ミス・ノース。ただ、運転で気を散らされたくなかったものでね。煙草を喫うかい？」

「ええ」

おれは煙草を取り出し、彼女のとおれのにそれぞれ火を点けると、外気を取り入れるために三角窓を押し開けた。彼女はおれのほうを向き、膝を座席の上に引き上げると、白い煙を吐きながら挑むようにまじまじとおれを見つめた。

「まず第一に、誰も彼もを敵に回しているというその『彼』とは、レイモンド・ワーツで間違いないんだな？」

彼女の瞳同様、挑むような沈黙。

「ワーツとはどんな関係なんだ、ミス・ノース？」

顎を強張らせて、彼女は首を振った。ひと言も話さない。話すもんですか、そう彼女は言っていた。

おれはため息をついた。「この間会ったとき、あんたはまんまとおれを手なずけ、立ち去った。今度はそうはいかないぞ。話すんだ、何もかも包み隠さずに。さもなければ、殺人課へ引きずっていって、ティニーという巡査部長に引き渡してやる。はったりじゃないからな、ミス・ノース」

そう言いながら、おれは口の端を上向けてみせた。それは彼女の無力な子どもの仮面を引き剝がし、おれがエリー・ストリートで出くわした、頭のいい冷静な若い女が立ち現れた。そしてついに、彼女が言葉を口にした。

「あたしを警察に連れていくなんて、できるわけがないさ。何もかもしゃべってやるんだから

――あの文書がいったいどんな代物なのか、それにアントゥーニと司教のことも。そうなれば、あんたは二度と探し物を手に入れられなくなるだろ」

軍配は彼女に上がった。とはいえ、彼女が思うような理由からではなかった。マクマナス司教はおれの依頼人であり、この話が新聞沙汰になれば、彼の信用に傷がつきかねない。

おれは黙って煙草をくゆらせ、彼女を存分に勝利の喜びに浸らせておいた。しかし彼女が限りなく得意の絶頂近くにあることに気づくと、おれは引導を手渡した。

「まったくもって、きみの言うとおりだ、ミス・ノース。きみが今夜耳にしたことは、断じて人に知られちゃならない。だから警察へは行かないことにするよ。ただその代わり、これからアントゥーニのところへ引き返すとしよう。今朝どこできみと出くわしたか、彼に話すよ。それにこのささやかな会話のこともね。そしてきみを置いて、おれは帰る」

一瞬、彼女が気絶して引っくり返るのではないかと、おれは思った。煙草が指から床板に転がり落ちた。彼女の顔にみるみる恐怖が広がり、上体がぐらついた。彼女を支えようと片手を伸ばすと、おれの手が腕に触れるや、彼女の中である回路が閉じたようだった。気がつくと、彼女はおれの胸に顔を埋め、おれの腕に指を食い込ませて泣いていた。長く尾を引く激しいむせび泣きで、彼女の体の震えがおれをも震わせた。

おれはそのままの格好で、片足だけ伸ばして彼女の吸いさしを踏み消した。次いで鼻と口にかかる柔らかな金髪を吹き払い、かすかなシャンプーの残り香を吸い込んだ。雨音と、後方の交差路から聞こえてくるかすかなタイヤの音、そして身も世もない彼女の泣き声に耳を澄ます。私立探偵は、天国の門番聖ペテロにどんな歓迎を受けることだろう。

ややあって彼女は居住まいを正し、指で涙を拭おうとした。しかし結局、おれの胸ポケットからハンカチを引っ張り出すはめになった。彼女は上品に鼻をかみ、一、二度鼻をすすり上げると、目にかかった髪を掻き上げた。おれは舗道で子猫を蹴りつけたような気分だった。

「あたし、どうかしてたわ」彼女は囁いた。「ハンカチをごめんなさい。あんまり急いでいたものだから、バッグを持ってくるのを忘れたの」

「気にすることはないさ」

彼女はもう一度鼻をかみ——さっきほど上品ではなかった——煙草を欲しがった。マッチを擦ってやると、白粉を塗り直さねばならないこと——それはおれにはどうにもしてやれなかった——と、彼女が完全に自分を取り戻したことが見て取れた。

彼女はマッチの炎越しに、おれの目をまともに覗き込んだ。「あんなことしないわよね、パインさん？　さっき言ったようなことは、しないわね？」

おれはマッチを振り消し、ダッシュボードの灰皿に落とした。「きみがそう仕向けさえしなければいいんだがね。だが一人の男が、ある仕事のためにおれを雇ったんだ、ミス・ノース。そしておれは、できることなら、その仕事をやり遂げるつもりでいる」

「それが無実の人間を傷つけることになっても？」

「無実であることとおれの仕事にどんな関係があるか、説明してもらいたいものだな」

彼女は背もたれに肘を乗せ、深々と煙草を喫った。言葉は煙の向こうから発せられた——我先にと、もつれるように。

「助けてほしいの、パインさん。後生だから。あたし、どうしていいかわからないの。ここは知らない町だし、お金もあまり持ってないのよ。あんたが誰かほかの人のために働いてるのは知ってるわ。でも、あたしを手助けすれば、ひいてはその人を助けることにもなるのよ」

ふいに言葉の奔流が堰《せ》き止められ、彼女は顔を背けた。彼女の話はそれですべてだったのだと思い至り、おれは言った。「レイモンド・ワーツとの関係は、ミス・ノース?」

彼女はさっと顔をこちらに向け、「教えたら、助けてくれる?」

「きみを助けるかどうかなんて、なぜおれにわかる? 助けを求められた相手のこととその理由を知らないんじゃ、話にならない。いい加減にしてくれよ。おれは頭をぶん殴られたし、銃も突きつけられた。そして秘密も打ち明けてもらえない。おれはいますぐ知りたいんだ。きみはレイモンド・ワーツとどういう関係なんだ?」

「……彼はあたしの夫よ」

おれは息を吸うと吐き出した。「へえ、そうかい。それで少し霧が晴れたよ。じゃあ、そこから話を続けてもらおうか」

彼女は時間をかけて次の言葉を探した。「ありふれた話よ、パインさん。あたしは彼を愛していたんだと思うわ」

「いまは違うと?」

「ええ。あたし――そうじゃないわ」

「どっちなんだ？　いまでも愛してるのか、違うのか？」

彼女はため息を漏らした。「すっかり頭が混乱してるのよ。レイモンドと会ったのは二年前、大学でよ、パインさん。彼はあたしの父親そっくりだった――あたしの思い出の中の父親にね。人当たりがよくて、知的でハンサムだったたし、ユーモアのセンスも抜群だったの。それでいて子どもっぽいところもたくさんあったわ。夢見がちで、頼りないところもあって……言葉じゃ説明しにくいわ。出会って一ヵ月後に、あたしたちは結婚したの。でも、一年と続かなかった。彼は……あたしには歳を取りすぎていたのよ」

彼女は前屈みになって灰皿に灰を落とすと、体を起こしてほっそりとした手で曖昧なしぐさをした。「感傷的な話でしょ。世間がよく思わないことはわかってるわ。でも、あたしだって、ただの未熟な人間だもの……」

彼女の言葉は尻すぼみになり、ふたたび口をひらくまで、長い沈黙が流れた。「彼には時々会ってるわ――そのあとも。あの年、彼はすっかり老け込んでしまったの。それに、前にはなかった辛辣さが顔を見せはじめたわ――寛大で素晴らしかったユーモアが、ひねくれた態度に取って代わられてしまったのよ。顔を合わせるたびに、彼はこう訊いたわ。いつになったら自分と離婚して、金持ちの男と再婚するんだ、って」

「なぜそんな質問を？」

彼女の瞳は車も道路も通り越し、二年前に向けられていた。「いたたまれないのはそこよ、パインさん。あたしが彼の元を去ったのは、お金のせいだと彼は考えてるの。大学教授と古文書学者——世界的に有名な古文書学者だけれど——としての収入は両方併せても少なかったわ。でも、彼から離れた本当の理由はとても話せなかったの。そこまで残酷にはなれなかったのよ。だから代わりに、あたしの欲しいものを与えてくれなかったからだと言ったわ。さもお金が重要だというようにね！」

「にもかかわらず」とおれは言った。「彼を追って、はるばるシカゴまで来たんじゃないか」

彼女は頭を巡らせ、おれをまともから見つめた。「夫がトラブルに巻き込まれたのは」彼女は硬い声で言った。「少なからずあたしに責任があると思ってるわ。彼を助け出すことによって償いをしたいのよ。だから彼を追いかけてシカゴへ来たの」

おれは窓外に煙草の吸いさしを投げ捨て、狭い空間で精一杯のびをした。「さあ」うんざりしたように、「続けてくれ。もっと話すんだ。おれは気分が滅入ってるし、耳の感覚も鈍ってきた。でも、聞いてるよ。ほかの人間なら、こんなことは終わりにして、本を読むか喧嘩をするか、散歩に行くかセックスをするところだろう。だが、哀れなパインは違う。じっと座って、耳を傾けてる」

彼女は声を強張らせた。「あんたが言ったんじゃない。あんたが聞きたいって言ったんでしょ」

「ああ。さっさと聞かせてくれ」

彼女はふいに、手にしたハンカチをぐっと握り締めた。おれのハンカチだ。次いで煙草を喫い、煙を吐き出した。その煙はおれたちの間に漂っていたが、やがて外から吹き込む湿った風に蹴散らされた。その頃には彼女の怒りも静まり、平静に話せるようになっていた。

「三週間前に、彼が電話してきたの。あたしたちは二人とも、まだロサンゼルスにいたわ。彼はひどく興奮して支離滅裂だったから、何を言ってるかほとんどわからなかったの。なんでも、何百万ドルもする代物を手に入れて、いまからそれを売るためにシカゴへ発つという話らしかったわ」

おれは言った。「なぜきみにそのことを話したんだ?」

「あたしが彼を捨てた腹いせよ。あたしの犯した間違い——彼はそう呼んでるわ——をせせら笑ってたわ。正直に言うと、彼は思い詰めるあまり神経衰弱になって、何か捨て鉢な行動に出るんじゃないかと思ったの。電話が切れるとすぐに、彼の家へ向かったわ。でも、ひと足遅かった。レイモンドは車にスーツケースを積んで、一時間足らず前に走り去ったと、近所の人が教えてくれたの」

おれは帽子を取り、後頭部をさすった。そして雨音に耳を傾けながら、ミス・ノースの言葉を頼りにレイモンド・ワーツを心に思い浮かべた。長年黴臭い古文書だけを相手に生きてきた穏やかな学者然とした男が、ある日突然、セックスにのめり込み、その性格すら変わってしまった。体裁のいい話ではなかったが、細部の違いこそあれ、何度も焼き直されてきた物語だ。

「その続きはおれが当ててやるよ」とおれは言った。「深い同情と罪悪感から、きみはシカゴまでやって来た。そして、旦那の打ちのめされたエゴに取り憑いた突拍子もない考えを、追い払おうとしている。違うかい?」

その言葉に、彼女の背筋がぴんと伸びた。薄暗がりが彼女の瞳に浮かぶ怒りを覆い隠したが、そこにあることに変わりなかった。「あなたがどういう言い方をしようと、あたしは文句を言える筋合いじゃないわ、パインさん」冷静で、自制された、まことしやかな言葉。

「それが重要なことかい？　で、きみはどうやって彼の居場所を突き止めたんだ？」

憤懣《ふんまん》やるかたないが、それでもおれを許してやるといった態度で、「シカゴの私立探偵社に電話して、彼の車が町に入ったら後を尾けさせるよう手配したの。宿泊先を教えられて、あたしは彼に会いにいったわ。そして彼の部屋にいたとき、あなたが入ってきたのよ」

「きみは相当の同情心を持ち合わせているようだ」おれは言った。「感心な話だがね、ワーツ夫人、きみがシカゴへ来る決意を固めたことに、彼の話に出た数百万ドルの代物がどう影響を及ぼしたか、一言二言付け加えてくれたらもっとよかったのにな」

「あたしがそんな女だと思ってるの？」

「ああ。間違ってるのかい？」

彼女は影に覆われた顔を、おれに向けた。「そうかもしれないわね、パインさん。実際のところ、じっくり理由を考えたことはなかったわ。でも、レイモンドが危険にさらされているのは事実だわ。彼の部屋で死体が見つかったし、彼を殺してでも古文書を手に入れたがっている連中がいるのよ」

「そのとおりだ」とおれ。「きみはおれにどうしてもらいたいんだ？」

「彼を見つけてほしいの――あたしのために。そして、州外に彼を連れ出し、元いた場所に帰してほしいの。彼の命を助けたいのよ、パインさん。もし彼に何かあったら、あたしは一生自分を責めつづけるわ！」

「それで、二千五百万ドルについては、どうするんだ？」

彼女は息を呑んだ。「二千五百――」

「ああ。彼が司教にふっかけた額だ」

「まさか、そんな高い値がつくなんて、信じられない！　とにかく、そのことは彼を見つけたあとで考えればいいじゃない。あたしは彼が、無事で――無事でいてくれたらそれでいいのよ」

「ほかにも、彼の部屋で見つかった死体の問題がある。殺人課の連中は真相を知りたがってるよ」

彼女はかすかに身震いし、震える指で腕をさすった。「わ、わかってるわ。だけど、警察が捜してるのはレイモンド・ウォルシュよ――誰もその男のことを知らないわ。もしレイモンドが州外に出られさえすれば、本当の身元はバレないでしょうよ。あなたが話さなければ」

おれはもう一本煙草を取り出して火を点け、エンジンをかけた。「おれはおれの依頼人と、自分の良心のために仕事をしてる。警察にも協力しているが、連中の洗濯やごみ出しまでやってやるわけじゃない。だが、ワーツとウォルシュが同一人物だと知っている人間は、あと三人いる。ルイ・アントゥーニ、マクマナス司教、そしてマイルズ・ベンブルックという、きみの夫の友人だ。もしワーツを見つけても、警察に引き渡しやしないよ。まあ、きみが見かけどおり頭がいいなら、自首するよう彼を言いくるめるだろうがね。ポストを殺したのは彼だとしても、十中八九、正当防衛だろう――もしもきみの夫が、きみが話したとおりの人間ならね。

だが、これはみな先走った話だ。まず最初に、彼を見つけなきゃならない――生きたままでね」

彼女は物思いに沈み、おれはギアを入れ替えて車の向きを変えると、数フィート先の通りに戻り、東へと走りだした。

四、五ブロック進んだところで、彼女が沈黙から抜け出して言った。「レイモンドを捜す手伝いをしてくれる、パインさん？」

「すでに二人が、彼を捜すためにおれを雇った。二人とも目的は同じだ。きみが三人目になったところでどうってことないだろう、ことにきみは彼の妻だしね。何かわかったら教えてやるよ――理にかなった範囲内で、だがね。どこで降ろせばいい？」

彼女は湖畔にあるかなり宿賃の高い長期滞在型ホテル《アパートメント》の名を告げた。そして、いつまで町にいなければならないかわからなかったし、アパートメントのほうが高級ホテルより安くつくと思ったのだと、付け加えた。簡単な質問にしては、いささか長すぎる答えだった。

帰路の車中、彼女は二度会話を試みようとしたが、おれの返事はそっけなく、取り違えようがなかった。最後の数マイルは、静寂が車内を押し包んだ。

シェリダン・ロードの東、エスティーズ・アヴェニューに、灰色の一枚岩《モノリス》が聳《そび》え立っていた。レイク・タワーズという文字のネオンがてっぺんできらめいている。おれは玄関前の縁石に車を寄せ、彼女越しに手を伸ばしてドアを開けてやった。「おやすみ、ワーツ夫人。とんでもない夜だったな」

彼女は車を降りかけて動きを止め、おれを振り返った。彼女の表情を見る限り、その裏で何が起きているか、さっぱりわからなかった。「おやすみなさい。パインさん。本当に、とんでもない夜だったわ」

ふいに前屈みになり、おれの唇にキスすると、彼女は囁いた。「おやすみ、ポール」そして、衣擦れの音を立ててストッキングを閃かせながら、軽い足取りで駆けていき、二つある回転ドアのうちの一つへ消えた。

おれはもう五十フィートほど東へ進んで私道を見つけると、それを使って方向転換し、レイク・タワーズの玄関が見える場所で路肩に車を停めた。

二十分待った。しかし、彼女は姿を現さなかった。ローラ・ノースは少なくとも一つのことに関しては、嘘をついていないようだった。

8

おれは炭坑――おそらく無煙炭だろう――のエレベーター係として働いていた。ケージは地下四千フィートで壊れて動かなくなっていた。地上では、男の太い親指がボタンを押し、甲高いつんざくような音が竪坑を満たした……。

おれは片手を伸ばしながら目が覚めた。手はベッド脇のナイト・テーブルに置いた電話に突き当たり、受話器が外れた。それでベルは鳴り止んだが、明るさに限っていえば、いまだ炭坑にいるようだった。

上体を起こし、言葉にせずに悪態をつきながら、腕時計の蛍光の文字盤が見えるよう手首をねじった。午前一時十二分。ベッドの縁から身を乗り出して手探りし、ぶら下がっている受話器を見つけると、耳に押し当てた。

おれは言った。「もしもし。なんの用だ?」我ながら、食事中のライオンのように穏やかな声だった。

「パインさんですか? お留守ではないかと思いましたよ。パインさんなんですね?」

どうにか声の主がわかった。落ち着き払い、どことなく威厳を保とうとしているものの、そのどちらもうまくいってなかった。それはマクマナス司教の声で、司教という身に許される最大限まで興奮していた。

「パインです、司教。すっかり目が覚めましたよ。頭もはっきりしています」

「彼が電話してきたのです、パインさん。たったいま。わたしに文書を手渡したいとのことですが、彼は——」

「ちょっと待ってください」とおれは言った。「電気をつけてきます」

暗闇の中、おれは受話器を耳にくっつけ、回線の向こうから聞こえる、甲高い風の音混じりの静寂に耳を傾けた。好ましくない静寂だった。そしてそれは、おれが知りたかったことを告げていた。おれは言った。「これからあることを言います、司教。ですがその意味を説明するまで、電話を切らずにいてください」

司教は困惑したようだったが、承諾した。「わかりました」

おれは送話口に大声で怒鳴りつけた。「この通話から出てけ、詮索好きのクソったれめ！　おれが階下《した》へ行ってきさまを叩き出す前にな！」

司教が息を呑む音、そして交換台のスイッチが切られるかすかな音が聞こえた。ようやく、甲高い風の音混じりの静寂はただの静寂に変わった。

おれは口をひらいた。「つい乱暴な言葉遣いになってしまいましたよ。ここの夜番のフロント係は、アリクイより鼻がきくんです。ワーツが電話してきたと言いましたね？」

「ええ」司教はすっかり落ち着きを取り戻したようだった。「彼は一刻も早くわたしに文書を渡して町を出たがっているんです。けれど、司祭館に来るのは嫌がっていました。ひどく取り乱していて、恐怖のあまりヒステリーを起こしてるようでしたよ。彼の部屋で見つかった死体のせいで、警察に追われていると言っていました。司祭館は見張られているとさえね」

おれは夏物のスーツを着た大男と、彼が手にしていた爪楊枝と新聞紙を思い返した。ルイ・アントゥーニの手下だ。「彼の言うとおりでしょうね。それに、彼を追っているのは警察だけじゃありません」

「それはどういうことです、パインさん？」

「話すと長くなりますし、大部分は突拍子もない話ですよ。それで、ワーツはなんと言ったんです？」

「シカゴ北西部の通りの角でわたしに会いたいと言いました。もちろん、時間が時間ですから、わたしにそんなまねはできません。そもそも、わたしは車の運転ができないのです。タクシーを使うのも気が進みません。使いの者に届けさせたらどうかと、わたしは言いました。しかし、断られましたよ。彼が言うには、シカゴで信頼できる人間は一人しかいないが、その男のことすら信用できなくなりつつある、ということでした。彼は支離滅裂ですよ、パインさん」

「支離滅裂になるのも、それ相応の理由があるからでしょう」おれは言った。「結局、どんな取り決めを交わしたんです？　むろん、交わしたのであればの話ですが」

数秒の間ためらったのち、司教が口をひらき、一気にまくしたてた。

「軽率なまねをしてしまったかもしれません、パインさん。つまり、わたし自身は出向くことができないので、全幅の信頼を置く人物を、代わりに行かせると彼に言ったのです」

ショックから立ち直る時間を与えようと、司教は口をつぐんだ。だが、ショックは来たと同時に去っていた。おれは司教の先を行っていた。

「この件に片をつけることができれば何よりですよ、司教。まさかこれほど簡単に解決するとは思っていませんでしたので——解決すればの話ですが。それで、彼にはいつ、どこで会えばいいんです？」

彼の声は、新しい骨を与えられた子犬のように喜びに弾んでいた。「サクラメント・ブルヴァードとグレンレイクの南西の角です。時間は二時三十分。いまからおよそ一時間後です」

場所と時間を復唱してから、おれは言った。「受け渡しに関して、彼は何か注文をつけてきませんでしたか？」

「彼にこう言ってください。『おはよう、スミスさん。わたしにお勧めの本はあるかね？』」

この十二時間のうちで初めて、おれは笑い声を漏らした。「まるで貸本屋での会話ですね。誰が考えたんです？」

司教も小さな笑い声を立て、「わたしですよ、お恥ずかしながら。わたしの代理人であることを確かめる必要があると、彼が言ったのです」

「それはそうですね」送話口を手で覆い、あくびをする。「時間通りに約束の場所に行きますよ、司教」

「本当に心から感謝しています、パインさん」司教の声は厳粛になった。「文書を受け取ったら、できるだけ早くウォバッシュの九九〇〇に電話をください。そのあとで、真っ直ぐ司祭館へ来ていただけますか。わたしが中へお入れしますから」

おれはルイ・アントゥーニとの取り決めを思い返した。司教に電話をかけるときに、アントゥーニにも電話を入れれば、司祭館の前で落ち合うことができるだろう。

おれはうなずいてから、そうしても無駄だと気づいた。「そうですね、二時四十五分から三時の間に電話できると思います」

「お待ちしています」と司教は短く言った。

電話が切れ、おれはナイトテーブルの上のランプをつけてから、受話器を戻した。薄っぺらい毛布をはねのけ、両足を床に下ろす。そして、それをぼんやり見つめた。大きくて青白く、朝の素足がそうであるように、どことなく卑猥な感じがした。おれはもう一度あくびをし、髪を撫でつけ、寝巻きの上から脇腹を掻いた。スコッチの瓶がランプの脇に置かれたままになっており、バケットの中の角氷は水になっていた。

スコッチの瓶の隣にあった煙草の箱から一本抜き出して火を点け、ふらふらと浴室へ歩いていき、水で顔を洗って髪を梳かした。そして、そうしたことを後悔した。鏡の中からおれを見返している顔があった——見たことのない顔で、おれはたちまちその顔が嫌いになった。疲労の滲む目は血走り、そのまわりの皮膚はまるで半年もの間、岩の下敷きになっていたかのようだ。未来も希望もない、私立探偵の顔だった。

キッチンでコーヒーポットを火にかけると、寝室へ着替えにいった。黒っぽいズボンはアイロンがけが必要だったが、雨――いまも窓を打つ音が聞こえた――の日にはこれで十分だろう。柔らかい襟のシャツに、いちばん手近にあったネクタイを締める。靴も汚れていたが、これからダンスに出かけるわけでもない。

ヴェスヴィオ火山の深奥のように熱い、黒糖ラム酒を数滴垂らしたコーヒー二杯のおかげで、その前よりましになったわけではないにしろ、気分が一新した。カップとソーサーを流しにさげ、スーツの上着とトレンチコートをクローゼットから出してベッドに置くと、脇の下にホルスターをつけた。そしてそこへ、三八口径のコルト・ディテクティブ・スペシャルを装着した。フーマンチュー博士（サックス・ローマーの小説に登場する中国人悪党）やディリンジャー（実在したシカゴの凶悪犯）、あるいはジャファー・バイジャンなる謎の人物に出くわしたときのための用心だ。

おれは帽子のつばを目の上まで引き下げると、部屋を出てエレベーターで一階へ下りた。フロントデスクは光に包まれており、その後ろの交換台で夜番のサム・ウィルソンが脇目も振らずにパルプ・マガジンを読みふけっていた。遠くからでもその表紙が見て取れた。さしもの切り裂きジャックも悪夢にうなされるような絵柄だった。

おれがカウンターにたどり着く前に、ウィルソンがさっと顔を上げた。次いで素早く立ち上がり、カウンターに歩み寄った。彼の濁った目を覆う分厚いレンズが、光を受けてきらめいている。しまりのない口元に笑みを浮かべようとしたが、あまりうまくいかなかった。彼は不安におののいており、その理由はわかっていた。

おれは言った。「いいか、一度しか言わないぞ。今度おれの電話を盗み聞きしたら、耳の穴をかっぽじってやる――次の時にはな。わかったか？」

彼のか細い声は一オクターブ甲高くなった。「そ、そんな、パインさん。何かの間違いですよ。ぼくはあなたの電話を聞いちゃいません。そんなこと、夢にも――」

「話はそれだけだ」とおれは言った。「おれの帰りを寝ずに待つ必要はないからな」

フロントドアのほうへ三歩足を踏み出したときだった。物欲しげな彼の声がした。「また大きなヤマなんですか、パインさん？」

おれは立ち止まって振り返り、彼を見やった。おれは彼をびびらせはしたが、その好奇心を弱めるには至らなかったようだ。いや、ひやたがねをもってしても、そんなことは無理だろう。彼のしまりのない丸顔がこちらを見ていた。髭剃りが横滑りしたのか、ところどころ髭が剃り残っている。

「きみにだけこっそり教えてやるが」おれは続けた。「これから二千五百万ドルを受け取りにいくところだ」

彼は悲しげに首を振り、交換台に向き直った。おれは重いドアを押し開けて外に出ると、軒下で襟元のボタンを留めた。

雨は降りつづいていた。やや雨脚は弱まったものの、選択の余地があるならあえて外出しようとは思わない天気だ。水溜まりをよけられるだけよけながら、背を屈めて舗道を南へ向かい、プリマスに乗り込んだ。

モーターがいやいや唸りを上げた。無理もない。おれは喫いたくもない煙草に火を点け、道路の両側に駐められた車の間を縫って、ウェイン・アヴェニューを南へ走った。通り沿いの建物に、時折明かりの灯った窓があった。まだ起きている人々がいて、ブリッジに興じたり、冷蔵庫を漁ったり、家計に関して口論したりしているのだ。だが、パインは違う。むざむざ肺炎になりかけている。

プラット・ブルヴァードを折れ、西地区に入った。デヴォンとサクラメント・アヴェニューから目と鼻の先のグレンレイク・アヴェニューは、西地区の六ブロック西にある。その地区はまだ分譲販売中で、多くの区画が雑草に覆われたままだ。点在する新築の家々は、種蒔《ま》きされたばかりの芝地――雨でぬかるみ黒々としていた――に囲まれている。家それ自体は気取ったものではないが、そこに住む中流階級家庭にいかにも似つかわしい雰囲気を漂わせていた。

ワーツが法外な価値の文書を脇に抱え、びくびくしながら待っているはずの角をゆっくりと通り過ぎた。彼がそこにいたのかもしれないが、おれには見えなかった。街路樹が生い茂り、明かりもほとんどない。腕時計は二時三十三分を指していた。

おれはもう一ブロック南へ進み、街路樹や空き地や家々のそばを行き過ぎた。マシンガンを積んだ細長い黒塗りの車に尾けられてはいないようだ。そのブロックの外れでUターンし、ヘッドライトが杭に打ちつけられた不動産会社の看板を照らした。

約束の場所まで四分の三ほどのところへ戻ると、縁石に車を停めて雨の中に出た。道路を横断してサクラメントの南側に渡り、グレンレイクに向かう。雨音と、ピシャピシャというおれの靴音しか聞こえない。ぼんやりとした街灯の光に、おれの影が長々と行く手に伸びていた。

角に立ち、両手でマッチの炎を囲んで煙草に火を点けながら、舗道の南と西へ目を走らせる。動くものはない。ただ闇と雨ばかりだ。文書を持った男ではなく、文書を持たない男、すなわちおれがいるだけだ。リベリア訪問中のスウェーデンの大臣のように目立っている気分だった。

おれは小さな円を描いて歩き回りながら、鼻から息を吐き出し、軽く咳をした。舗道に沿って木が植えられており、上方では枝が絡み合っている。幹の辺りは濃い闇に沈んでいた。わずか二十フィートしか離れていないところに、十人もの男たちが隠れていてもおかしくない。おれはそうでないことを祈った。ひょっとすると、ワーツが一本の木の陰からおれを見張っているかもしれなかった。

見張るにしても、もうそろそろ十分な頃だろう。おれは声に出して言った。「おい、スミスさん」その言葉は物悲しく響き、雨音に紛れてよく聞こえなかった。

おれは銃を取り出して体の脇に垂らすようにして持ち、グレンレイクに沿って舗道を西へ進みはじめた。そして、四本目の木の根元で彼を見つけた。あやうくその頭を踏んづけるところだった。

彼は濡れた草の上にうつ伏せになっていた。もはやそんなことは気にもかけていないらしい。暗闇の中、彼は単なる細長くでこぼこした物体だった。肘を曲げ、手のひらは体の下敷きになっている。頭のそばにある小さな影はフェルト帽で、彼方の街灯から届く星明かりのような光で、片方の靴下の柄が見て取れた。

口元に鏡を近づけたり、脈を探ってみたりするまでもなかった。鼓動は止まり、魂は心臓が動かなくなったのちに行くべきところへ行ってしまった。どんなに光が乏しくても、たらいの中の濡れた洗濯物のように横たわっていれば、見誤りようがなかった。

おれはやや腰を屈めて言った。「おはよう、スミスさん。わたしにお勧めの本はあるかね?」

そして冷ややかに、短く虚ろな笑い声を立てた。死体の傍らにひざまずき、マッチを擦る。空いているほうの手で頭を持ち上げ、顔を覗き込んだ……。

それはフランク・ティニー巡査部長だった。


午前四時。外はまだ暗く、雨が降りつづいている。鬱陶しい朝だった。おれはサマーデール署の居心地のよい一室で、背もたれの低い肘掛け椅子に座っていた。もうかれこれ十分ほどそうして独りで座っており、いい加減飽き飽きしていたところだった。

ドアが開閉し、すでに四度おれから同じ話を訊き出した本署殺人課の警部補が、机の向こう側に腰を下ろした。

痩せて、穏やかな話し方をする五十がらみの男で、こめかみの辺りが白くなりかけた黒髪はきっちりと櫛が通され、落ち着き払った鋭い目は冷ややかだった。少なくともおれには、彼の態度は冷ややかに感じられた。白いシャツにえび茶色の地味な蝶ネクタイを締め、軽そうな茶色のスーツは棚から出してきたばかりのようだ。彼の名はオーヴァーマイアー、真新しい死体の件で今夜顔を合わせるまでは、会ったことのない男だった。

彼はぼろぼろになった、緑色の記録簿の書類を所在なさげにいじっていた。境界線越境に関する不服申し立ての書類で、おれとはなんの関係もなかった。おれがそれを知っているのは、十分という時間は、ただ壁と自分の指先を眺めているには長すぎたためだ。

とうとう記録簿を脇へ押しやると、彼はこれ以上ないというほど深々とため息をついた。「司教と話したよ、パイン。彼の話はきみの証言と一致した」

「おれは事実を話したんだ、警部補。一致するのは当たり前だ」

彼はふたたびため息をつき、ずんぐりした手のひらを机の上に置いた。一時間前よりも顔は灰色を帯び、口元が引きつっているように見えた。彼は重々しく言った。「ティニーはいいやつだった。かみさんと二人の子どもがいて——下の子なんて、まだ三歳なんだ。父親がいなくなって、寂しがるだろうな」

おれは何も言わなかった。おれの煙草の煙が、すえたにおいのこもる室内に気だるく漂った。オーヴァーマイアーは椅子の背にもたれ、手のこうで太腿を擦った。「さて、もう一度取りかかるとしようじゃないか。最初の三回のときに、何か忘れていたことがあるかもしれない」

「四回だ」とおれ。

「ああ、四回だったかな。四十回でなくてついてるよ、きみは。仲間が殺されたとなれば、おれたちも慎重にならざるを得ないからな」

おれは話しだした。「きのうの朝十時半頃、おれはマクマナス司教に会いにいった。司教に呼び出されてね。そして彼は、三日前にレイモンド・ウォルシュという男が訪ねてきて、珍しい高価な文書を売りつけようとしたと話した。ウォルシュは翌日文書を持ってくると約束したが、姿を現さなかった。司教はおれに、ウォルシュから教えられた住所へ行ってみてくれと頼んだ。おれは言われたとおりにし、ウォルシュの部屋のクローゼットで死体を見つけた。殺人課へ連絡すると、ティニー巡査部長がやって来た。そしていま言ったとおりのことを、彼に話した。

今朝一時十分頃、マクマナス司教から電話があった。グレンレイクとサクラメントの角で会いたいと、ウォルシュに言われたというんだ、朝の二時半にね。だが司教は、そんな時刻に出かけられないと言い、代わりにおれを差し向けると提案した。おれは約束の時間ぴったりに待ち合わせ場所に着いた。しかしウォルシュの姿はなく、ティニー巡査部長の死体を見つけた。直ちにおれはグランヴィル高架《エル》駅へ行き、そこの公衆電話から殺人課に電話した」

警部補は右手の関節が白くなるほど、右の膝頭を握り締めた。「警官殺し」つぶやくように言う。「ろくでなし野郎だ。下劣なろくでなし野郎さ」オーヴァーマイアーはまた書類に手を伸ばし、二インチほど電話機のほうへ押しやった。彼は普通の声で言った。「ほかに話したいことはないかね、パイン？」

「何もない」

「あとで話を翻《ひるがえ》されちゃかなわんからな」

「ああ」

ふいに、彼が片手で記録簿をぴしゃりと叩いた。おれは飛び上がるほど驚いた。「あいつを捕まえてやる」彼は唸るように言った。「絶対に捕まえてみせる。あいつのことは、もうかなり調べがついてるのさ、パイン。ティニーは本当によくやってくれたよ。あいつはロサンゼルスから来た。本名はレイモンド・ワーツ。経歴だってわかってる。いまいましい大学教授だ。それをどう思う？　ああいう連中がおかしくなると、とことんまでおかしくなるものだ。こういったことはみな、エリー・ストリートのあいつの部屋のクローゼットで見つかった服やなんかをたどってわかったんだ」

彼は拳で机を三度、立て続けに軽く叩いた。「全部、ティニーの報告書に書かれていた。だが、グレンレイクとサクラメントの角にワーツが現れることをなぜ知ったのかは書かれていなかった。とにかくティニーはそれを知り、ワーツは姿を現した。そしてワーツは、ティニーを殺した。ウィリー・ポストを殺したときとまったく同じやり方でね。刃渡りの長いナイフで、正確に心臓をひと突きしたんだ」

オーヴァーマイアーは先ほどと同じようにワーツを罵《ののし》ると、ため息を漏らした。「おれたちは町じゅうのホテルと下宿屋を網羅している。ティニーは小さな規模で捜査を進めていたが、これからは大々的にやるよ。そうすりゃ、ワーツをいぶり出せるかもしれない。それに、司教からあいつの詳しい人相を聞いてある。何千人とあてはまる男がいるだろうがね。ロサンゼルスから、もし手に入るようなら、あいつの写真が送られてくることにもなっている。あいつを捕まえてみせるよ、パイン。そしてその暁には、あいつは何度も階段を転げ落ちることになるだろう、裁判にかけられる前にな」

おれは何も言わなかった。オーヴァーマイアーは半ば机に寄りかかるようにして、記録簿の上に交差させた両腕を載せ、あの冷ややかな目をおれに据えた。「おれは理性的な人間だ、パイン。きみたち私立探偵のことはそれなりに尊敬しているし、当局が時折得ている助力も認めるにやぶさかではない。公になりはしなかったが、サンドマークの一件（原注『血の栄光』一九四六年〔邦訳六四年〕）でのきみの活躍が記録に残っていて、それを読ませてもらったよ」

彼は言葉を切り、遠くへ視線をさ迷わせて物思いにふけった。おれは親指の爪で無精髭を擦りながら、座ったままでいた。

「よし」ふいに、オーヴァーマイアーが言った。「もう帰っていいぞ。きみの記録を読んだし、それにきみはマクマナス司教のために仕事をしているんだからな……いや、司教のために仕事をしているというのがなによりの理由だ。きみと司教の話は一致した。おれにとっちゃ、それだけで十分さ。少なくとも、これまでのところはな。だが次に——次があればの話だが——ワーツがきみたちのどちらかと会おうとしたら、前もって教えてもらいたい」

おれは立ち上がり、帽子を脚に打ちつけた。「ごきげんよう、警部補」

彼は小さくうなずいた。おれは帽子をかぶり、ドアを出た。

9

朝の九時半は、事務所を開けるには早い時間だった。だが、八時に目が覚めてしまった。両目はとろんとし、気分は冴えず、理由《わけ》もなく落ち着かなかった。

雨の降りしきる気だるい日だった。安宿のベッドシーツのような色と風合いの空から、雨粒が絶え間なく落ちてくる。奥の事務室の窓を開けると、帽子とトレンチコートを来客用の椅子に置き、昨夜の不審者が床に散らかしていった雑多なものを靴の先で突っついた。掃除婦はこの惨状をひと目見るや、暇をもらうことに決めて部屋を出ていったに違いない。

床の上の物の大部分を机の引き出しにしまい、残りをゴミ箱に捨てた。それが終わる頃には、いつでもベッドへ戻れる状態になっていた。おれはあくびをし、回転椅子に腰を下ろすと、受話器を上げずに何度か電話のダイヤルを回した。準備体操だ。おれは司教とワーツと二千五百万ドル相当のパピルスか何かのことを考えようとした。何も思い浮かばない。続いてルイ・アントゥーニとローラ・ノース――結局はローラ・ワーツだと判明した――のことを考えてみた。

今度もまた、何も思い浮かばなかった。

とその時、煙草の火を点けようとしたところで、決して忘れるべきではなかったことを思い出した。

おれは職業別電話帳を引っ張り出し、ウエスト・エリー・ストリート一七三〇番地近辺の駐車場の番号に印をつけはじめた。約三十分後、そこそこ長いリストができあがった。いちばん近い駐車場は、アッシュランドの西のヒューロン・ストリートにあった。

その番号に電話をかけると、車の騒音を背にして南部訛《なまり》の声が聞こえてきた。

おれは言った。「ワーツの車はまだそこにあるかい？」

「誰だって？」

「ワーツだ」とおれ。「レイモンド・ワーツ。シボレーのクーペだ」

「よく聞こえねえんだ、旦那。もう一回言ってくんねえか」

「ワーツ！」おれは叫んだ。「W、i、r、t、z。そこに彼のシボレーがあるかい？」

「ちょっと待っててくんな、旦那」受話器が置かれ、車の騒音だけが聞こえてきた。

おれは椅子の背にもたれ、書類棚の上に貼られたピンナップ・ガールのカレンダーに描かれた赤毛の女に流し目を送った。そのカレンダーには毎月違うポーズの女が登場する。この五月は、ネクタイの半分ほどしかない表面積の、緑色の下着《プレイスーツ》のような服を着た女が、デイジーの花輪を編んでいる。けれど彼女の緑の瞳は、もっとましなことがしたいとほのめかしていた。

「ここにゃ、そんなやつの車はねえよ、旦那」

もう三十分ほどの間に五度電話をかけ、そのたびに同じ答えが繰り返された。結局のところ、これはそれほど名案ではなかったのかもしれない。だが、六度目の電話で労力は報われた――ダーメンに近い、ウエスト・スペリオルにある駐車場だ。電話に出た男が経営者だった。その駐車場は狭く、故に男は客の名前をすべて覚えていた。

「ワーツのシボレー？」と男は言った。「ああ、ここにあるよ。おれの記憶じゃ、ここ三、四日はずっとここにある」

「ほかに問い合わせてきたやつはいるかい？」

「あんただけだよ、旦那。いったい、どういうことだ？」

「盗難車かもしれない」とおれは言った。「西海岸からの報告じゃ、その車は三週間前にロサンゼルスの路上で盗まれたということだ」

男はどもりながらも、その車にはカリフォルニアのナンバー・プレートが取りつけられていると認めた。彼の地では車の所有者はハンドルの支柱に紐で登録証をくくりつけているという話を聞いたことがあるのを思い出した。おれがそれを話すと、男は調べにいったものの、戻ってくると何もなかったと告げた。その頃には男はおれを「お巡りさん」と呼ぶようになっていた。彼が勝手にそうしたのだ——おれはひと言も、盗難車取締係だとは言わなかった。けれども、あえて彼の間違いを正そうともしなかった。

「わかった」とおれは言った。「きょうのうちに、そっちへ男が行く。もしその前にワーツが現れたら、バッテリーがだめになったとかなんとか言うんだ。ワイヤを一、二本緩めておいたほうがいいかもしれん、念のためにな」

男はそうすると言い、盗難車の売買に手を出していると思われたくないと言い足した。おれは曖昧な唸り声で応え――男はおれが当局の人間だと解しただろう――電話を切った。

その駐車場の住所をメモに取ると、ふたたび受話器を持ち上げてマイケル・ライトの自宅に電話した。マイクは時々おれのために使い走りをしてくれる。怖いもの知らずのアイルランド人で、頭が切れ、行動が素早く、タフで、ライトヘビー級ボクサーのような体つきをしている。左腕は木製の義手で、鉄道警察官だった頃に車輪の下敷きになって失った。妻と共に年金暮らしをしているが、いまも警官のまねごとをするのが好きで、時折おれの力になってくれるのだ。

彼が電話口に出ると、おれは車のことを説明した。「クッシュマン・ガレージにある。ウエスト・スペリオル一九四四番地だ。そこへ出かけていって、車を見てくれ。しっかり目に焼きつけたら、駐車場の経営者に、タレ込みはでたらめだったと言うんだ。そのオンボロ車に用はないから、持ち主が現れても余計なことは言うな、とね。身分証を求められたら、きみの持ってる保険証でも閃かしてやれよ」

「うまくやるよ」

「ああ。そのあと、駐車場の入り口が見える場所に陣取るんだ。見張りは二十四時間頼みたい、マイク。ひょっとすると、あの駐車場は夜の間閉まるかもしれない。郊外の駐車場はそういうところが多いからな。もしそうでなければ、適当に休んでくれ」

「で、誰かが車を取りにきたら?」

「その時は後を尾けるんだ。車を見失ってみろ、バナナみたいに皮をひん剝いてやるからな」

「万が一しくじったら、おれの皮むきナイフを貸してやるよ」

おれは受話器を戻した。やっと手がかりを手に入れた。申し分のない、見込みのある手がかりだ。おれは一、二分の間、その期待感に浸っていた。おれは脳細胞を活用したのだ。少々遅かったが、遅すぎるということはないだろう。

さらに時間が過ぎていった。おれは座って煙草の煙で空気を汚しつづけ、首の後ろを掻き、足をぶらつかせた。小降りになった雨が、窓をかすかに叩き、物悲しいリズムで窓棚に滴り落ちている。通風孔から冷たくすがすがしい空気が流れ込み、引き下ろされたブラインドのコードを揺らした。灰色に煙る日だった。安楽椅子と本とブランデーのための日だ。新婚旅行者と、眠りと、アヒルのための日だ。

電話が鳴った。

受話器を取ると、聞き覚えのある女の声がした。「パインさんですか、私立探偵の？」

「秘密捜査官と言ってくれたほうが嬉しいがね」おれは言った。「今朝の司教のご機嫌はいかがかな？」

小さく息を呑む音がした。「わたしの声を覚えていたんですね！」彼女は自分でもよくわからない理由で喜んでいるようだった。「彼はまだ、事務室に閉じこもったままなんですよ、パインさん。一歩も外へ出ようとしないし、電話に出ようとさえしません。食事だって運び込ませてる始末なんですよ。特別な誰かか何かを待っているようで、わたしは来る人来る人を追い返さねばなりません。本当に彼のことが心配なんです、パインさん。この緊張状態がすぐにでも終わらなければ、彼は神経衰弱に陥るか、体を悪くしてしまうにちがいありません。前のように、階下《した》へ来てわたしに会ってくれたらいいんですが。彼は事務室の隣の寝室で眠られるんですけど、わたしが交換台を離れる夜の間だけ、ご自分の電話に回線をつながれるんです」

おれはあんなかまをかけなければよかったと思った。おれは言った。「司教がおれと話したがっているのかね、それともきみが考えついたのかね?」

「いいえ、まさか! つまり、わたしの考えじゃありません。司教に頼まれたんです。わたしは決して、彼の悩みを——詮索するようなまねはしません。とはいっても、もしわたしにできることがあれば……」

彼女は言葉を切った。おそらく、息をするためだろう。おれはその隙に口を挟んだ。「司教につないでくれ。きみのために、彼を元気づけてやるとしよう」

「まあ、そうしてもらえると嬉しいわ! もし彼が——」

話の途中でおれは咳払いをし、彼女はその意味を理解した。「ごめんなさい、パインさん」彼女はその回線を閉じ、司教の電話のベルを鳴らした。

「もしもし?」上辺は朗々とした豊かな声だった。だがその底には、強いて言えば人間味のない熱心さといったものが潜んでいた。

「パインです、マクマナス司教」

彼の呼吸《いき》の音が受話器の向こうから聞こえた。「こんなに早い時間には事務所にいらっしゃらないのではと思いましたよ、パインさん。あなたのアパートメントに電話するのは控えました。おやすみになってらっしゃったら申し訳ありませんから」

この三日間を彼がどう過ごしてきたか、まざまざとおれの頭に浮かんだ。赤杉の壁とガラスの奥に並べられた革表紙の本に囲まれて座り、つねに手は電話に届く場所に置いてある。電話が鳴り、引き延ばされていた約束を果たすために、レイモンド・ワーツが階下に来ていると告げられたときのためだ。あるいは、両手を背中で組み合わせて一定の歩幅で床を歩き回り、ワーツは詐欺をはたらこうとしたものの、おおごとになりすぎて収拾がつかなくなったのではという疑念と、あと少しでキリスト紀元最大の発見を成し遂げられるのだという突拍子もない希望に、心を引き裂かれていたのかもしれない。

「できればそうしたかったのですが」とおれは言った。「もうしばらく先延ばしすることにしたんです」

数秒の間、司教は無言だった。やがて、彼は口をひらいた。「警察があなたを拘束するのではないかと心配していました。オーヴァーマイアー警部補には、あなたはわたしのために独自の調査をしてくれていたのだと、そして、わたしたちの名前が新聞に出ぬよう、できるだけ努力していただけたら嬉しいと念を押しておきました。今朝警察に知らせる前に、わたしへ電話してくれたことには感謝しています」

「おれは利己的だっただけですよ」とおれ。「それに、いまこうして自由の身でいられるのは、あなたのおかげです。真に影響力のある依頼人を持つというのは、おれにとって新しい経験ですよ」

司教はその言葉を軽く受け流した。「さて、これで振り出しに戻ってしまいましたね」物欲しげに、「ひじょうに厄介なことになりそうではありませんか？　わたしは殺人犯と取り引きすることはできません……しかし、彼が犯人だと決めつけるのは時期尚早なのでは？」

　おれは思わず笑みを漏らした。嬉しいことに、司教もしょせんは人の子なのだ。ワーッとの取り引きは倫理的だと自分に納得させるために、ワーッが無実であるほんのひと握りの可能性にしがみつこうとしているのだ。

　おれは言った。「いまや彼は警官殺しの容疑者として追われる身であり、車で町を出ようとするかもしれません。それから、ベンブルック夫人という女性にも会いました。彼女の夫はワーッの旧友だそうです。ワーッがあなたと会うことになっていたその同じ日に彼は姿を消しました。これは単なる偶然の一致のようには思えません。間違っているかもしれませんが――ひょっとすると、女性がらみのトラブルとも考えられます。きょうの午後にもそれを確かめたいと思っています」

　司教の声はそれとわかるほど元気づいた。「素晴らしい！　あなたのことを信頼していますよ、パインさん。また何かわかり次第ご連絡ください」

　おれはそうすると応え、そこで会話は終わった。少なくとも一つの点において、司教はほかの依頼人と同じになりつつあった。満足を望んでいるのだ。それも光の速度で与えられることを。しかしながら彼の場合、そう思うのも当然といえば当然だった。

　そのあともしばらくの間、おれはとりとめのない空想《ウールギャザリング》にふけった――質の悪い羊毛《ウール》ではあったが。郵便配達人が来て、内側のドアの郵便差し入れ口に電話代の請求書とダイレクトメールを押し込んで帰っていった。

おれは早めの昼食を食べた。少しはましなことをしたかったからだ。そしてデパートの書籍売り場でしばらく立ち読みしてすごしたあと、ウィリアム・P・マッギヴァーンの新刊ミステリを買って事務所に戻った。

午後二時、おれは読みかけのページに印をつけ、以前バーボンを入れていた引き出しにしまった。次いで書類棚の上から帽子を取り上げ、糊口のために雨の中へ出ていった。


マイルズ・ベンブルックは、デヴォンの二ブロック南、シェリダン・ロードの高級住宅街に住んでいた。交差路の南西の角に位置し、七フィートはあろう生け垣の後ろに広がる、花壇と濃い緑色の芝生に覆われた広大な敷地の奥まったところに屋敷があった。

アメリカ杉の二本の老木が屋敷の脇の私道に枝を垂らし、ハコヤナギの巨木が湖に面する二階の窓に灰緑色のレースのカーテンを引いている。

左に折れて私道に入り、玄関にほど近い砂利敷きの車寄せにプリマスを停めた。私道はライラックの茂みの後ろで大きく曲がり、屋敷の裏へと消えていた。

おれは雨の中に出て、この界隈では必要なさそうに思えたが、車に鍵をかけた。光沢のあるコンクリートの地面を小走りに進み、階段を三段上って広々とした石造りのポーチに入った。平屋根があり、床は黒と赤のモザイク模様のタイル張りで、低い柵にはくすんだ緑色の花籠《はなかご》が飾られていた。緑や赤の帆布の椅子がそこここに置かれ、大きなブランコが鎖に吊り下げられている。

その座面は防水加工をしたインド更紗《さらさ》で覆われていた。

黄色い葦《あし》のテーブルには満杯になった灰皿、ハイボール用のグラス三個、それに先週の『サタデー・イヴニング・ポスト』が載せられていた。きょうはポーチでくつろぐには不向きな天気だ。おそらく、きのうから置きっぱなしになっているのだろう。

戸口は食料品をトラックのまま運び込めそうなほど広く、磨き上げられたオーク材とガラスの塊でかんぬきが掛けられていた。真鍮製の渦巻き装飾の真ん中にベルのボタンを見つけ、指でぐっとそれを押した。

どこかで音が鳴ったとしても、おれには聞こえなかった。帽子を取って水を振り払い、またかぶり直すとハンカチで手を拭いた。聞こえるのはポーチの屋根の雨樋を流れる水音と、水飛沫を上げながら角を曲がっていった新車らしい紺色のビュイックのエンジン音だけだった。

もう一度ベルに手を伸ばしかけたとき、ドアが音もなくひらき、灰色の折り返しなしのズボンと黒いアルパカの上着といった格好の、痩せて背の高い執事が、鼻と歯ばかり目立つ顔をおれに向けた。

「おはようございます」礼儀正しく、物柔らかで、空気のように透明な声だ。

おれは彼のために簡潔に述べた。「ポール・パインだ。ベンブルック夫人に会いにきた。約束してある」

「お待ちしておりました。どうぞ、こちらへ」

おれは彼の後について広々とした洒落《しゃれ》た玄関ホールに入った。壁はマホガニーの羽目板張りで、奥の薄暗がりに優美な曲線を描く絨毯敷きの階段があった。執事がおれの帽子とトレンチコートを受け取ってクローゼットにしまうと、おれたちは廊下を進みはじめた。どこまでも敷き詰められた絨毯は上等そうで、メトセラ（ユダヤの長命な族長）の祖父の時代に織られたかのように古く、足音がまったくしなかった。角を曲がると、アーチ型天井の廊下がさらに続いており、突き当たりのフレンチドアの向こうに、外の景色が見えた。

その廊下を半ばまで進んだところで、執事はドアを開けておれの名を告げると、脇へよけておれを通した。

広すぎず居心地のよい部屋だった。ずっしりとした銅製の網戸の奥で薪がはぜる古い暖炉が際立つよう、調度がしつらえてある。悩ましげな大きさの赤い革張りの長椅子が、ひどく大きな真っ白な毛織物の敷物を挟んで、暖炉に面して置かれていた。鏡張りの、どっしりとしたクルミ材のコーヒーテーブルの上には、ハイボール用グラス、サイフォン瓶、銅製のピッチャー、アイス・バケット、それに滅多にお目にかかれないが消して忘れられない類のスコッチが載っていた。三つある窓のそばには小型グランドピアノがあり、譜面台には楽譜が置かれ、床に届きそうなほど長い、房飾りのついた金色のカバーに覆われていた。

彼女は暖炉のそばの大きな安楽椅子に座っていた。膝に本を載せ、片手に背の高いグラスを持ち、やけに真っ赤な唇にかすかな笑みを浮かべている。くつろぎながら酒を飲むのに似つかわしく、ドレスというにはフリルが多すぎるがネグリジェとまではいかない、青みがかった緑色の服を着ている。胸元と両方の耳たぶを真珠が飾っていた。

抑揚のある心地よい声が言った。「またお会いできて嬉しいわ、パインさん。座って、好きなようにお飲《や》りになって。あなたにはスコッチがいいと思ったんだけど。どうかしら?」

「ご明察です」おれも大学出であり、彼女の居間に座る資格があることを証明すべく、しかつめらしく言った。彼女と向かい合うように長椅子に腰を下ろし、グラスにスコッチとピッチャーの水を注ぎ入れた。

おれはグラスに口をつけた。あやうく飲み干すところだったが、その前に飲んでいるのは酒だと思い出した。彼女が賞賛の目でおれを見ていた。どうやら酒飲みの男が彼女の好みらしい。

「勝手ながら、あなたのことを調べさせてもらったわ、パインさん」彼女は言った。「気を悪くなさらないでね」

「どんなことがわかった?」

「申し分ないわ。主人の弁護士たちは、あなたを褒めちぎっていたわよ」

「親切な連中だ」先ほどよりは紳士的に、もう一度グラスを傾ける。「きみがそんなことを尋ねた理由を、連中は知りたがったんじゃないか?」

「あら、いいえ。もちろん、スコットさんは興味がありそうだったけど、そんなこと口に出しやしないもの。きょうは頭のお加減はいかが?」

「いつもと代わらず丸いよ。その男は、きみの旦那が失踪中だと知ってるのか?」

「まだ話してないわ。もう二、三日待つべきだと思ったの。騒ぎ立てたりして、マイルズが戻ってきてそれなりの理由があったとわかったりすれば、あとで恥ずかしいもの」

彼女は頭をのけぞらせ、慣れた手つきで優雅にグラスを傾けた。膝から本が滑り落ちたが、気にもかけない。しょせん、単なる小道具の一つなのだ。コニー・ベンブルックは、小説のような空虚なものに耽溺《たんでき》するタイプではなかった。

窓の外から軽やかな雨音が聞こえ、暖炉の覆いの奥で弾けるような音がしている。おれは煙草を取り出して彼女にも一本勧め、グレービーソース入れのような形の銀製の卓上ライターで両方に火を点けた。彼女は感謝の印にとろけるような笑みを浮かべ、おれは長椅子に戻ってもう一度グラスを満たした。その間に彼女もグラスを空にし、おれがお代わりを作ってやった。

ふたたび二人とも腰を落ち着けると、おれは言った。「仕事の話に戻ろう。きみの旦那から連絡はあったかい?」

「いいえ」

「謎の女から電話は? 旦那が失踪した日にきみが盗み聞きした相手だ」

「いいえ。電話なんてしてくるはずないわ。主人はいま、あの女と一緒なんだろうし」

「レイモンド・ワーツが彼に会いにこなかったかね?」

「いいえ。きのうの午後にあなたと会ってから、状況は何も変わってないわ」

「わかった。ただ確認したかっただけでね」おれは長々とグラスを傾けてから、頭を小さく振ってすっきりさせた。「旦那から連絡がありそうな人物のリストはあるかい?」彼女は細く長く煙を吐き出すと、答える前にグラスに口をつけた。「ないわ」なげやりに言う。「彼の銀行と、それに弁護士のほかには、これといって思い浮かばないわ」

「きみは本当に旦那を見つけ出したいのか？」

その問いに、彼女がまじまじとおれを見た。「もちろんよ。そうでなければ、あなたを雇ったりしないわ」

「ああ、そりゃそうだ」おれはグラスを空け、ふたたびボトルに手を伸ばした。「きみの旦那の住所録や私的な書類を当たってみるべきだろう。手がかりを得るためにね。そいつが必要なんだ、ベンブルック夫人。小さな矢印と『尋ね人はあちら』の文字が書かれた、ぴかぴか光る手がかりがね」

彼女は柔らかな笑い声を上げると、グラスを傾けた。喉がさざ波を立て、グラスは空になった。おれが立ち上がってお代わりを作る前に、彼女は椅子を立ってスコッチの瓶を傾けた。叩きつけるように瓶を置き、水のピッチャーがぐらりと揺れた。彼女は衣擦れの音を立てて三歩でコーヒーテーブルの横を回り、長椅子のおれの隣に腰を下ろした。

彼女の茶色の瞳は、舌なめずりしているようだった。「あなたって、とてもハンサムだわ」喉の奥で言う。おれたちはそれに乾杯した。

「きみは密林の夜のように美しい」乾杯。

密林の夜が本当に美しいかどうか確信はなかった。が、月光にきらめく雌豹の双眸《そうぼう》がそこにあれば美しいにちがいない。三杯のハイボールのおかげでそう思えた。

ふたたび空になったグラスを、おれは満たした。もう少しで水を入れるのを忘れるところだった。彼女はおれに身を寄せた——ぴったりと。薄い海緑色のシルク越しに、彼女の腕の温もりがおれの上着の袖を通して伝わってきた。彼女は蘭の香りがした。おれは彼女に嚙みつく代わりに、グラスに嚙みついた。

彼女がしゃがれ声で言った。「長い雨の夜は、何をしているの?」

「言いたくないな」

「スクラップブック作りでしょ。あなたが解決した事件の記事の切り抜きを貼りつけてるんでしょう?」

「紙マッチのフォルダーすら一杯にならないだろうね」

切り抜きの少なさに乾杯。おれは言った。「こんなことをしていたら、旦那を見つけられないぜ」

「グラスを持つのに、両方の手が必要なの?」

おれはグラスを持ち替えて、空いた手を彼女の体に回した。滑らかで、しなやかな腰だ。指先が疼《うず》いた。彼女はおれに寄りかかり、深々と息をした。おれの呼吸の半分も深くはなかったが。

おれは半インチばかり顔をずらして、彼女にキスをした。十分に激しく、長いキスだった。

おれたちは酒を飲んだ。

「きみの旦那のことだが……」

「あとにしましょうよ」雌豹が喉を鳴らすような声だ。彼女の息がおれの頰に熱くかかった。

「名前はポールだったわね?」

「ああ」

「キスして、ポール」

おれは彼女にキスした。彼女の唇は形を失くし、片手を滑らせておれのシャツの中へ差し入れた。おれは試しに空いている手を動かしてみた。嫌がる気配はない。むしろ歓迎されているように思えた。

おれたちは酒を飲み――グラスが空になった。片手を伸ばし、瓶を持ち上げる。蜃気楼のオアシスのようにからからだ。瓶を振ってみたが、やはり空だった。

目を閉じたまま、彼女が体を離した。唇が物欲しげに半びらきになっている。髪は乱れ、口紅が剝げた唇はみっともなかった。おれたちは似合いのカップルだった。おれは言った。「パーティは終わりだ」

長い睫が持ち上がり、表情のない目が覗いた。「なんて言ったの、ポール？」

彼女に瓶を見せ、「空だ。誰かが飲んじまった」

「暖炉の横に、ベル・コードがあるわ」

おれは暖炉に歩み寄った。途中でコーヒーテーブルの角に膝をぶつけた。黒い上着に縞模様のズボンといういでたちの、小柄な白髪の男がドアを開けた。きっと下男だろう。おれには映画によって不確かな教育が施されている。おれが空の瓶を指さすと、男は腰を折って四インチほど頭を下げた。「ただいま」そう言うと、彼は立ち去った。おれたちのことをどう思ったのだろうか。おそらく、マリー・アントワネットの時代のフランスの民衆と同じ気持ちだったろう。

おれが長椅子に戻る頃にはもう、下男がまた姿を現した――今度は瓶二本、角氷、水のピッチャーを載せた銅製の盆を手にしている。それらをテーブルに置き、残骸を片づけてから出ていった。ドアを閉めるとき、雲を叩くような音しかしなかった。

おれは二つ飲み物を作り、一つを彼女に手渡すと、二フィートほど彼女から離れて腰を下ろした。「素晴らしい午後だったよ。とても楽しかった。そろそろきみの旦那の話をしようじゃないか」

彼女は頭もよく、経験も豊富で、本当の感情を表に出さなかった――瞳以外には。おれは半人前以下の男で、その上大馬鹿者だと、その目は物語っていた。いまに限れば、そう思われても仕方あるまい。

「マイルズを見つけ出すのはあなたの仕事よ」彼女は冷ややかに言った。「知っていることは話すわ、もちろん」

「おれは十中八九こうじゃないかと思ってるんだが、ベンブルック夫人。彼は町のどこかにいて、レイモンド・ワーツが問題を片づけるのに手を貸してるんじゃないだろうか」

彼女はたいして興味なさそうだった。酒を口にする。その手は凪《なぎ》の日のジブラルタル海峡のように、乱れ一つ見せない。強い酒も彼女を酔わせはしないのだ。

「問題って、どんな?」

「金の問題だ。莫大な額の金さ。人殺しをするには十分なほどね」

「マイルズが誰かを殺したっていうの？　馬鹿げてるわ」

おれはグラスを置き、彼女と自分の煙草に火を点けた。スコッチがおれのベルトの下で心地よく渦を巻いていた。悪酔いしない、上等なスコッチだ。

「昨夜、ある男が殺されてね、ベンブルック夫人。正確に言うと、早朝の二時半だ。その男は警官で、レイモンド・ワーツを追っていた」

「レイモンドに人殺しなんか無理よ」

「きみの旦那は？」

先日と同じ落ち着き払った表情が、彼女の瞳を覆い隠した。「そんなことを言いはじめたら、収拾がつかなくなるわ、パインさん。わたしは主人を見つけ出してもらいたいの、殺人で告発するのではなくね」

おれはにやりとした。「ほんの一分前には、おれをポールと呼んだじゃないか」

「よしてちょうだい」と彼女は言い、笑い声を上げた。「あなたとはまだ、深い仲でもなんでもないのよ！」

「マイルズとはどうなんだ？　彼は金だけじゃなく寛容さも持ち合わせてるのか？」

彼女は肩をすくめた。もう笑ってはいない。「あの人のことなんて、どうだっていいのよ」不敵に言う。「わたしには若い男が必要なの――体じゅうに活力が漲る、たくましい背中を持つ男が。マイルズは歳を取りすぎてるわ」

「きのうの晩、それと同じようなことを別の女から聞かされたよ。近頃の女はどうしたっていうんだ？　そんなことだと、男は四十代になるのが恐ろしくて仕方なくなるな」

彼女はグラスの陰に逃げ込んだ。おれは酒を啜ると、煙草をふかしながら炎の音に耳を傾けた。

おれは口をひらいた。「さっきの殺された警官に話を戻そう、ベンブルック夫人。同僚たちは彼の死に色めき立っている。ワーツが見つかるのも時間の問題だろう。もしそうなれば、ワーツは可哀想なことになる」

「彼が殺人を犯したなら」そっけない声で、「彼の身に何が起ころうと、当然の報いじゃないかしら？」

「そんな単純な話じゃない。警官たちはワーッをかくまおうとする人間にも容赦しないだろう。おれの考え違いかもしれないが、きみの旦那がここで登場するんだ」

彼女はやや体を強張らせた。美しい茶色の瞳の奥で、ある考えが生まれようとしていた——完全に生まれるには、もっと餌《えさ》が必要だった。そしてその餌を与えるのがおれの役目だ。

「マイルズはレイモンド・ワーッを警察からかくまっているというの？　どうして主人はそんなことを？　だって、レイモンドと主人はそれほど親しい間柄じゃないから、殺人の従犯に当たるようなまねなんてしないはずよ」

「この件に友情は関係ないさ。少なくとも、きみの旦那の見地からはね。彼は見返りのためにやってるんだろう」

「まさか、そんなことあり得ないわ！」そう言いながら、これみよがしに嘲笑を浮かべる。「マイルズには十回生まれ変わったとしても使え切れないほどのお金があるのよ。それに比べたらレイモンド・ワーッは乞食みたいなものだわ。あなたって馬鹿ね、ポール」

おれは言った。「レイモンド・ワーッは、数百万ドルはくだらない価値のある文書を持ってシカゴへやって来た。数百万ドルだ。こっちへ来たのは、彼の言い値を払ってくれる買い手に売りつけるためだ。ロサンゼルスにも買い手がいないわけじゃなかったが、その文書は非合法な手段で手に入れたために、地元で売るのは不安だった。

いざシカゴに着いたものの、取り引きしようと考えていた相手は、町を離れていた。ワーツはその遅れに頭を悩ませた。彼には信頼のできる、かつ裕福でその貴重な文書には見向きもしないような友人が必要だった。その点、きみの旦那はまさにうってつけだった。ワーツは彼を訪ね、一部始終を話して聞かせた。そしておそらく彼から金を借り、二週間かそこらの待ち時間を乗り切ったんだろう。

満を持してワーツは買い手に会いにいった。取り引きがなされ、ワーツは自分の部屋へ戻った。ところが恐ろしいことに、彼はクローゼットの中で死体を見つけた。彼はパニックに陥った。誰かが、人間の命など屁とも思わない誰かが、彼が持っているものを狙っていると知ったのだ。そして彼は、きみの旦那の元へ駆け込んだんだ、ベンブルック夫人」

おれは言葉を切り、スコッチで喉を潤した。コンスタンス・ベンブルックは、もはや無関心とはほど遠かった。一語たりとも聞き逃すまいとしており、おれが話せば話すほど、おれが予想したとおりの考えが彼女の脳裏に広がっていくようだった。

「きみの旦那は、レイモンド・ワーツが敵たちの裏をかく手助けをすることにした。『敵たち』と言ったのは、いまや彼には二つの敵がいるからだ――一つはウィリー・ポスト殺しの犯人、そしてもう一つは警察だ。おそらくきみの旦那は、ワーツはポストを殺していないと判断したんだろう。となれば、少なくとも殺人犯をかくまうわけじゃない。しかしおれが思うに、彼がこれほど進んでワーツの力になるのは、その貴重な文書を彼もまた狙っているからじゃないだろうか」

おれは彼女が新しい飲み物を作り終えるのを待った。おれのはまだ半分以上残っていた。彼女はグラスの四分の一ほどを飲み干すと、深々と椅子に座り直し、うなずいた。「続けて。興味をそそられる話ね。とても本当とは思えないけど」

「今朝早く」とおれは言った。「ワーツから取り引き相手の男に電話があり、受け渡しをするから人目につかない場所で会おうと言ってきた。男はそれを断り、使いの者に届けさせたらどうだと提案した。そしてこの時、ワーツはひじょうに重要なことを口にした」

おれはまた言葉を切り、グラスを呷《あお》った。コニー・ベンブルックはため息を漏らした。「もう、せいぜい楽しむといいわ。それで、レイモンドはなんて言ったの？」

「シカゴに信頼できる人間は一人しかいないが、その男のことも疑いはじめているのだ、とね」

「それが主人のことだと考えてるの？」

「この状況からして、そうじゃないか？」

彼女は肩をすくめた。「だったらどうなるの？」

「おれはすでに、ワーツを捜すために雇われてる——ウィリー・ポストの発見者として新聞におれの名前が出たのは、そのためだ。男はおれに電話してきて、ワーツに会って例のものを受け取ってほしいと言った。おれは時間厳守したが、ワーツではなく死体に出くわした。ポスト殺しの容疑でワーツを追っていた警官の死体だ。彼はワーツを見つけ出したんだ、おれが外野で飛球を追ってる間にね。その警官は有能すぎたためにナイフで息の根を止められた。これが現時点での最新情報だ、ベンブルック夫人」

「で、あなたの推理は、ホームズさん？」

「単純明快だ。きみも同じ答えに行き着いてるはずだ。ム所にぶち込まれるのを恐れて、ワーツがその警官を殺したか、あるいはマイルズ・ベンブルックがワーツのために殺したか、そのどちらかだ」

彼女はさっと立ち上がり、グラスをテーブルに置いた。「わたしは間違いを犯したのね」荒々しく言う。「主人を捜そうとしたのに、かえって彼を殺人事件に巻き込ませてしまったわ。あなたはこのことを警察にも話すんでしょう？」

「それはないよ」とおれ。「ポストやその警官を殺した犯人を、おれは知らない。警察が興味を持ってるのは、確たる事実だけだ。きみはおれの依頼人だ、ベンブルック夫人。当然ながら、真相を知る権利がある。だからそれを伝えただけさ。差し当たっておれの仕事は、警察より先にきみの旦那を見つけることだ――もし彼がレイモンド・ワーツと行動を共にしているならね。おれはそうにらんでる。きみは彼を捜させるためにおれを雇った――彼の企みを暴くためではなく」

「あなたは殺人犯を手助けしようというの？」

「とんでもない、ベンブルック夫人。だが、誰が殺人犯か突き止める気もない。そうするよう依頼されたのでなければね」

彼女は唇を噛み、立ったままグラスを手に取り、中身を喉に流し込んだ。それも、ずいぶんたくさんの量を。「マイルズの居場所は、本当に見当もつかないの」

「おれはその言葉を信用するよ。でなければ、彼を捜すためにおれを雇っても仕方ないからね。

とにかく、何か手がかりになりそうなものを探したほうがよさそうだ」

「書斎へ行きましょう」

彼女の後について廊下へ出ると、元来た道を戻りはじめた。先ほどと同じ角を曲がり、二つ並んだドアのうちの一方に入った。

そこはずらりと本が並ぶ広々とした部屋だった。茶色の革張りの椅子や寝椅子、それに部屋の真ん中にボウリングのレーンのように長いテーブルが置かれていた。西側の壁にはフランス窓があり、狭いバルコニーに面している。雲に覆われた空から滲む灰色の光が、黒っぽい板張りの室内にほのかな明かりを添えていた。

窓際には、まるで十八世紀の修道院から持ち出してきたかのような、小さな机が置かれていた。その引き出しにはしかし、現代的な鍵が取りつけられていた。コニー・ベンブルックはそばにある書棚から本を一冊抜くと、その隙間に手を差し入れて鍵束を取り出した。

目ぼしいものは何も見つからなかった——最後の引き出しを開けてみるまでは。そこには茶色の鉄製の書類箱が入っていた。おれがそれを取り出すと、彼女が束の中から鍵を見つけて開錠した。中には書類がぎっしりしり詰まっていた。保険証書、捺印証書、法的書類のようなもののコピー、そして十五ページにも及ぶ遺言書。それほど長い遺言書を作成するには、相当の財産が必要だ。

その部屋に入ってからというもの、おれたちはひと言も言葉を交わしていなかった。おれはデスクランプをつけ、革張りの椅子に座って書類を仕分けしはじめた。「住所録が見つかるといいんだが」書類を広げながら言う。

「あったかしら」

「座ってくつろいでいてくれ。ちょっと時間がかかるだろうからね」

彼女は煙草に火を点けると、喫いながらおれの一挙手一投足を見守った。おれは引き出しの一つに白紙が入っているのを見つけ、書類に記載されている名前と住所を書き写しはじめた。書類の山を掘り下げていくにつれ、そのリストは長くなっていった。

「そんなこと、時間のむだじゃないかしら、ポール」

「そうでもないさ。これが警察の捜査のやり方なんだ、ベンブルック夫人。ひと粒の砂金のためには、何トンもの砂をさらわなきゃならない。おそらく、電話代を浪費したあげく耳が痛くなるだけでなんの収穫も望めないだろう。だが何か取っかかりが必要なんだ」

底から三枚目の書類は住宅ローンの書類のコピーだった。築七年の六部屋からなる煉瓦造りの家で、ローンが組まれたときには土地付きで一万七千五百ドルの資産価値があった。日付は三年二ヵ月前。月々の返済額は百ドル。これはちょっと妙だった。この金額だと、かなりの頭金が支払われていなければおかしい。購入者はアイリーン・テーラー夫人。不動産の住所はノース・ロックウェル・ストリート六〇一八番地。コピーの表に走り書きがしてある——全額返済、マイルズ・ベンブルック。その下に最終支払日が記されていた。それによると、ローンは七ヵ月で完済されたことになる。

おれは考え込みながら歯を啜った。コニー・ベンブルックが言った。「それは何、ポール?」

「さあね。アイリーン・テーラー夫人というのは誰だ?」

しばし沈黙が続き、おれは驚いて彼女を見やった。彼女は顔をしかめておれを見つめていた。

「その名に聞き覚えがあるのか?」

「彼女はマイルズの秘書だったの。彼が仲介業を辞めるまで」

その声音は言外の意味をおれに悟らせるには十分なほど不自然だった。おれは言った。「できてたのか?」

彼女は化粧の剝げかけた顔を紅潮させた。「よくは知らないわ。それから、そんな不愉快な言い方はよしてちょうだい!」

「オーケー。よくは知らないと言うなら、いったい何を知ってるんだ?」

「マイルズの友人の奥さんの中には、彼の前妻と親しかった人たちもいるわ。彼女らはわたしのことが気に食わないのね。それでこれみよがしに、主人と元秘書のことをほのめかすのよ――親切ごかしてね」

「どんなことをほのめかされたんだ?」

「あなたの想像どおりのことをよ」煙草の灰を絨毯に叩き落とす。「主人がわたしと結婚したときに、すべて終わったわ。それは確かよ。それを見せてもらえる?」

おれはローン契約書のコピーを手渡した。彼女はそれに目を通した。そして返してよこした頃には、おれと同じことを理解していた。

「主人はあの人に家をあげたのね」彼女は肩をすくめた。「別にどうだっていいわ。主人にはそれくらいわけもないことだもの。きっと恩給を与えてお払い箱にしたのよ。それが何か気にかかるというの？　主人はあのしみったれた女の元へ去ったとでも考えてるわけ？」

「いいや」とおれ。「きみの旦那は差し当たって、女など眼中にないはずだ、ベンブルック夫人。だが彼女のことも調べてみるよ、リストのほかの項目同様にね」

おれは名前と住所を書き加えると、残りの二枚の書類に記載されていた名前と住所もリストに加えた。次いで書類を一つにまとめて端をそろえ、茶色の書類箱に戻した。ベンブルック夫人が鍵をかけ、おれが引き出しにしまった。

おれたちはしばし無言で座ったまま、めいめい物思いにふけった。デスクランプの光が彼女の結婚指輪のダイヤモンドにきらめき、髪の色を際立たせた。

とうとうおれは腕時計に目をやった。「四時だ、ベンブルック夫人。牛乳配達をしに戻る時間だ」

彼女が柔らかな声で言った。「コーヒーテーブルの上にある二本のボトルのことを考えていたの」

おれは彼女の片手を軽く叩き、腰を上げた。「ああ。でも氷はすっかり溶けちまっただろうな。氷なしじゃ飲めやしない。さよなら、ご馳走になったよ。また連絡する」

彼女は書斎のドアまでおれを見送り、おれがもう一度さよならと言うと、冷ややかにうなずいた。執事はよそよそしい表情でおれに帽子とコートを手渡すと、雨の中へ送り出した。

プリマスの内装は、しばらく優美さに取り巻かれたあとでも、少しもすたれて見えず、居心地も代わり映えしなかった。おれはバックミラーに顔を映し、たじろいた。執事がよそよそしかったのも当然だ。おれだったら、慌てて包帯とヨードチンキを取りにいったことだろう。

おれはハンカチで顔を拭うと、髪に櫛を入れ、車を発進させた。

10

ノース・ロックウェル六〇一八番地は、一見して同じ図面を元に造られたとわかる家が建ち並ぶ一角にあった。赤い煉瓦造りの家で、窓とドアは緑色に縁取られ、切妻《きりづま》屋根に風見鶏が取りつけられている。正面と横の芝生はきちんと刈り込まれ、青々としていた。正面の真ん中に小さなポーチがあり、屋根板を支える二本のコンクリートの柱の右側に、光沢のある黒い番地札が打ちつけられている。

二分ほど玄関ベルを鳴らしつづけたが、返事はなかった。ドアにはめ込まれたガラスを薄地の白いカーテンが覆っている。薄いといっても、中を窺うことができるほどではない。おれはノブを回してみた。が、今度は鍵がかかっていた。とはいえ、中へ入る気はなかったが。

ポーチを出て、家の裏手へ回った。木造のバックポーチは窓縁と同じく緑に塗られており、おおかたのバックポーチよりも片づいていた。ノックに応える者はない。中のキッチンが見えたものの、シンクに汚れた皿一枚置かれていないことのほかは、何も目につかなかった。すでにアイリーン・テーラーに好感を抱いていることに、おれは気づいた。

手すりに寄りかかり、草深い裏庭や棒杭に吊るされた物干し用ロープ、それに薔薇のあずまやを眺めやった。雨とおれのほかは、誰もいない。おれは次第に気分が滅入ってきた。コニー・ベンブルックのスコッチのせいだろう。

縁石に停めたプリマスに戻り、のろのろと運転席に乗り込んだ。むだな努力だったのだ。むだな努力ばかりの人生に、また新たに一つ加わったというわけだ。結局のところ、マイルズ・ベンブルックとごく親しい女性が、ここに住んでいることがわかったにすぎない。そしてもう一つ、ノース・ロックウェル六〇一八番地は、おれがフランク・ティニー巡査部長の死体を見つけた場所からきっかり三ブロック半先にあるという事実が。

五時。おれはオントラでポット・ロースト（焼き目をつけてから蒸し焼きにする肉料理）とその付け合わせを食べた。それから『デイリー・ニューズ』の遅版を買って事務所に戻り、窓を数インチほど開けてデスクランプをつけると、座ってシドニー・ハリス（米国のショート・コラムの名手）のコラムを読みはじめた。

のろのろと三時間が過ぎた。誰も来ないし、電話もない。聞こえる音といえば、八階下から響く車の喧騒だけ。雨はいまなお、ユダヤ教の葬儀のような陰鬱さで、延々と降りつづいている。郵便差し入れ口の下の床には何も落ちていず、電報も届いていない。おれが生きていようが死んでいようが、あるいはテレホート（インディアナ州のウォバッシュ川河畔の市）へ引っ越そうと、誰も何も気にかけやしないのだ。

八時十五分には、やることがなくなってしまった。新聞は求人広告以外すべてに目を通した。灰皿に煙草の吸殻が山と積もり、舌は消毒剤のような味がする。おれは腕時計をにらみつけ、怒鳴った。「くそっ、お先真っ暗だな！」取り立てて意味はなかった。おれはトレンチコートと帽子を身につけた。

廊下に出ると、隣の事務所の小柄で太った歯科医が、ドアに鍵をかけているところだった。彼はおれに会釈した。「こんばんは、パインさん。きょうはいつもより遅いお帰りですな」「だのに収穫はなしだ」とおれ。「きみのところへ行って、ドリルで歯に穴を開けてもらおうかと思ったほどだ。ほかにすることがないんでね」

彼の重々しい笑みはやや悲しげだった。「そいつは願ったりですよ、パインさん」

おれたちは乗り心地の悪いエレベーターで一緒に下り、通りへ出ると、別々の方角に別れた。ネオンサインやショーウィンドーの明かりが、濡れた地面に極彩色の模様を投げかけ、人々は頭を垂れて雨を凌《しの》ぎながら家路を急いでいる。ウォバッシュ・アヴェニューの角のニュース・スタンドは風に背を向け、新聞を保護するために側面に板が取りつけられている。高架鉄道のプラットフォームから水が滴り落ち、時折列車が轟音をとどろかせながら頭上を通過していく。

おれは駐車場から車を出し、ディアボーン・ストリートを通ってループの外に出ると、北へ向かった。シカゴ・アヴェニューまで来るとダーメンへ西に折れ、次いで南に曲がって一ブロック走り、スペリオル・ストリートへ曲がり込んだ。

通りの北側の、くたびれた二軒の家の間に建つ、奥行きのある赤い煉瓦造りの平屋が、クッシュマン・ガレージだった。埃に覆われた事務所の窓の向こうに点火プラグが陳列され、その奥でワイシャツ姿の太った男が、天井からぶら下がる薄暗い電球の下に座って新聞を読んでいた。車輌入り口の緑色のアコーディオンドアは閉まっており、脇にある赤いランプのうちの一つが消えていた。

もう五十フィートほど先の、通りの同じ側の縁石に、ガタのきたフォード・チューダーがこちら向きに停まっていた。おれは反対側に車を停めると、通りを渡って舗道側のドアを開けた。

運転席に座る筋骨たくましい男が、マイケル・ライトだった。おれは言った。「ほかにやることはないのかい？」そして彼の隣に滑り込み、ドアを閉めた。

小さな音を立てて雨が屋根に跳ね返り、筋となって不規則にフロントガラスを伝い落ちた。空気がこもり、油とゴムと古い煙草の臭いがする。大きな手が、おれが差し出した煙草の箱から一本抜き取った。

「まったく！　朝の二時半からだぜ！」彼の声は擦れ、疲れと怒りが滲んでいた。「おれの晩飯はなんだったと思う？　お粗末なハム・サンドイッチと、魔法瓶のコーヒーだ」ごつごつした顔が、マッチの炎に浮かび上がる。「一日十ドルのためにな……だがこれじゃ、金もかかりゃしない」

「ワーツの車は見たのか？」

「ああ、見たとも。ただ何もせず、ここで一夜を過ごしているとでも思ったのか？　あそこには一日じゅう車が出たり入ったりしてる。その半分がシボレーだ。ここは貧乏人の町さ、まったく。リムジンなんて一台もお目にかかりゃしない」

「車の外観を教えてくれ」

「四一年式のクラブ・クーペで、明るい灰色、リヤ・フェンダーの右に野球ボールくらいのへこみがある。カリフォルニアのナンバー・プレートで、番号は七F二六‐四一九」

「ああ」おれは通風孔を開けて風を通した。「きみの頭の中以外のところに、その番号を書き留めてないのかい？」

「あるよ」彼は上着のポケットを探り、白い封筒を取り出しておれに手渡した。「これに書いてある」

おれはそれをしまい込んだ。「ガレージの経営者はワーツのことを何か言ってたか？」

「役に立ちそうなことは何も。彼に車を見せてくれと言うと、ワーツのことは初めからうさんくさいと思っていたと言ったよ。何かよからぬことを企んでいるようだった――何度も後ろを振り返っていたし、態度もこそこそしていたとね。そのシボレーは捜しているやつじゃないと告げたときのあいつの顔といったら傑作だった。きっとさんざん悪口を吹聴して回ってたんだろう、本人の耳に入ったらと愕然としてたよ」

「ひと晩じゅう営業してるのかい？」

「午前一時までだ。朝の六時に開店する。おれはどうすればいい？」

おれはしばし考え込んだ。「帰っていいよ、マイク。こんな雨の夜には、通りでじっと鼠の巣穴を見張ることぐらいしか、やることが思い浮かばなくてね。六時にまた戻ってきてくれ。午後にも二、三時間休憩をやれるかもしれない。銃は持ってるかい？」

「ああ、たいしたものじゃないが。アイヴァー・ジョンソンの三八口径だ」

「貸してもらえるか、念のために」

マイクは屈んでグローブ・ボックスから銃を取り出すと、おれがトレンチコートのポケットに銃を滑り込ませるのを見ていた。「ところで、そのワーツとやらは何者なんだ?」

「依頼人が彼と話したがってる」

「それだけかい?」

「ああ」

マイクは短く笑った。「一日十ドルと、秘密主義か。いいさ、ボスはあんただ」義手の黒い指で煙草を揉み消すと、点火装置のスイッチを入れ、ヘッドライトが灯った。「またあした会おう」

おれは車を降り、マイクは走り去った。自分の車に戻って方向転換し、エンジンを切った。ラジオから雑音とビールのコマーシャルが流れてきたが、今夜はいちいち文句をつける気にならなかった。

カタツムリが坂道で十トントラックを引き上げるように、時間はのろのろと進んだ。闇と湿気が辺りに満ちていた。通りの両側に車が停められていたが、どれにも人が乗っている気配はない。時々ガレージのドアが開いて車が出入りしたが、出てきた車のうちの二台だけがシボレーで、そのどちらも灰色のクラブ・クーペではなかった。十一時頃、雨脚がますます強まり、入口まで二十フィートほどのところに車を近づけた。

真夜中には、車の往来はほとんど絶えた。ワイシャツ姿の男が新聞を置き、紙コップのコーヒーを飲んで煙草に火を点けると、事務所の奥のドアへ消えた。閉店準備は整っていた。どうやら長い夜をむだにしてしまったらしい。

十二時四十五分、おれは煙草を投げ捨て、スイッチに手を伸ばした。と、ダーメン・アヴェニューの角に男が現れ、きびきびと歩いてきた。そして、ガレージの事務所のドアへと入っていった。その男はそこそこ背が高く、すらりとしていた。灰色のトップコートと帽子を身につけ、帽子の庇《ひさし》は濡れて目元までずり下がっていた。

レイモンド・ワーツかもしれない。しかし、背の高い瘦せた別の男かもしれなかった……十中八九そうにちがいない。おれは静かにエンジンをかけ、ラジオを切ると、アコーディオンドアに目を凝らした。

とうとうドアがひらいた。二つの光芒が闇を切り裂き、明るい灰色のシボレー・クーペがゆっくりと外に出てきた。短い私道を過ぎ、西へ、おれの車とは逆の方向へ曲がった。ガレージのドアが開いたときに、フロントガラスの曇りを一部拭いておいた。そこからシボレーのリヤ・フェンダーの右に丸いへこみがあるのが見えた。

どうやらワーツ氏が車を取りにきたようだ。

おれはヘッドライトをつけずに、灰色の車が路面電車の線路を横切り、さらに四分の一ブロック走り去るまで待った。次いで駐車灯をつけ、追跡を開始した。いまはワーツの潜伏先がわかればそれでよかった。あとで乗り込んでいき、話を訊き出す時間はたっぷりとある。

最初の十ブロックほど、シボレーはやたらと多くの角を曲がった。尾けられていると感づいたわけではなく、尾けられているかどうか確かめるためだ。彼は脇道だけを選んで通った。おれはシボレーを視界に入れつつ、目立たぬよう細心の注意を払った。

この追跡劇が進行中の間ずっと、おれたちは町の西へ西へと走りつづけた。シカゴ・アヴェニューまで来ると、車は東へ折れて二、三ブロック進んだ。ワーッはようやく尾けられていないと納得したようだった。ケッツィー・アヴェニューへ北に曲がり、急速にスピードを上げた。

交通量が多く、幅の広い通りで、辺りには住宅街が広がっていた。雨降る深夜の一時十五分だというのに、かなりの数の車が走っていた。おれはワーッとの距離を半ブロックに縮め、時速四十マイルを維持した。シボレーは道路の中央寄りを走り、おれは右の舗道に寄ってライトがワーツのバックミラーに映らないようにした。

数ブロックが過ぎ去った。信号はほとんど青だったが、二度、ほぼ並んで信号待ちをした。しかしながらほかにも車は数台おり、おれだけが目立つこともなく、特に彼の注意を引きはしなかった。

ベルモント・アヴェニューの二、三ブロック北で、シボレーが交差点ごとに速度を落としはじめた——ちょうど運転手が夜に道路標識をよく見ようとするときのように。おれは彼との距離を一ブロックに広げた……そしてまんまと、手の内をさらけ出すことになった。

ケッツィーとアディソンの交差点でそれは起きた。クーペは急停止すると、対向車線の車が通り過ぎるのを待ってから、アディソンへ左に折れ込んだ。その時おれは半ブロック後ろを走っており、アクセルを踏み込んで、同じように角を曲がった……そして、引き返してくるシボレーと出くわした。

水の滴り落ちるフロントガラス越しに、こちらを窺っている青白い顔が一瞬見えた……おれとすれ違うと、彼はタイヤを軋らせてケッツィーへ北に曲がり込んだ。おれがUターンして追跡を再開した頃には、彼は時速五十マイルで一ブロック先をひた走っていた。

もはやこそこそしてもはじまらなかった。アクセルを深々と踏み、躍起になって後を追った。彼は尾行者の存在に気づいたはずだ。もしそうでなくとも、これでわかったことだろう。どちらにしろ、大差はなかった——おれにとっては。

彼が最初に犯した間違いは、角という角を曲がることでおれを振り切ろうとしたことだ。立てつづけに角を曲がり込み、ワックスをかけた床を歩く太った女のようにシボレーはふらついた。だが、この手の追っかけっこは、おれのほうが熟練していた。おれたちの距離は目に見えて縮まりはじめた。次いで彼は、直線道路でアクセルペダルを床まで踏み込み、おれを引き離そうとした。それもまた、むだなあがきだった。プリマスのボンネットの下には、相手を上回るパワーが秘められており、おれはそれを活用した。

そして彼の犯した最大の間違いは、交通量の多い大通りに戻らなかったことだ。そうしていればおれを撒くことができたかもしれない。最悪でも、おれはただ彼を追いかけることしかできなかっただろう。しかしさんざん角を曲がりすぎたせいで、彼は方向感覚を失くしてしまったにちがいない。とはいえおれ自身、どこへ向かっているのかぼんやりとしかわからなかったが。

おれを撒くために彼が選んだ最後の通りは、それぞれのブロックに家がまばらに点在しているだけだった。街灯も少なく、間遠く立っている。ほかに通りを走っている車はなく、舗道に通行人の姿もなかった。

おれはじりじりと追い上げ、ほぼシボレーの真横に並んだ。彼はハンドルに覆いかぶさるようにし、頭を直立させ、ダートトラックで競争しているかのように運転していた。

前方にぬっと曲がり角が現れた。彼の片手がハンドルの上部へ動く。おれはアクセルから足を離し、軽くブレーキを踏んだ。シボレーは物悲しい叫び声のようなタイヤの軋りを立てながら、角を曲がった。

あんなスピードを出して濡れた路面で角を曲がろうとするものではない……もしその車にそれ以上乗る気がない場合を除いて。シボレーは大きく尻を横滑りさせた。そのまま横滑りしていき、縁石に乗り上げ、街路樹のハコヤナギの幹に激突した。ガラスが割れ、車体がねじれた。

ガラスがアスファルトに降り注ぐ中、おれはプリマスを降りて駆け寄った。右後方は大きくひしゃげ、ホイールが開いた缶詰の蓋のように飛び出している。ライトに借りた銃を構えながら、ドアを引き開けた。

彼はハンドルにもたれかかり、腕をだらりと垂らしていた。青白い顔がこちらを向いた。信号機のおぼろげな光で、彼の目が開いており、おれを見つめているのがわかった。

おれは銃を彼に見せた。「おい、降りるんだ。両手は見える位置に出しておけ」

「きみは誰だ?」彼の声は震えていた。ほとんど言葉が聞き取れぬほどだった。

「おれは銃を持った男だ。自力で降りるか、それとも頭から引きずり降ろされたいか?」

彼はゆっくりと頭を上げると、ショックを振り払うかのように左右に振った。次いで痛ましげに座席の上で身体をずらし、頭をすくめて開口部から通りに降り立った。そこのほうがより明るく、左耳の上の生え際から血が細く滴っているのが見えた。

彼は唇を湿らせた。「きみは――きみは誰だと訊いてるんだ」

「後ろを向け」とおれ。「両手は頭の上に」

彼は何か言いかけたが、おれが銃を荒っぽく振ってみせると、喉の奥に言葉が引っ込んだ。然るべき場所を叩いて調べてみたものの、ボールペンより危険な代物は出てこなかった。

おれは一歩後ずさり、「オーケー、ワーッツ。例の古文書はどこだ?」

「な、なんだって?」彼はさっとこちらを見た。その顔にありありと興奮が見て取れた。「いったいなんの話だ? 誰なんだ、きみは?」

おれは保安官代理のバッジを取り出し、閃かせた。辺りは薄暗く、バッジだということのほかは彼には何もわかるまい。だが、それで十分だった。

「警察か!」彼の安堵のため息は、おれが手にした銃を揺すぶるほどだった。「そんなんじゃないと思ったんだ。その――強盗だとか」

「ジャファー・バイジャンのことかい、ワーッツさん?」

それは当て推量だった。おおかたの当て推量の例に漏れず、どこにも当たりはしなかった。最初に国内に古文書を持ち込んだ男を拷問し、死に至らしめた男の名を、彼は知らなかったのだろう。

彼の表情からそれが窺えた。彼が口をひらくより先に、おれは言った。「何もかも知ってるんだ、ワーッツさん。古文書はどんな代物で、あんたが誰に売りつけようとしてるかもね。司教のことも、二千五百万ドルの言い値のことも、あんたのかみさんがあんたを追いかけてシカゴに来てることも」

彼はゆっくりと片手を上げ、いま初めて気づいたかのように、頰の血に触れた。ややぞっとしたように指先を見つめると、胸ポケットからハンカチを取り出して血を拭った。ぼんやりとした声で、「医者に診せなけりゃならない」

おれはシボレーのリヤ・フェンダーにもたれ、何を言うべきか思案した。すでに雨は降りやみ、静寂の中、ハコヤナギの木から小さな非難めいた鳥の鳴き声が聞こえてきた。目路に入る家はゆうに北に一ブロックは離れており――時間の遅さもあったが――野次馬が集まらないのはそのためだった。南へ一ブロック先から、車のエンジン音がかすかに聞こえてきたが、次第に小さくなり、やがてふっつりと聞こえなくなった。

おれは言った。「いったどこに身を潜めてたんだ、ワーツさん？」

彼はただ頭を振り、ハンカチの血を見つめるばかりだった。

「おれが本当に何もかも知っていると、理解できないのか？　あんたは窮地に立たされてるんだ、ワーツさん。併せて四人が、あの古文書の件であんたに興味を示している。それに警察が、二つの殺人事件の容疑者としてあんたを追ってる」

彼の表情は変わらなかった。抑揚のない声で言う。「まだ何も話してないじゃないか」

少なくとも、彼の顎を動かさせることはできた。おれは言った。「四人のうちの一人は司教だ。それから、マイルズ・ベンブルックという男――この男については、おれよりきみのほうが詳しいだろう。そして、喉に不治の病を患ってるギャングの大ボス。四人目は、あんたもおれも――幸運なことに――まだ会ったことのない男だ。そいつの名はジャファー・バイジャン」

彼はハンカチでせわしなく両手を拭いながら、くたびれたように細い肩を丸めた。彼が口をひらいた。「そうしたことを、なぜ知ってる？」

「実のところ、おれは警官じゃない、ワーツさん。私立探偵のパインだ。あんたと古文書を見つけ出すために、司教に雇われた。あんたがあそこへ戻りたくないのは承知してる。警察があんたのクローゼットで見つけた死体について、尋問したがってるからな。だがそんなことは、いまとなっちゃどうだっていいのさ――きのうの早朝、あんたがあの巡査部長にナイフを突き立てたとあってはね」

彼の肩がびくりと動いた。「わたしは誰も殺してない、ええと――パインさん」

「そうかい！　そいつを聞いて嬉しいよ。だが、あんたが納得させなきゃならんのは警察であって、おれじゃない」

「わたしが殺したという証拠など、あるはずがない」

「おいおい、あるとも。それも一つや二つじゃない。そこでだ、一つ提案があるんだが、ワーツさん」

彼はおれを見やった。

「ちょいと車を飛ばして件の古文書を取りにいき、そのあとで司教のところへ届けようじゃないか。途中で男を一人、拾わなきゃならん。そいつはあんたの味方だよ。実際、その男のおかげで、あんたは予定より早く金を手に入れることができるんだからな。ただし、二千五百万ドルじゃない——もちろんあんたはだって、そんな大金を手にできるわけがないと思ってただろう?」

「断る!」彼は叫ぶように言った。「そんなことはご免だ! きみなど信用するものか。きみは——きみは嘘をついてるんだ」

おれは肩をすくめた。「さあ、おれの車の運転席に乗れよ。出発するんだ」

彼はおののいたように後ずさりした。「いやだ! 乗るもんか。きみと行かなければならないいわれはない——どこだろうと」

おれは頭のそばで銃を振り立てた。「とにかく、行くんだよ。古文書を持って司教のところへか、あるいは頭の固い警官どもがティニー殺しの件であんたを質問責めにしようと待ちかまえてる本署へね。どっちがいい?」

彼はおれの表情を見ないように努めた。「本気でわたしを警察へ連れていくと言ってるのか?」

「ああ」

彼は顎をぐいと突き出した。「よかろう。そうするといい!」

おれはゆっくりを息を吐き出した。彼はおれのはったりに真っ向から挑んでいるのかもしれないし、警官と一緒にいたほうがましだと思うくらいおれのことを恐れているのかもしれない。前者であってくれればいいのだが。おれは殺人課の連中に彼を引き渡す気など微塵《みじん》もなかった。

どちらにしろ、おれが彼のはったりに付き合うかどうかにかかっていた。おそらく本署が見えてくれれば、彼も考え直すかもしれない。

おれは言った。「あんたが決めたことだ、ワーツさん。行くとしよう」

おれたちは踵《きびす》を返し、プリマスへ歩きだしかけた。とその時、シボレーの残骸の後ろで影が動いた。銃を構えて向き直ろうとした矢先に、何かがおれの後頭部に振り下ろされた。同時に、指先から銃がもぎ取られるのを感じた。

ゆっくりと舗道が近づいてきて、おれの左頬にへばりついた。耳障りな男の叫び声が聞こえ、四度のくぐもった金槌の音が、彼方の鐘の音に変わった。

次いで、無が訪れた。まったき無が。

11

また雨が降りだしていた。頬と髪と片手のこうに雨滴が降り注いでいた。不規則な風が、小さな雨粒と冷気をおれに吹きつけている……。

おれはゆっくりと瞼を開け、左耳のそばから無限に広がっている、黒光りするアスファルトを見やった。ずきずきと脈打っているのは、おれの心臓にちがいない。どうやって心臓が後頭部までせり上がれたのか、おれはぼんやりと不思議に思った。しばらくして、それもあながち珍しくはないことだと思い至り、起き上がって仕事に取りかかるべきだと決意した。

うつ伏せになり、片膝を立てたところで、眠気が襲ってきた。おれは疝痛《せんつう》に苦しむ犬のようにうずくまり、頭を前後に振り立てた。満月が出ていたら、遠吠えでもしてやるところだった。

両方の手のひらで地面をぐいと押し、立ち上がった。

舗道に半分乗り上げた、変わり果てたワーツのシボレーが、おれの目の前にあった。ついていた。リヤ・フェンダーにつかまると、ちょうど通りに顔をそむける格好になった。

指をフェンダーに食い込ませ、雨が頭に降りかかるに任せて、しばしそのまま突っ立っていると、腕を持ち上げて腕時計を見るだけの気力が戻ってきた。二時十二分。ガレージでワーツを見つけたのは、一時間二十五分前だ。

たいした男だ――ワーッというやつは。おれは確かに、彼をびびらせた。いったい何でおれを殴ったのだろう。続いておれは、車の後ろで動いた影を思い出した。おれを殴りつけたのはワーッではない。

では、ワーッに何が起きたのだろう？

おれは振り返った……そして、その答えがわかった。灰色のトップコートを着た背の高い痩せた男が、通りの真ん中で仰向けに大の字になっていた。頭はプリマスの左前のタイヤの数インチ足らず脇にあり、両腕は最期のあがきに大きく広げられている。よほどの断末魔の苦悶だったにちがいない。明かりが乏しく、おれの目もかすんでいたが、彼が死んでいるのは見間違えようがなかった。

しかしそれでも、近くに寄ってみることにした。途中で二度、胸骨の後ろで胃が棒高跳びを試み、ひどく難儀したが、どうにかやり遂げることができた。そのことは誇りに思っていいだろう。右肩から左腿にかけて、四つの弾痕が見られた。一発は胸を、そしてまた一発は腹を貫通していた。穴の位置と周囲の流血の少なさからして、胸部への一発は、心臓かそれにごく近い場所を貫いているようだ。

射撃の腕はおそまつだったが、成果は同じだった。引き鉄《がね》に指をかけた主がパニックに陥っていようと、弾丸は毛筋ほども気にしまい。これでワーッ捜しも終わりだ。「おはよう、スミスさん。わたしにお勧めの本はあるかね？」

おれはゆっくりと角まで歩いていき、道路標識に書かれた文字を読んだ。セントラル・アヴェニュー、デーキン・ストリート交差点。追いかけっこをはじめた場所からかなり離れている。だが、このことを知りたがるであろう連中の気をそぐほどには遠くなかった。

車へ引き返すと、電話を探すために中に乗り込んだ。

おれはプリマスの運転席に座り、三台の車から降り立ったレインコート姿の男たちが、懐中電灯を手に道路と舗道を調べるのを見ていた。警察の写真撮影係が焚くフラッシュが、稲光のように闇に閃いた。死体はいまも通りで大の字になっており、シボレーの残骸は酔っ払いの老人のようにハコヤナギの木にもたれていた。

朝の三時四十五分だった。雨はまた降りやんでひと休みしていたが、冷たい霧がかかっている。おれは座席にさらに深く体を沈め、後頭部を指先で優しくさすった。どれほど優しくさすろうと、指先は火のついた熊手のようだった。三十六時間足らずの間に二度だ。頭はいつまでもつだろう？

四時十分、オースティン署のパトカーに乗ってきた制服警官が、プリマスのドアを開けた。「そろそろ行きましょう」抑揚のないよそよそしい声だった。「道に迷わないよう、わたしが同乗します」

「そうかい。乗る前に靴の裏を拭いてくれ」

彼は無表情な目を向けると、小さく唸りながらおれの横に乗り込んだ。おれはエンジンをかけ、クラッチを入れた。ほかの二台の車はすでに走り去っていた。三台目はおそらく死体運搬車を待っているのだろう。方向転換すると、ちょうどレッカー車が巻き上げ機の鎖をがちゃがちゃさせながら角を曲がってきたところだった。

時間が時間だけに通りはがらがらで、ドライブは快適だった。しかしオースティン署の近くの角に車を停めて中へ入ると、本署の殺人課の連中が待ち受けていた。

染みの浮いた茶色い壁に挟まれた狭い廊下を通り、そこそこの広さの長方形の部屋に入った。背もたれの高く真っ直ぐな椅子と端に煙草の焼け焦げのあるパイン材のテーブルが置かれ、薄汚い色の壁には壁紙も貼られておらず、寒々とした印象だった。椀を引っくり返したような形の擦りガラスの電灯が二つ、天井からそれぞれ三本の真鍮の鎖で吊り下げられ、まぶしいほどの白い光を放っている。

おれは椅子の一つに座らされた。おそらくおれの気分同様、見た目もひどいのだろう。担当者は、きっかり二十四時間前と同じく、オーヴァーマイアー警部補だった。違う警察署、違う部屋、違う死体。しかしまたしても、おれは旗色が悪かった。

オーヴァーマイアーは前と変わらず痩せており、口調も穏やかだった。こめかみの辺りの黒髪に少し白いものが増えたようにも思えたが、きっと気のせいだろう。同じスーツにおそらく同じシャツという格好だった。けれども、蝶ネクタイは濃い緑色に取り替えられていた。

もう一つ、異なる点があった。きのう彼の目は冷ややかだったが、きょうはコニー・ベンブルックのスコッチに入っていた角氷よりも凍てついていた。

オーヴァーマイアーはテーブルの端に片足を載せ、おれが彼の目を覗き込めるほど、上体を前屈みにさせた。彼と一緒にやって来たほかの三人は、おれの後ろでめいめい椅子に座った。「話してもらおうか、パイン」

「だいたいはきのうの話と同じさ、警部補。だが今度は、ワーツを見つけたんだ。隠れ家を突き止めようとして、彼の後を尾けた。尾行に感づくや、彼は奇抜な運転でおれを振り切ろうとした。だが無茶をしすぎて、車をおしゃかにした。結末の部分は話したくないね。あんたは信じないだろうから」

「試してみろよ」

「おれは警察へ彼を連れていくつもりだった」

「なぜそうしなかった？」

「頭を殴られたんだ」

「ワーツにか？」

「違う。彼を撃った何者かにだ。彼が撃たれたのは、おれが頭を殴られたあとだ」

「引き鉄を引いたのは誰だ？」

「わからない。おれは後ろから殴られたんだ」

「誰か思い当たる人物は？」

「口に出して言えるほどの当てはない」

「まだ隠し立てしようというのか？」

「違うんだ、警部補」汗が滲みだした。「夢の城を築けるほどの確たる材料は持ち合わせてないんだ」

「それはおれが判断する」

おれは何も言わなかった。

オーヴァーマイアーは両手を片膝に重ねて置き、凍てついた瞳のまま小さく体を揺すった。

「三人死んだんだ、パイン。蛮行による殺人だ。そしてその三件すべてに、きみがかかわってる」

おれは何も言わなかった――今度も。

「きみを拘留したっていいんだ、パイン。きみからその話に関係のある名前を訊き出すまでは、どこへも行かせやしない。いいか、おれは本気だ」

沈黙。ふいにオーヴァーマイアーは机の端を離れ、ドアから出ていった。あくびをすると、後頭部に鋭い痛みが走った。後ろに座っている男たちの中の一人が耳障りな音を立てて咳払いし、おれは椅子の中で飛び上がり、さらに頭が痛んだ。

ドアが開き、オーヴァーマイアーが白い布の包みを手にして入ってきた。テーブルの上に置いて布の端をめくると、金張りの煙草ケースとおそろいのライター、プラチナ製らしい蓋なしの懐中時計、鎖についた鍵束、茶色の革財布、血のこびりついたハンカチ、端にきちんと切り込みの入った封筒三枚、そしておれがワーツの体を調べたときに見つけたボールペンがあらわになった。

オーヴァーマイアーはおれの正面の位置に椅子をずらし、無表情で品物を物色しはじめた。ほかの物には取り立てて注意を引かれなかったようだが、封筒と財布だけは時間をかけて入念に調べた。

ようやく彼はすべての品を脇に押しやり、両肘をテーブルについて、組み合わせた手のひら越しにおれを見やった。「ワーツに会ったのは今夜が初めてか?」

「ああ」

「どこから彼を尾けはじめたんだ?」

ワーツの車の存在を思い出し、置き場所を突き止めた経緯を簡潔に説明した。おれが話し終えると、オーヴァーマイアーは考え深げに一、二度うなずいた。

「それもまた、われわれに内緒にしてたというわけか。きみには驚かされるよ、パイン。まったくもってね」

「まあ、そう言うなよ」怒りが頭をもたげてきた。「おれの仕事はワーツを見つけることで、そのために努力してきた。警察は彼を殺人者とみなしているが、まだそうと決まったわけじゃない。おれはあんたたちの手先じゃないんだ、昔もいまもね。おれは自分で考えたとおりに行動する。法に触れることはしないが、当局の言いなりにだってならない」

我ながら虚勢を張っているような声だった。

オーヴァーマイアーはため息を漏らした。警察の仕事は彼に向いているものの、ひどく骨が折れるのだろう。「彼はなぜ、きみから逃げようとしたんだ?」

「何かを隠し持ってるからさ。それを狙ってる連中がいて、おれもそのうちの一人だと思ったんだろう」

「車を激突させたあと、きみは彼としゃべったのか？」

「二言三言だがね」

「何を？」

「おれの自己紹介をしてから、約束を破った理由を司教が知りたがっていると伝えた。それから、どこに身を隠していたのか、古文書はどこにあるのか尋ねた。が、答えは一つも得られなかった」

「ほかには？」

「何も。おれは彼に銃を向け、車に乗れと言った。そして歩きだしかけたとき、天井が降ってきたというわけさ。おれの銃は見つけたのか？」

「未発砲の三八口径が、死体の下に転がっていた」オーヴァーマイアーは立ち上がってテーブルの角を回ってくると、屈んでおれに顔を近づけた。灰色の目がいっそう冷たさを増した。「きみは嘘をついてる、パイン。それもお粗末な嘘をね。そんな嘘がまかり通ると思っているのか、それともただ時間稼ぎをしてるだけなのか？　請け負った仕事を完遂するまでの間だけ、ここから出られればいいと思ってるのか？」

おれは無言で彼を見つめ返した。

オーヴァーマイアーが重々しく言った。「きみはまだ、死んだ男の名がマイルズ・ベンブルックだとは知らないと言い張るのか？」

心からの驚愕の表情が、おれの答えだった。オーヴァーマイアーの瞳から冷気がやや薄れた。

「本当に知らなかったのか？」その声からは優しささえ感じられた。彼は上体を起こし、テーブルに寄りかかった。

「ああ」とおれは言った。「知らなかった。いまも信じられない」

「話をしたとき、彼はワーツだと名乗ったのか？」

「いや、そうはっきりは言わなかった。だが彼はワーツの車に乗っていたし、容姿もおれが聞かされていたごくわずかな特徴と一致していた。それにおれたちの会話は、ワーツだけが知り得る内容に基づいていた。おれは彼をワーツと呼んだよ。そうして当然だろ、結婚している男が自分の妻に結婚してるかどうか尋ねたりしないようにね」

オーヴァーマイアーは手を伸ばして革財布を拾い上げた。「こいつは死んだ男の胸ポケットから出てきたんだ、パイン。マイルズ・ベンブルックだと身元を証明するものがぎっしり詰まっていたよ、写真つきの運転免許証に至るまでね」

彼は左手で財布を閉じたりひらいたりした。「シェリダン・ロードの彼の屋敷へ電話して、かみさんと話をした。彼女が言うには、ベンブルックは四日前から行方不明だったそうだ。迎えの車を差し向けてある」

「なら、さっきここで所持品を調べる前に、彼がベンブルックだとわかってたんだな」

その時、テーブルの上の電話が鳴りだした。オーヴァーマイアーは財布を置き、受話器を取った。「オーヴァーマイアーだ」

彼はしばし耳を傾けてから、「ああ」と言った。そしてさらに聞き入った。「彼女をここへ連れてこい」ゆっくりと受話器を戻し、眉を吊り上げておれを見やる。「かみさんが旦那だと認めたよ。さて、彼女はなんと言うかな」

制服警官がドアを開け、光沢のない黒いシルクに身を包み、白い春物の外套を片腕にかけたコンスタンス・ベンブルックが入ってきた。彼女の顔を悲嘆が覆っていたが、それほど深い悲しみではなかった。最後に会ったときより顔が青白く、天井から降り注ぐ強い光に、皺が一、二本――おれには目新しかったが、彼女にはそうではないのだろう――刻まれているのが見えた。

オーヴァーマイアーはこの場にふさわしい厳粛さで自己紹介した。腰を下ろしたあとでようやく、彼女はおれが単なる一着のズボンではないことに気づいたようだった。驚きに茶色の瞳を見ひらき、金切り声を上げた。「あなたなの!」

オーヴァーマイアーの頭は身じろぎもしなかった。「きみたち二人は知り合いだったんだな」ただでは置かぬといった口調だ。

「ベンブルック夫人は、ご主人を捜し出すためにおれを雇ったんだ」

冷え冷えとした静寂の中、おれは煙草を取り出して火を点けた。オーヴァーマイアー警部補は、おれがマッチを吹き消して床に落とすまで待っていた。その凍てつく瞳の奥では様々な考えが飛び交っていた。

「じゃあ、彼を見つけられたってわけだ」ようやく彼は口をひらいた。「あやうくだまされるところだったよ。ベンブルックの名を告げたときは、きみの芝居を信じ込んでしまった。次はだまされんぞ、パイン」

おれは言った。「後生だから、おれに処女を奪われたみたいな口振りはやめてくれ。ベンブルック夫人は、おれがマクマナス司教に会った日の遅くに、おれを訪ねてきた。ワーツの部屋でポストの死体を発見したおれの名前が新聞に出ていたのを見たからだ。ベンブルックはワーツの旧友で、二人とも同じ日に姿を消してる。その理由は至って単純だ。ベンブルックはワーツに隠れ家を提供してやったんだ、司教に古文書を渡す機会が訪れるまでね。ホテルや下宿屋じゃまずいから、自分の私宅で彼をかくまうことにしたのさ。

この際だから、はっきり言うとするよ。あの死体はワーツではなくベンブルックだとあんたに教えられるまで、おれはある仮説を打ち立てていた。十中八九、マイルズ・ベンブルックはウィリー・ポストとフランク・ティニー巡査部長を殺した張本人だとね」

「あんたは卑劣な大嘘つきよ！」コンスタンス・ベンブルックは椅子から立ち上がっていた。もはやその顔から美しさは消え失せ、両手は先の赤い鉤爪だった。「わたしは――わたしは――」

オーヴァーマイアーが手を振って彼女を座らせ、「続けるんだ、パイン」

「ベンブルックは例の古文書に目をつけたんだ」おれは言った。「あの二人はそれほど親しい間柄じゃなかったから、友情のためだけにベンブルックが進んで従犯者となったとは考えにくい。となると、残された動機は強欲だけだ。ワーツはいつ司教に会いにいくか、ベンブルックに話した。そしてワーツの留守を狙って、ベンブルックは古文書を盗み出すべくエリー・ストリートの部屋へ赴き、ポストと鉢合わせしてナイフで刺し殺した」

「そもそもなぜ、ポストは部屋に入ったんだ？」

「古文書を手に入れるためだ。その紙の束――あるいは、何であろうと――がひじょうに値打ちのある代物だということは、あんたにも察しがついてるはずだ。悪党というのは値打ち物には鼻が利くんだ、警官がタダ酒に鼻が利くのと同じでね」

オーヴァーマイアーは顔を紅潮させ、いまにも怒鳴り声を上げそうだった。が、代わりに咳払いして、「ティニー殺害とベンブルックはどうつながるんだ?」

「二人ともナイフで心臓をひと突きされて死んでる。それ以外のことも併せて考慮すると、この二つの殺人は同一犯の仕業だと考えられる。ワーツが司教に電話した際、会話の中でこう言ってる。シカゴに信頼できる人間は一人しかいないが、そいつに対しても疑いを抱きつつある、とね。その人物とは、ベンブルックにちがいない。それ以外には考えられない。

ワーツはとある町角でおれと会う手はずを整えた。ベンブルックにしてみれば、古文書がおれの手に渡ってしまえば、二度と自分のものにする機会は巡ってこない。ワーツが仮に――そう仮定する根拠は十分にあるが――手ぶらでおれとの約束場所に向かったとしよう。ベンブルックは、ワーツがおれを古文書の隠し場所に連れていくだろうと予想し、彼の後を尾けた。しかし物陰から現れたのはおれではなく警官のティニーで、ワーツに逮捕すると告げた。ティニーはワーツの隠れ家を突き止めていたが、本当に中にいるかどうか確信がなかった。そこでワーツが出てくるのを待って逮捕するつもりだった。そしてワーツがおれとの約束のために隠れ家を出てくると、待ち合わせ場所まで後を尾けてから、逮捕に踏み切った。

身を潜めてそれを見ていたベンブルックは、ワーツが逮捕されてしまえば、古文書を手に入れるという野望が打ち砕かれると悟り、ティニーを殺害した。そしてワーツと共に隠れ家へ逃げ戻った」

おれは言葉を切り、批評が加えられるのを待った。オーヴァーマイアーは親指の爪を嚙みながら、ぼんやりと床を見つめている。コンスタンス・ベンブルックは顔を真っ赤にし、おれへの憎しみを掻き立てていた。おれの後ろに座る私服警官の一人が、リノリウムの床で足を擦り、咳払いした。

オーヴァーマイアー警部補が口をひらいた。「それがきみの仮説なのか、パイン？」

「ああ。というよりはむしろ、仮説だったと言うべきかな。当のベンブルックが殺されたとあっては、あまり有力とは言えないからね。新しい仮説はこうだ――三人を殺したのはワーツである。ポストは彼の部屋で鉢合わせしたからで、ティニーは彼を逮捕しようとしたから、そしてベンブルックはおれが彼を警察へ連れていくのを恐れたから――殺人鬼の隠れ家を彼が警察に話してしまうのをね」

オーヴァーマイアーは左手の親指と残りの指で両方のこめかみを挟んで揉みほぐした。疲労困憊しているときのしぐさだ。彼は顔を上げ、頭から湯気を立てているコニー・ベンブルックを見やった。「この事件の解明に役立ちそうなことを何かご存じですか、ベンブルック夫人？」

「もちろんですとも！」彼女はわめき立てた。「こんなに非常識で、侮辱的で、卑劣な嘘は聞いたことがないわ！　この人は、もはや死んで弁明のできない善良な人間に、罪をなすりつけようとしているのよ――」

「わたしは役立ちそうなことを知っているかと尋ねたんです、ベンブルック夫人」オーヴァーマイアーは滑らかに言った。「たとえば、レイモンド・ワーツの隠れ場所に関する手がかりといった」

彼女の歯が熊の罠のように噛み合わされた。「あなた方に何も言うことはないわ」冷ややかに言う。

警部補は彼女の答えを吟味しているようだった。少なくとも、上辺はそのように見えた。「お宅まで送らせましょう、ベンブルック夫人。お悲しみのところ、時間を割いていただきありがとうございます。検死審問《インクエスト》やらでお出でいただく日取りが決まりましたら、ご連絡します」

無言で立ち上がると、彼女は大またでドアへ歩み寄った。そして振り返り、「主人の――主人の遺体は――?」

「検死官事務所から連絡があるでしょう、ベンブルック夫人」

あの茶色い瞳でおれを刺し貫くと、彼女は出ていった。コニー・ベンブルックのスコッチも、彼女の口紅も、味わうのはあれで最後だったのだ。ダブルパンチだが、どうにかやり過ごせるだろう。

「それで、パイン?」オーヴァーマイアーは無表情でおれを見つめた。

「おれは疲れたし、頭が痛む。それに、話すことはもうない。ベッドに入るとするよ、おれのアパートメントのだろうと、ここの独房のだろうと、どっちだってかまわない」

オーヴァーマイアーはまる一分ほど考え込んでから、「帰っていいぞ、パイン。だが、あまり遠くへは行くなよ」

おれは苦々しく言った。「休暇でモンゴルに行く予定だったのにな！」立ち上がり、頭の痛手を負っていない部分に帽子を乗せると、ドアから外に出た。

12

耳の中の羽音が、闇の底からおれを引きずり出した。しばらくして目を開け、天井を見つめた。白い塗料の隅に黒い小さな染みがある。昨年の夏にスズメバチを殺した跡だ。ふいに、羽音が鳴りやんだ。

おれは枕の上で頭を動かし、ブラインドの隙間から外を見やった。相変わらず曇ってはいたが、ガラスをよぎる雨粒は見えない。とたんに少し気分がよくなった。雨にはもううんざりだった。

ふたたび羽音がはじまった。先ほどよりも大きな音だ。それは頭の中から聞こえるのではなく、ドアのブザーだった。おれは立ち上がり、よろめいて悪態をつくと、居間へ行ってドアを開けた。

ローラ・ノースだった——ローラ・ワーツ夫人だ。目を見張り、「まあ！　かわいいパジャマだこと！」彼女は知的で、清潔感に溢れ、若々しかった。淡い黄色の注文仕立てのブラウスにレインコートを着て、見た目ほど高価そうではない白と茶の千鳥格子のスーツを身につけている。

「入れよ」おれはぶっきらぼうに言った。ドアを閉め、彼女が二つあるブラインドを引き開けて窓を開け放ち、レインコートを脱いでラジエーターの上に置くのを眺めた。

彼女は振り返り、はつらつとした笑みをおれに向けた。この世に悩み事など一つもないといった笑みだ。「その格好でも男らしく見えなくはないけど、パジャマから服に着替えたら？　もう昼の一時過ぎよ」

「寝てたんだ」おれは呻《うめ》いた。「昨夜はさんざんな目に遭ってね。頭は痛むし、美人の若いお嬢さんを楽しませてやるような気分じゃない。たとえ醜い老婆だろうとね」

「機嫌もよくないようね！」彼女の顔から笑みが消えた。「それに、ひどい顔よ。目は血走ってるし、隈《くま》もできてるわ」

「それから、頭の後ろに一つ穴がある。コーヒーの淹れ方を知ってるかい？」

「もちろん」

「だったら、淹れてくれ」

彼女はキッチンへ行った。おれは十五分かけて、シャワーを浴び、髭をそり、そして歯を磨いた。後頭部にまだ痛みはあったが、我慢できぬほどではなかった。あとどれくらいしたら、同じ場所をまた誰かに殴られるのだろう。

キッチンへ入っていくと、ローラ・ノースがカップとソーサー、それにコーヒーの入ったポットを机に並べ、トースターにパンを落とし入れているところだった。彼女は満足げにおれを見やった。「さっきよりましになったわ。座っててちょうだい、あたしはかいがいしく立ち働いてるから」

二晩前のキスが、おれよりも彼女に大きな影響を与えたようだ。食器棚のビスケットの缶の後ろにブランデーがあるのを見つけ、自分のカップにひと口分入れ、その上からコーヒーを注いだ。

ひと息に半分ほど飲み干し、舌と食道を火傷した。だが、暖かさが全身に広がり、二杯目を注ぐ頃には、話ができるようになっていた。

「何か用があって来たのか?」おれは尋ねた。「それとも、教会区の励行する朝の慈善活動の一つかい?」

彼女はカップの縁越しに純真な眼差しを向けた。「十一時頃、あなたの事務所に電話したのよ。誰も出なかったから、あなたはベッドでごろごろしてるんだろうと思ったの。それでここへ来たのよ」

「ほう。理由になってないね。その何気ない態度からして、うさんくさい」

「まあ、ポール!」

「本当の理由はなんだ?」

突然、彼女は泣きだした。「何か起きたみたいなの。新聞の遅版は読んだ?」

「寝てたというのに?」

「そうね、馬鹿な質問だったわ」折よくトースターがポンと音を立て、二枚のパンにバターを塗る間、彼女はおれから目をそらすことができた。「あたしたちが、あの――あの男のところから帰る途中、あなたはマイルズ・ベンブルックというレイモンドの友だちがシカゴにいると言っていたわ」

「少々おしゃべりがすぎたよ」おれは唸った。

ナイフがバター皿にカチリと音を立てて置かれ、彼女の目がおれに注がれた。「マイルズ・ベンブルックが昨夜殺されたの。町の西外れで撃ち殺されたのよ。そばに車の残骸があったわ」彼女は苦しげに深く息を吸った。「ポール、あれはレイモンドの車よ！」

「トーストをくれよ」

彼女はおれをにらみつけた。「聞いてなかったの？　これがどういうことか、わからないの？」

「わかってるとも」おれはトーストを一枚手に取り、恐る恐るかじった。「つまり、きみの大切な優しい老いた夫が、三つ目の殺人に及んだということだ」

「三つですって？　あたしは——」

「すまない。オーヴァーマイアーが二つ目の死体のことは新聞に伏せていたのを失念していたよ。きのうの朝早く、サクラメントで警官が刺し殺された。おれはそこできみの旦那と会うことになっていたが、おれが行くより先に彼は立ち去らなきゃならなかった。まあ、さほど落胆はしなかったよ、彼が新鮮な死体を残していってくれたからな。おそらく、面白半分にね」

彼女は唇を噛み、うなだれた。「そんな——そんなこと、信じられないわ。彼はいつだってとても……物静かだったもの。暴力なんかとは無縁だったわ。なのに、そんなふうに豹変してしまうなんて考えられる？」

「おれにわかると思うのか？　まあ、たぶん強欲のなせる業だろう、ワーツ夫人。ローラと呼んでかまわないかね？　彼が物静かで暴力的でなく——それ故に金持ちでもなかったためにきみに見捨てられ、彼の心に強欲が芽生えた。金持ちになるには暴力的でなければならない。必ずしも、刺したり撃ったりといった類の暴力じゃない。他人を押しのけてでも金をつかみ取るといったことだ。退屈かい？　おれは退屈だよ」

おれはポットを取り上げ、自分のと彼女のカップに注ぎ入れた。また雨が降りだしていた。窓を叩く雨音がする。

おれは言った。「もしかすると、きみの旦那は誰も殺しちゃいないかもしれない。そう言うのには理由がある――ルイ・アントゥーニが話していた国際的な悪党の件だ。ジャファー・バイジャンのことはきみも聞いていただろ。まだおれの前に現れていないということは、おれが深くかかわっているのを知らないか――まずそれは考えられない――おれのことなどわざわざ気にかけるまでもないと思ってるか、そのどちらかだろう。もっとも、そのジャファー・バイジャンが実在していればの話だが」

彼女が唐突に勢い込んで言った。「レイモンドを見つけ出さなくちゃ、ポール。いますぐによ。もし彼が誰も殺してないなら、警察に行ってそう説明しなきゃいけないわ」

「もし殺してたら？」

彼女はただ頭を振り、おれから目を背けた。

「きのう、彼が隠れてるかもしれない場所に出かけていった。家の中に人の気配はなかったよ。きょうの午後にもまた出かけてみるつもりだが、一緒に行くかい？」

彼女の手が勢いよく飛び出しておれの手を握り、カップが引っくり返りそうになった。「ポール！　彼を見つけたのね！　彼はまだ持ってるかしら――？」

「ほう」おれは口の片端だけを上げて笑ってみせた。「あの古文書をかい？　気の毒なレイモンド。さすがに二千五百万ドルともなると、驚くほどの同情を引き出すことができるわけだな」

彼女はまともにおれの目を見ることもできなかった。「誤解よ！　あたしはそんなつもりじゃ――」

「いいや、そんなつもりなのさ。おれは年取ったひねくれ者だ、ワーツ夫人。そんな芝居はおれには通用しないよ」

「あたしはただ、彼がひどい目に遭わないように――」

ドアのブザーが短く鳴った。ローラ・ワーツとおれは口をつぐみ、顔を見合わせた。

「いったい誰かしら？」彼女は目を見ひらき、囁いた。

おれは立ち上がった。「きっと風俗犯罪取締係だろ。男のアパートメントに上がり込むとどうなるか、これで身に染みてわかるはずだ」

おれは彼女を置いて居間へ行き、ちょうど二度目のブザーが鳴りやんだところでドアを開けた。殺人課のオーヴァーマイアー警部補だった。きょうは灰色のスーツに青い蝶ネクタイといったいでたちだ。おれ同様、休息不足で疲れているように見えた。

彼は温かみのない礼儀正しい笑みを浮かべ、おれの背後の居間を一瞥した。おれは戸口に立ちはだかり、眉を吊り上げた。「なんの用だ、警部補？」

彼の視線が、おれの右肩の先の何かに据えられた。「テーブルの上にあるのは、ずいぶんと素敵なハンドバッグだな。お邪魔だったかな？」

「いいや、入りゃいいだろ！」おれが脇によけると、彼は室内に足を踏み入れた。帽子を取って指先でもてあそびながら、冷たい目を青とベージュの長椅子、安楽椅子の青い布地、書棚、壁に飾られた写真、砂色の絨毯へと順繰りに向け、最後にキッチンの戸口に立つローラ・ノースに据えた。

おれは言った。「ミス・ノース、こちらは殺人課のオーヴァーマイアー警部補だ」

彼はおよそ似つかわしくないにこやかな笑みを浮かべた。「お邪魔して申し訳ありません、ミス・ノース」

「いったいどんな用件だ、警部補。朝食の途中なんだがね。コーヒーを飲むかい?」

「けっこうだ。ワーツの隠れ家を突き止めたことだけ教えてやろうと思ってね」

ローラ・ノースが息を呑んだ。おれもまた、口をあんぐりと開けた。「そりゃよかったな。これで一件落着か? 大手柄だな、警部補」

オーヴァーマイアーはおれからローラ・ノースに視線を移し、そしてまたおれに戻した。その目は相変わらず冷たく、なんの表情も浮かんでいない。「残念だが、そうじゃない。彼は二晩前にそこを出ていったようだ。ティニーの死体が発見された近辺を、しらみつぶしに捜索させたんだ。そして今朝、この件にベンブルックがからんでいるのがわかったあと、部下の一人が彼の元秘書であるアイリーン・テーラーという女性の住処を突き止めた。彼女はどうやら——ベンブルックとは長年にわたって、かなり親しくしていたようだ。彼は五日前にワーツを彼女の家へ連れていき、ティニーが殺された日の朝までそこでかくまわせた。ワーツがお尋ね者だったとは知らなかったと、彼女は話している。もちろん、いまとなっては確かめようがないがね。それから彼女は、二日前からどちらの男にも会っておらず、ワーツがいまどこにいるか見当もつかないと言っている。それは嘘じゃないだろう。ベンブルックは彼女を利用した、ただそれだけのことだ。ベンブルックの死の知らせにも、彼女はさして動揺した素振りを見せなかった。二人の間柄を考えるに、いささか驚かされたよ」

「逆に嬉しかったんだろう」なんとはなしにおれは言った。

おれたち三人は、突っ立ったまま無言で互いに見つめ合った。沈黙が気詰まりになりかけたところで、オーヴァーマイアーが口をひらいた。「きみが知りたいんじゃないかと思ったんだ、パイン。これを聞けば、何か思い出すかもしれないとね」

「信じてくれよ、警部補。おれは何も知らないんだ」

「わかったよ。わたしの連絡先はわかってるな？　では失礼します、ミス・ノース。お目にかかれて光栄でした」

彼は部屋を出ていき、その背後で静かにドアが閉まった。おれは大きくため息をつき、キッチンの冷めたコーヒーの元へ戻った。

ローラ・ノースもおれの後に続き、おれの向かいに腰を下ろした。「あれは何か意味があるの、ポール？」

「ああ、かなりの意味がね――何一つ重要じゃないが。つまり、警察は頭が切れて、組織力があるってことだ。ワーツは何かに釣られない限り、姿を現さないだろう。せっかく手に入れたと思った手がかりが、ベンブルックと同じく用なしになっちまったのさ」

「どんな手がかりだったの？」

「さっきの男の話を聞いたろう、ミス・ノース。彼が入ってくる前におれが言ったことだ。きのうおれが出かけていったのは、アイリーン・テーラーの家だ。確かにワーツはあそこにいたが、いまは違う。これでマクマナス司教に雇われた日の状況に逆戻りというわけだ」

おれはむっつりとしてコーヒーを啜り、キッチンの窓外を見やった。雨はなおも降りつづいている。もう二、三日続けば、箱舟を造りはじめたほうがいいだろう。

「これからどうするの、ポール？」

「事務所に行って、座ってるよ。電報が来ることになってる。役に立ちはしないだろうがね。それに、読みかけの本もある。それを読み終えたら、座って考え事をするさ。そうすべき時だからね」

「何時頃までそこにいるつもり？」

「だいたい、日中はいつもいる。考えるのは昔からのおれの日課だからね。このもつれ合った全体像のどこかに、おれが見落としている、見落とすべきではない何かがある。おれの役立たずの頭が、役立たずの手にそれをつかませさえすれば、何もかも明らかになりはじめるだろう。だがそれまで、神経を張り詰めてる必要はない」

「あなたと一緒に行ってもいい？　一緒に座って何度も話し合えば、探してる答えが見つかるかもしれないわ」

「断る」おれはコーヒーを飲み干し、腰を上げた。「だがとにかく、そう言ってもらえて嬉しいよ。さてと、おれの帽子はどこだ?」

帽子は浴室のラジエーターの上にあった。おれはそれとトレンチコートを身につけた。一階へ下りると、おれは言った。「ループへ行くが、どこかで降ろそうか?」

「いいえ、けっこうよ」彼女の声はよそよそしく、少し不機嫌そうだった。「自分でなんとかするわ。あとで事務所を訪ねてもいいかしら?」

「ああ」

おれは彼女を残し、雨の中、通りをプリマスへと歩きだした。

13

繁華街へたどり着くのにいつもより時間がかかった。路面が濡れているときはいつもそうだ。ループの摩天楼の上階は、低く垂れこめた雲や混じり合う排気ガスと霧に覆われ、オフィスの窓やショーウィンドーには明かりが灯っている。駐車場の入り口には長蛇の列ができており、十五分後にやっと車を降りることができた。

三時十分、おれは奥の事務室のドアを開錠した。郵便差し入れ口の下の床に、黄色い封筒が落ちていた。ロサンゼルスから来た、ウエスタン・ユニオンの夜間電報だった。クリフ・モリソンに打った電報の返事だ。もはやただの紙切れ程度の価値しかないだろう。

ブラインドと窓を開けると、腰を下ろしてレイモンド・ワーツに関する説明を読みはじめた。

レイモンド・フィンリー・ワーツ、年齢四十五歳。ヒルローズ一二一七番地に住宅ローン四千ドルの屋敷を所有。南カリフォルニア大学の助教授で、世界的に有名な古文書学者。妻ローラ・ノースとは別居中。彼女は現在グレンデール居住。ワーツは五月二日に、シボレーの四一年式クラブ・クーペでLAを発った。ナンバーは七F二六‐四一九。行先は不明。自宅は売りに出されておらず、戻ってくる予定と見られる。前科はなく、隣人の評判はおおむねよい。結婚生活は一年で破綻。男の存在が理由ではないが、妻はパーティやナイトクラブ好きで知られている。一方のワーツは家にこもりがちな男だ。妻のほうも調査すべきか？　追って請求書を送る。支払いを忘れずによろしく。クリフ。

ローラ・ノース・ワーツに関する新しい見解を得られたほかは、これといって収穫はなかった。自分には歳を取りすぎている、と彼女は言っていた。だがトラブルに巻き込まれた彼を見つけ出すのを厭《いと》うほどの年寄りというわけではないのだ。彼女の表情や声には慈悲が溢れている一方で、心にはドルマークが詰まっている。これは彼女と彼の問題だ。おれの知ったこっちゃない。

おれはマッギヴァーンの小説を引っ張り出し、煙草を十本ほど喫う間に読み終えた。出てくる女は美人ぞろい、おまけに探偵は有能ときてる。おれだって有能だったらどんなによかったか。せめて、人並みの知性を持ち合わせてさえいれば。おれは本をしまい込んだ。

ネクタイを緩め、コートを脱いだ。部屋の中を行ったり来たりする。腰を下ろした。また立ち上がり、窓辺へ歩み寄る。窓の外には、きのうなかったものはなく、明日なくなるだろうものもない。屑入れを蹴り飛ばす。いちばん下の引き出しにボトルが入っていたらいいのに。煙草に火を点け、カレンダーの女を凝視した。

おれはボトルを買いに出かけた。

酒はなぶるようにおれの腸に染み渡った。おれは机に両足を載せ、司祭館に足を踏み入れたあとにしたことや聞いたこと、それに話したことをすべて思い返した。

目新しい発見は何もなかった。論理的に考えてみると、謎らしい謎は一つもない。ワーツはあるものを売りにシカゴへやって来た。彼は友人にそのことを話した。友人は二つの殺人を犯し、彼自身もまたワーツによって殺された。ほとぼりが冷め、司祭館に出向けるようになるまで、ワーツは身を隠しているのだろう。その時が来たら、司教に古文書を渡し、自分は殺人犯ではなく事件の一被害者だと信じ込ませる。あとは二千五百万ドルが手に入るまで隠れているだけでいい。それだけの金があれば、好きなだけ弁護士を雇える。依頼人には虫だって殺せやしないと、彼らが法廷で証明してくれることだろう。

おれはコニー・ベンブルックのことを考えた。ローラ・ノースのことを、そしてジプシー・ローズ・リー（アメリカの伝説的ストリッパー）のことを。彼女はいったいどうなったのだろう?

もう少し室内を歩き回った。廊下の先にあるトイレへ行き、戻ると自分に酒を振る舞った。腕時計は五時半を指していた。おれは目を疑い、時計を耳に押し当てた。チクタク、チクタク。無為な時を刻みつづけている。

おれは座って、もう一度事件を見直した。結果は同じで、むなしさだけが強まった。おれはさらにもう一口飲んだ。

電話が鳴った。ローラ・ノース・ワーツだった。「何か進展はあった、ポール?」彼女の声は焦りを帯びていた。

「伝染病にかかったよ。そばに寄らないほうがいい」

「いったいどうしたっていうの？　大丈夫？」

「いいや。きみはどこにいるんだ？」

「家よ――レイク・タワーズの」今度は、期待のこもった声。

「そこでおとなしくしてろ」と言い、おれは電話を切った。

十分後、夕食を食べに外出した。

レストランを出ると、また雨がやんでいた。ウォバッシュ・ストリートを北へ、事務所とは違う方角へ歩いていった。次いでランドルフを西へ行き、何が上映中か見もせずに映画館へ入った。それは踊り子と極東の美しい王女と愛について歌うハンサムな無頼漢に関するカラー映画だった。おれは存分に楽しんだ。同時上映は、気難しい盲目のピアノ教師の話で、激しい恋に落ちた彼が視力を取り戻してカーネギー・ホールで自作の交響曲を演奏し、その結果昔のベートーヴェンと同じ職を得るに至る。もう一度観てもいいくらいだった。有能な私立探偵の話でない限りは。

十時十五分、おれは外に出た。雨がまた降りだしていた。レストランへ入り、朝刊を読みながらコーヒーを四杯飲んだ。おれは心を決めた。車を取りに戻り、家へ帰り、何もかもうっちゃろう。

十時五十分。おれは事務所にいた。机に両足を載せて膝の間にボトルを挟み、再度、最初からやり直した。

ベンブルックが殺された場所まで、ワーツがどうやっておれたちを尾行したのか、解き明かそうとした。だがそもそも、ベンブルックにガレージのシボレーを取りにいかせ、彼がその通りにしたかどうか確かめるために尾行するなど、おかしな話だった。

思考はベンブルックに移った。ビジネスマン——少なくとも、元ビジネスマンだ。ビジネスマンは決まって几帳面なものだ。ということは？

シカゴの町なかで繰り広げた派手な追っかけっこを思い返した。ベンブルックはどこへ向かっていたのか？　新しい隠れ家にいる、ワーツの元へ。それは十分考えられる。しかしそこへたどり着く前に、彼は尾行に気づいた。おれの犯したミスは、ケッツィーとアディソンの交差点で彼が曲がったとき、その後ろにぴったりくっつきすぎていたことだ。ベンブルックの目的地はアディソンではなかった。だから逆戻りして、おれの尻尾をつかんだのだ。もう一本北の通りこそ、彼が目指す場所だったのかもしれない。ベンブルックは几帳面な男なのだ……。

この時、おれは私立探偵に立ち返った。

注意深くボトルを机に置き、そろそろと両足を床に下ろす。続いて、上着のポケットをまさぐった。きのうの午後に着ていたのはこのスーツだったろうか？　思い出せなかった。

思い出す必要はなかった。二つに折った一枚の紙切れを引っ張り出す。ベンブルックの書類箱に入っていた書類から書き写した、名前と住所のリストだ。

机の上にそれを広げ、一つ一つ入念に目を通す。六番目の項目がどんぴしゃりだった。澄み渡って光輝き、希望に満ち満ちている。おれはそれを声に出して読んだ。自分の耳に聞かせるためだけに。

「ウィリアム・L・スナイダー。ウエスト・グレース・ストリート三三〇九番地」

グレース・ストリート。ベンブルックがおれに気づき、振り払おうとしはじめた場所から、三ブロックと離れていない。

おれは電話帳を繰り、その番号を見つけると電話をかけた。ベンブルック夫人はおやすみになられました。身内にご不幸があったのです。そいつは気の毒だが、重要な用件なんだ。電話に出るよう、彼女に言ってくれ。できない？　電話に出さないと、教唆罪で訴えるぞ！

三分後、内線の受話器が取り上げられた。「誰なの？」コニー・ベンブルックの声は苛ついていた。

「ポール・パインだ、ベンブルック夫人。おれは――」

「あなたって、たいした神経の持ち主ね！　こんな時間に電話してくるなんて」

おれは言った。「ウィリアム・L・スナイダーという名に聞き覚えはないかね、ベンブルック夫人？」

驚きが彼女の怒りを一蹴した。「え？　スナイダー？　さあ……」彼女の声は途切れた。と、鋭いはっきりとした声で、「ビル・スナイダーのこと？　マイルズの友人で、製鉄会社に勤めている人よ」

「そいつだ」

「でも、ビルはヨーロッパにいるのよ――一ヵ月前から。戻ってきたという話は聞いてないわ。どうしてそんなことを訊くの？」

「単なるお決まりの手順の一つだよ、ベンブルック夫人。邪魔して悪かったな。おやすみ」

おれは静かに受話器を戻すと、ぐっとボトルを呷ってから、書類棚へ歩いていった。いちばん下の引き出しから脇の下につけるホルスターとコルト三八口径を取り出す。それらを装着して、スーツの上着とトレンチコートを着る。大捕り物の準備は整った。唇には笑みが浮かび、心は歌をくちずさんでいた。

事務室のドアに歩み寄りかけたとき、待合室を横切る小走りの足音が聞こえてきた。ドアを開けると、ローラ・ワーツの姿があった。

彼女は前と同じ格好だった。ビニール製のレインコートが、室内の明かりを反射して光っている。顔に笑みはない。青い瞳は真剣で、まっすぐな眼差しだ。「心配したのよ、ポール。何度も電話したのに、出なかったわ」

「出かけてたんだ。そりゃそうと、ちょうどいいタイミングだったな、ワーツ夫人。きみにとってておきの知らせがある——と思う」

そうとわかるほど彼女の鼻腔が広がり、呼吸が速くなる。「どういうこと？　まさか——まさか……彼を見つけたの？」

「おそらくね。これから確かめにいくところだ」

「あたしも行くわ！」

「夫婦の再会というわけか」とおれ。「ああ、いいだろう」

ちょうど芝居がはねたばかりで、駐車場には車を待つ人だかりができていた。二十分近く待たされて、ようやくプリマスが出されてきた。

おれはミシガン・アヴェニューからドライヴへ向かった。ドライヴからはアディソンへ一路北を目指し、次いで西へ折れた。ローラ・ワーツは身じろぎもせずに背筋をぴんと伸ばしておれの隣に座り、目は真っ直ぐ前に据え、膝に載せたバッグの上に両手をそろえて置いている。雨はもはや薄い霧のようで、かろうじてワイパーが必要な程度だった。

彼女は物思いに没頭しており、あえて邪魔しようとはしなかった。おれは一、二インチ窓を開けて夜気のにおいを嗅ぎ、独り満足を覚えた。

四十分間の単調なドライブののち、おれたちはウエスト・グレース・ストリートにたどり着いた。比較的立派な屋敷が建ち並び、その多くが煉瓦造りで、高いのやら低いのやら木々がそこここに生い茂っている。

三三〇九番地の表には、黒い大型のセダンが停まっていた。

おれはゆっくりとその前を走り過ぎた。居間と思しき窓には明かりがついていたが、ブラインドが下ろされていた。部屋数は六、あるいは七、平屋造りで、灌木《かんぼく》が植えられた舗道から奥まったところに建てられている。黒い車の中に人の姿はなく、辺りに人影もなかった。

おれはその車の六十フィートほど西で停止した。そしてローラ・ワーツに、「あの車はなんだろうな。彼のほかに誰もいないとわかるまで、きみはここにいるんだ」

彼女は黙ってうなずいた。車を降り、大きな音を立てぬようドアを閉めると、黒いセダンへ引き返し、雨に濡れたガラスの奥を窺った。中は空っぽだ。おれは車体にもたれ、親指の爪で顎の先を擦りながら、玄関のベルを鳴らしたものかどうか考えた。

するうちに居間の明かりが消え、少しして玄関のドアが開いた。おれは急いでセダンの陰に隠れた。

甲高いハイヒールの音が、小走りで近づいてきた。ドアのハンドルを回す音が聞こえるまで待って、おれは首を突き出した。「こんばんは、ベンブルック夫人」

そんなまねはすべきではなかった。驚きのあまり彼女は三フィート近く飛び上がって鋭い悲鳴を上げ、おれの肝を潰した。彼女は後ろによろめき、おれが腕をつかんでやらなければ倒れていただろう。

「落ち着くんだ」おれは唸った。「あんたの友だちだよ」

「ポール！」彼女はぶるぶると震えだした。「あなた、電話をかけてきたときに、知ってたんでしょう？　彼がここにいると知ってたのね？」

「その可能性がありそうだった。おれがスナイダーの名前を持ち出したから、きみもおれと同じことを考えたというわけだな。どうしてここへ来たんだ？」

「わたしは――あなたには関係ないでしょ。彼はもういなかったわ――そもそも、ここにいたかどうかわからないけれど。屋敷じゅうを捜したの。地下室もよ」

「いったいどうしたっていうんだ？　そんなに怯えて、話すのがやっとじゃないか」

「あなたが……おどろかしたからよ」

「おれが声をかける前から怯えていた。中で何を見つけたんだ？」

「な、なんにも見つけてないわ。そう言ったでしょ。何もなかったわ。彼は行ってしまったのよ」

「箒《ほうき》用のクローゼットまでは調べてないはずだ。一緒に確かめにいこう」

「いやよ。わたしは家へ帰るわ。ここへ来たのは間違いだったわ」

「行かないというなら、一発食らわすぞ」

おれが意図したとおり、その言葉は荒っぽく響いた。おれが本気だと信じたのだろう、彼女はおとなしくおれと共にポーチへ歩いていった。鍵は開いており、おれはドアを押し開け、暗闇へ足を踏み入れた。

「スイッチの場所を知ってるんだろ」おれは言った。「明かりをつけてくれ」

彼女がドア枠の辺りを手探りし、頭上の電気が灯った。幅広の長い廊下で、突き当たりに閉じたドアがあり、両側にもドアが並んでいた。柱には真っ白なエナメル塗料が塗られ、灰色の壁紙には赤い縞が細く入っている。居間へと続くアーチの脇に小さな台があり、その上に電話が置かれていた。

おれは玄関のドアを閉めた。「立派なもんだな」とおれ。「とにかく、玄関はな。じゃあまず、居間を見てみよう」

ベンブルック夫人は動かなかった。人間の耳にはとらえられぬ何かに耳を澄ましているようだった。おれは彼女の白いコートの袖に手を触れた。彼女は首を巡らし、虚ろな目でおれを見た。

「居間だ」おれは言った。

茶色い瞳に涙が溢れ、頬を伝い落ちた。彼女はもはや二十八歳の若さに見えなかった。この先二十八歳に見えることもないかもしれない。

「彼は死んだわ、ポール」

「ああ、四人目か。どこだ？」

「そこよ」彼女は指さしはしなかったが、おれにはわかった。「ゆ、床の上に」

「きみが殺したのか？」

彼女は震える手を喉元に押し当て、両目を見ひらいた。「まさか！　わたしはそんなこと――彼を見つけただけよ――」

「見せてもらおうか」

結局おれが自分で、アーチの内側にあるスイッチを見つけ出した。反対側の壁に取りつけられた、同じ形の二つの磨りガラスの覆いの中で、電球が灯った。細長い部屋で、ガス炎管を用いた小さな暖炉、その傍らの所狭しと本が並べられた書棚、壁際に置かれた小豆色の長椅子、二つの安楽椅子、それに木製のコンソール型ラジオがしつらえてある。

そして灰色の絨毯の上に、顔を上に向け、いやに大きく見える、男のねじれた死体が横たわっていた。

外套以外の衣服を身につけており、顔の左側に血がひと筋滴り、首の下の絨毯に小さな血の染みが広がっている。鉛筆ほどの外周の縁の青い穴が、こめかみから脳へと弾丸が撃ち込まれたことを物語っていた。そうした穴を残すのは二五口径の拳銃だ。

おれはひざまずき、片手を頬に押し当てた。生きているにしては冷たかったが、すっかり冷たくなってはいない。死んでから一時間と経っていないだろう。

立ち上がり、取り立てて意味もなくうなずいた。「ここにはどのくらいいたんだ、ベンブルック夫人？」

「五分ほどよ」前もっておれの質問を予期していたかのように、彼女はすぐさま答えた。

「ハンドバッグは持ってきたのか？」

その問いは彼女を当惑させた。「車の中にあるわ」

「どうしておれが電話してすぐに、ここへ来ようと思ったんだ？」

彼女は身震いして両目を閉じた。「ここで――死体のそばでなくちゃ、話ができないの？ あなたって――」

「馬鹿なことを言わないでくれよ」おれは意地悪く言った。「その腹の上に座って飯を食うぐらい、きみには訳もないはずだ。きみは戦艦の横腹より頑丈にできてる。おれたち二人とも、それをよくわかってるはずだ。どうしてここへ来たんだ、ベンブルック夫人？」

ふいに彼女は踵を返し、廊下へ戻って電話台の横にある小さな椅子に腰を下ろした。おれもその後を追い、壁にもたれて彼女の返事を待った。

彼女はいっこうに答える素振りを見せなかった。「なら、おれが代わりに答えてやろう。きみはあの古文書が欲しくなったんだ。マイルズ・ベンブルックの未亡人であるきみには、ひと財産転がり込むことになってる。だからといって、きみが――ついでに言えばほかの誰だろうと――目の前にぶら下がってる別の財宝を、指をくわえて眺めてなけりゃならないいわれはない。

そしてその古文書は、相当の金になるらしい。おれの推測だが、ワーツが訪ねて来た日に、ベンブルックはきみにすべて話したんだろう。ただこれは憶測にすぎないし、たいして重要でもない。その古文書はワーッが持っていて、とてつもない価値があるということは、そのあとにも別の人間から聞かされたからだ。

今夜おれから電話があると、きみは少しばかり頭を使って、おれと同じ結論に至った。レイモンド・ワーツはここに身を隠している、とね。きみの頭に真っ先に浮かんだのは、例の古文書と、それをどうやって手に入れるか、だ。答えは考えるまでもない。きみはここへ足を運び、古文書を渡さなければ警察に突き出すとワーツに言いさえすればよかった。彼がきみを殺す可能性は低かった。きみにはそれがよくわかっていた――おれにもそう話しただろう？　彼は物静かで非暴力的な男で、これまでに殺人を犯したことも、これから犯すこともないだろうと、きみにはわかっていたんだ。それに、これまでに築かれた死体の山にレイモンド・ワーツがうんざりして、きみが求めさえすれば、古文書をあっさりとその可愛らしい手に引き渡すかもしれなかった。

そこで、きみはおれより先にここへやって来た。そして中へ足を踏み入れた……どうやって中へ入ったんだ？」

おれを見もせずに、彼女は言った。「ベルを押しても返事がなかったから、ドアを開けてみたの。鍵はかかってなかったわ」

「ほう。きみは中へ入り、ワーツが絨毯の上で死んでいるのを見つけた、あるいは、きみがそうさせてから屋敷の外に出た」

「わたしは殺してないわ、ポール」こちらへ向けた彼女の顔はやつれて涙で汚れ、恐怖に覆われていた。「わたしがここにいたことを、警察に言ってはだめよ。耐えられないもの……言わないで、ポール。お礼はするわ。いくらだろうとお望みの額を支払うわ！」

おれは不愉快そうに言った。「いったい何に使えというんだ？　これはこの三日間で四つ目の死体だ。普通なら一生に一つですむがね、ベンブルック夫人。おれは死体を見つけるたび、殺人課の連中の前で空っぽの両手を広げてみせ、肩をすくめるしかなかった。だが今度は、空っぽじゃない——連中に手渡してやれるものがある。きみだよ、ベンブルック夫人」

もはや彼女の顔に恐怖はなかった。そこにあるのは、次の瞬間にもおれの喉に鉤爪を食い込ませる憤怒、そして引き鉄を絞らせる憎悪だった。猛り狂う茶色の瞳の向こうに、あの密林が広がっている。おれは一歩後ずさりした。

ドアにノックの音がした。

かつて美しかった顔に浮かんでいた憤怒と憎悪は、新たな恐怖のうねりの下に陰を潜め、彼女は弾かれたように椅子を立った。廊下の奥へ駆けだそうとする彼女の腕を、おれはつかんだ。彼女はおれを振り払おうとした。が、すぐに静かになった。彼女の体からすべての力が抜けてしまったようだった。

「どこへ行こうとしたんだ——スー・シティか？　頼むから、おとなしくしてろ」

突っ立っている彼女を残し、廊下を玄関に向かった。ローラ・ノースだった。顔に不安を浮かべ、唇から質問が飛び出した。「何か——何か変わったことはない、ポール？」

「この件に関しちゃ、何もかも変わってるよ。雨に打たれてないで入ったらどうだ」

彼女は電話の脇に立つコニー・ベンブルックを見やった。その頬は涙に濡れ、瞳には恐怖が浮かんでいる。「もしお邪魔だったら……」

おれは彼女の腕をつかんで中に引き入れ、ドアを閉めた。「きみにとっちゃ不本意だろうが、打ちのめされはしまい。夫婦の再会は果たせなくなったよ、ワーツ夫人」

おれの後ろで、ベンブルックの未亡人が喉の奥で小さな音を立てるのが聞こえた。二日間に、未亡人が二人。なんとも興味深い巡り合わせだ。

「どういうこと、ポール？」恐れや驚きではなく、単に困惑している声だ。

「きみの旦那は死んだ」

彼女は両目を閉じ、息を呑んだ。そしてふたたび、目を開けた。それだけだった。ショックは訪れ、そして去っていった。自分には歳を取りすぎている、そう彼女は言っていた。

「信じられない――」声は明瞭だったが、確かに震えていた。「どうしてわかったの？」

「ここの居間にいる。床の上だ」

「殺されたの？」

「ああ」ほかの死に方があればと、おれは苦々しく思った。

「自分で――確かめてもいいかしら？」

「間違いなく、きみの旦那だよ。そこのベンブルック夫人が、彼だと確認した」

彼女はいっそう年取って見えた。その顎が強張ったのを、おれはかろうじて見て取った。「どうしてその人にわかったの？　あたしは彼女を知らないわ」

おれは苛立たしげに言った。「彼の死体を見るのか、それとも見ないのか？　おれは電話をしなきゃならないんだ」

彼女の瞳が閃いた。「警察に?」

「そうだ。連中はこの知らせを喧伝してもらいたがってるだろう」この言葉は後味が悪かった。

「あの古文書はどうしたの?」

おれはにやりとし、「きみのおかげで、人間を信用しすぎなくてすむよ」

本署に電話すると、殺人課に回された。オーヴァーマイアーが署内にいた。おれがいなければ、彼にはほとんどやることがないのだろう。

おれの唇は石のように強張っていた。「ポール・パインだ、警部補」

「パイン?」穏やかな声に驚きを滲ませ、「今度はなんだ?」

「ワーツの番さ。殺された」

「きみも懲りないやつだな。で、場所は?」

「グレース三三〇九番地。一軒家だ。そこから電話してる」

「そこにいろよ」左耳に激突したのは、受話器を叩きつける音だった。

14

しばらくしてオーヴァーマイアー警部補が居間から廊下へ出てきた。「キッチンへ行こう」と彼は言った。おれたちは彼の後について屋敷の奥にある広いキッチンへ移動した。壁は象牙色で、最新式の設備が整えられ、モデルルームのように隅々まできちんと整頓されている。

大きな冷蔵庫の脇に赤いラッカー塗りのダイニングテーブルと椅子のセットが置かれていた。おれたちはそこに腰を落ち着け、おれが灰皿代わりの皿を見つけてくると、コンスタンス・ベンブルックとおれは煙草に火を点けた。

オーヴァーマイアーは両腕をテーブルの上に載せ、冷たい目をローラ・ワーツに据えた。「本来なら一人ずつ尋問するところだが、口裏を合わせる時間はたっぷりあったわけだからな……まずあなたの言い分を話してください、ミス・ノース」

おれは言った。「ノースは彼女の旧姓だ、警部補。こちらはレイモンド・ワーツ夫人だ」

「ほう?」目を彼女に据えたまま、「あの時会ったときに、なぜ教えたくれなかったのですかな、ワーツ夫人?」

怒りが彼女の頬を燃え立たせた。おれへの怒りだ。「たいしたことじゃないでしょ。レイモンドに関してあなたたちが知らないことなんて、あたしには教えられなかったのよ。もう一年以上別居してるし、彼の隠れ場所なんて見当もつかなかったもの」

「この町で何をしているんです?」

アントゥーニの屋敷からの帰り道におれに話したことを、彼女は繰り返した。同情心溢れる熱弁をふるい、オーヴァーマイアーもおれと同程度にそれを信じたようだ。しかし深く追求しようとはしなかった。

「わかりました、ワーツ夫人」彼女が話し終えると、オーヴァーマイアーは言った。「ではどういった経緯で、今夜ここへ来たんですか?」

「あたしはパインさんと一緒に来たの」

「ここへ着いたのは何時です?」

「真夜中を数分過ぎてたと思うわ」

「パイン氏とはひと晩じゅう一緒にいたのかね?」

「いいえ。十一時頃に彼の事務所を訪ねたの」

「そのあとすぐに、二人で出かけたと?」

「ええ」

オーヴァーマイアーは一度うなずくと、片方の胸ポケットから万年筆を、そしてもう一方から紙片を取り出した。彼女に住所を尋ねて書き留め、紙と万年筆をしまい込む。次いで冷淡な瞳をコニー・ベンブルックへ向けた。

彼女は昔の、若い頃の彼女に戻っていた。化粧を直した顔に笑みを浮かべ、再選を目指すミシシッピ州の議員のように落ち着き払っている。何百万ドルもの銀行預金がある未亡人。答えはすでに用意されている。そういった点を警官は留意するものだ。

「ここへ着いたのは」オーヴァーマイアーが穏やかに言った。「何時ですか、ベンブルック夫人？」

「ちょうど真夜中頃でした」きっぱりと言う。「エンジンを切る前に、時計を見たんです」

「では、パイン氏とワーツ夫人より先にここへ着いたのですね？」

「いいえ、ほんの少し先に。二、三分足らず前でした」

「そもそも、どうしてここへ来ようと思ったのです？」

それにも答えは用意してあった。筋の通った、素早い答え。十分にもっともらしく聞こえる――だまされやすいタイプならば。

「この不動産はわたしが所有してるんです、警部補。十一時頃にパインさんが電話してきて、ここに住んでいる男性について尋ねると、なんの説明もなく電話を切ってしまいました……それで、心配になったんです。何かあったんじゃないかって。例えば火事だとか――だから急いで確かめに来たんです」

「ほほう」オーヴァーマイアーは自分の左手の親指を仔細に眺めた。「で、何が見つかったんです？」

煙草を持つ手がぴくりとし、彼女の顔から笑みが消えた。「あまり思い出したくはないわ。家の中は暗くて、べつだん異常はないようでした。玄関の鍵は開いていたんです。廊下の電気をつけ、二、三歩居間へ入りかけて、死体を見つけました。明かりをつけて死んでいるのがレイモンド・ワーツだとわかると、わたしは家の外に飛び出しました。そうしたらドアのすぐそばに、パインさんが立っていたんです」

まるでおれがその二分前にワーツに一発お見舞いし、生け垣に身を潜めてさらなる犠牲者を待ち伏せしていたかのような口振りだ。

オーヴァーマイアーがそっけなく言った。「なぜ警察に通報しなかったのです、ベンブルック夫人？　電話は使えたはずです」

彼女は唇を噛んだ。「怖かったんです――怖くてたまらなかったんです、警部補。一刻も早くこの恐ろしい場所から逃げ出すことしか頭にありませんでした」

オーヴァーマイアーの冷たい目がおれに向けられた。彼は唇を湿らせて言った。「次はきみの番だ」

おれはできるだけのことを話した。きのうベンブルック夫人から手に入れたリストのこと、ベンブルックの不動産のどれかが、おれの尾行に彼が感づいた場所の周辺にないかどうか調べたこと、そして、そうした理由でここへやって来たこと。あまりにもっともらしく単純な説明だけに、言葉にすると間が抜けて聞こえた。真実は往々にしてそういったものだが。

オーヴァーマイアーは椅子に深々と腰かけ、背もたれに両腕をかけて脚を組んだ。「おれは自分が憎らしいよ」静かに言う。「心からそう思っている。この件にかかわり合ってからというもの、おれは安易に考えすぎていた。あるものを売りたがっているワーツという男が、邪魔立てする人間を次々と殺して回っている。ただそれだけのことだと、おれは自分に言い聞かせた。レイモンド・ワーツを見つけさえすれば、すなわち殺人犯を見つけたことになる。複雑な点など何もない、ガソリンスタンドに入った押し込み強盗を捜すように単純な事件だ、とね。だがいまやワーツは死に、状況は一変した」テーブルの端に指を滑らせ、それをぼんやりと見つめる。「ワーツが最初の三人を殺して自殺を遂げたのかもしれないし、彼は一人も殺しておらず、別の誰かが四人を殺害したのかもしれない。しかしどちらにしろ、これは事件の一面にすぎない。もしその古文書が――実際に見たというやつにはお目にかかっていないが――一連の殺人における真の動機でなかったとしたら？」

　オーヴァーマイアーは首を振り、深くため息をつくと、長いこと押し黙っていた。すでにフラッシュの瞬きはやんでいたが、掃除機や巻尺やグラシン紙の封筒を手にした鑑識係の連中が、居間で動き回っていた。

　オーヴァーマイアーが口をひらいた。「いま聞いたばかりの三つの話を見直してみるとしよう。あなたはつい数時間前にご主人を亡くされたばかりだ、ベンブルック夫人。そしてあなたは、ひじょうに裕福な女性だ。だのに所有する一軒の家が火事かもしれないというだけで、町の反対側からすっ飛んできた。そしてワーツ夫人、あなたはパインが出かける直前にたまたま彼の事務所を訪ねた。彼の目的地はあなたのご主人が死んでいる――あるいは殺された場所だった……そして、パイン、きみは事務所で考えごとをしていると、啓示のごとく、何日も足取りを追っていた男の隠れ場所を閃いた。きみたちは頭がどうかしてる——警察は馬鹿の寄せ集めだとでも考えてるのか？」

おれは静かに息を吐き、二人の美人の引きつった顔を見やった。雨が招くように窓を叩いている。外へ出て、ずぶ濡れになってはどうかと誘っている。何をしてもおれの気分はよくならないだろう。

「さて」オーヴァーマイアーが唸るように言った。「お遊びはこれまでだ。きみたち三人を拘留する。嫌疑を証明できるまで、ずっとだ。きみたちは一人ずつ、あるいは一緒に、何度も何度も尋問されるだろう——きみたちのうちの誰かから、この件についてわたしに隠している事実を引き出すまでね」

コンスタンス・ペンブルックは荒々しく皿で煙草を揉み消した。「この二人について何も話すことはないわ、警部補。でも一つだけ言っておきたいの。いったい何が起きてるのかわたしにはまったくわからないし、警官にわたしの顔に息を吹きかけられたり、たわごとを聞かされたりするのはまっぴらよ。わたしは弁護士を呼ぶわ、いますぐ電話します。あなたなんてちっとも怖くないわよ」

オーヴァーマイアーは無言で唇だけ動かした。どことなく悲しげな礼儀正しい笑みを浮かべている。彼は言った。「では、取りかかるとしよう」そして、腰を上げかけた。

「話したいことがある、警部補」おれは言った。

三人がいっせいにおれを見つめた。オーヴァーマイアーは顔をしかめた。「何を言おうと、わたしの気は変わらんぞ、パイン。本気だ」

「おれは仕事を頼まれていた」とおれ。「そしておれはしくじった。誰にでも起こり得ることだが、この仕事だけはしくじりたくなかった」

おれは煙草を揉み消して新しい一本に火を点けると、指の間にマッチ棒を挟んでゆっくりと転がしながら、何を言いたいのか考えをまとめた。

「とにかく」とおれは言った。「好むと好まざるとにかかわらず、おれはしくじった。そしてこの三日間というもの、マクマナス司教は片時も電話のそばを離れず、依頼された仕事が完了したというおれからの知らせを心待ちにしている。あの古文書を手に入れることは、誰よりも彼にとって大きな意味を持っているんだ、警部補。個人的な栄誉——司教だってそれを望むくらいの人間味を持ち合わせてるとわかっているが——だけではなく、その古文書が教会に対して持つ重要性のためだ」

オーヴァーマイアーが苛立たしげに身じろぎした。「もういいだろう、パイン。そんなことを言ったって、なんの意味もないじゃないか」

「そうでもないさ。おれはある仕事をしくじり、それを依頼人に報告する義務がある。依頼人にしてみれば、遅延なく不安を取り除かれることが権利であるようにね」

「わかったよ。司教に電話して伝えるといい。留め立てはしない」

おれはかぶりを振った。「仕事はじかに会って引き受けることにしてる。最終報告をするときも同じだ」

オーヴァーマイアーはしばらくの間考え込んだ。おれを信用しておらず、本当の狙いを探ろうとしているようだった。ややあって、彼はしたり顔で二度うなずいた。「その手には乗らんぞ、パイン。わたしが司教に言いくるめられて、きみを放免するとでも思ってるんだろう。あいにくだが、お断りだ」

おれは椅子の背にもたれ、両手を腿に叩きつけた。「まったく！　あんたたち警察はさぞ結束が固いんだろうな。だから考え方までどいつもこいつも似てくるんだ。わかったよ、あんたに一つの見地《アングル》を与えてやるとしよう。正直に言うと、見込みは釣り針《アングル》だけで得られる釣果《ちょうか》くらい薄いし、実際のところ、水面に投げ入れるのだって気が進まないがね」

この時初めて、オーヴァーマイアーは元気づいた。釣り針が効いたのだろう。どれほど突拍子もない見地だろうと歓迎されそうだった。

「ワーツを殺したやつは、今夜古文書を手に入れたはずだ。でなければ、ワーツを殺すわけにはいかないからな。古文書を手に入れたいま、そいつはそれをどうするか？　そいつは頭がいい。騒ぎが収まるのを待って、それを金に換える。いちばんの上客は教会だ。だが司教は介さず、直接ローマに掛け合う。これが頭のいいやり方だ。そして頭のいい連中も、そいつがそうするだろうと予想する」

オーヴァーマイアーが重々しく言った。「きみは見地がどうのと言っていたじゃないか。それを聞かせてくれ」

「いいとも。もしもそいつが、誰も予想しないことをしたとしたら？　真っ直ぐ司教のところへ行き、取り引きを持ちかけたとしたら？　いまこの瞬間にも、そいつが司教と一緒だとしたら？」

おれへの尊敬の念も底をついたようだった。「まったく、何が見地だ！　こうなった以上、司教は古文書には指一本触れるまい」

「それはそうだが、おれは頭のいいやり方とは違う観点から、ものを言ってるんだ。だからあんたも、殺人犯と同じ観点に立ってみてくれ。つまり、マクマナス司教はワーツが死んだことを知らない。誰にも知られるはずがないんだ。スナイダーという男がヨーロッパから戻ってくるか、腐臭が外に漏れ出すかするまではね」

おれの傍らで、ローラ・ワーツが喉の奥で音を立てた。

オーヴァーマイアーは唇の片端を上げ、「わたしはまだ信じる気にはなれんよ、パイン。けれどもどうやら、きみはその謎の男について、ずいぶんと詳しいようだ。もっと話してもらおうか」

おれは肩をすくめた。「それは司教への報告に含めるとするよ、警部補。その機会があればだが」

彼は片手でテーブルの端をつかみ、椅子の前脚を浮かせて後ろに傾け、考えを巡らせた。コニー・ベンブルックは新しい煙草に火を点け、おれたち二人を落ち着かなげに見やった。何か言おうとしたものの、思い直したようだった。

オーヴァーマイアーは小さなドスンという音と共に椅子の脚を床に下ろした。「いいか、パイン、だんだんきみのことがわかってきたよ。きみは警察には黙っていることでも、依頼人には正直に話すんだろう。こんな時間でもかまわないのであれば、きみを連れて司教のところへ行き、きみの報告を拝聴するとしよう」

「ああ。そして司教がそれを望まないときには、バッジにものを言わせるつもりだろ」

「そう言うなよ。そんな気はないし、その必要もない。彼のような立場の人間は、愚かな振舞いなど好まないものだ」

おれはネクタイの灰を払い落とし、彼にうなずいた。「おれにはなんとも言えないよ。彼は事務室か、その隣の寝室にいる。電話が鳴るのを待ちわびながらね。おれが電話しようか？」

「番号は？」

「ウォバッシュ九九〇〇。彼が直接出るだろう」

ふいにオーヴァーマイアーは立ち上がり、廊下を歩いていった。ローラ・ワーツが言った。

「本当にあたしたちを拘留するつもりかしら？　尋問するってこと？」

「彼はその気だろう。嫌疑を証明するつもりでいるんだ、司教に説得されて考え直さない限りはね」

「あの人は馬鹿だわ！」コニー・ベンブルックが鋭く言った。「わたしを拘留しようだなんて――」

おれは言った。「そんなごたくは彼に言ってくれ、ベンブルック夫人。釈放されるまでに、こってり絞られるだろうさ」

数分してオーヴァーマイアーが戻ってきた。「司教はわたしたちに会いたいそうだ」彼は「わたしたち」をやや強調して言った。コンスタンス・ベンブルックとローラ・ワーツを見やり、物思わしげに顔をしかめる。

「そう時間はかかるまい」とおれは言った。「この二人も一緒に連れていこう、警部補。司教も嫌とは言わないだろう」


雨はなおも降りつづいていた。引き下げられた鉄製のブラインドの向こうで、雨粒が物憂く窓台に降り注いでいる。じっとりと湿気を含んだ風が、細く開けられた窓の隙間から吹き込み、小さなカタカタという音を立ててブラインドを揺らした。

室内を灯す明かりはデスクランプだけだった。淡い光が赤杉の羽目板を艶やかせ、書棚のガラスをきらめかせている。赤杉の台座に据えられた大きな地球儀とコンソール型ラジオが、部屋の隅の薄暗がりにその輪郭をとけ込ませていた。

ここ数日の心労が、マクマナス司教の顔にありありと足跡を残していた。相変わらず礼儀正しく、いかにも聖職者らしいヨーロッパ風の威厳を漂わせてはいるが、穏やかな青い瞳は疲労の色が濃く、やや虚ろで、両目ともみるからに腫れぼったい。彼は正装しており、洗い立ての胸当てと染み一つないカラーを身につけている。鉄灰色の髪が若干乱れ、額に落ちかかっていた。

オーヴァーマイアー警部補とおれは、司教の座る机の真っ正面に置かれた、赤杉となめし革の椅子に腰かけ、女性陣はおれたちとは離れて後方に座った。自己紹介がひととおり終わり、誰かが口火を切る前の、束の間の気詰まりな静寂が辺りを押し包んだ。

司教は耳障りな音を立てて咳払いすると、申し訳なさそうに控えめな笑みを浮かべた。「ずいぶん深刻そうな顔をしていますね、パインさん。どれほどの悪い知らせを携えていらっしゃったのです？」

おれは驚いてオーヴァーマイアーをちらと見た。彼はかぶりを振った。「わたしはこんな夜更けに伺ってかまわないかと尋ねただけだ。詳しいことはきみから話すだろうとね」

おれは言った。「レイモンド・ワーツは死に、古文書は持ち去られました。二度と取り返すことはできないでしょう。そのことをお知らせしたかったのです、司教」

彼は両目を閉じ、喉の筋肉をひくつかせた。それだけだった。おれをまともに見つめ、気遣うような声で、「ご自分を責めたりしないでください、パインさん。あなたは最善を尽くしてくれたものとわかっています」

「そう思いたいところですが、司教。おれは事のはじまりから、すでに三歩出遅れていました。思いがけないほどの助力を得ていながら」

沈黙。おれは一身に注目を浴びていた。本日のメインイベント、豚の口にくわえられた焼きリンゴといったところだ。煙草に火を点け、机に置かれた馬鹿でかい灰皿の真ん中にマッチを落とす。次いで背もたれに寄りかかり、鼻孔から煙を吐き出して、物思いにふけった。

「おれの知る限り三人が——あなたを除いて——あの古文書を手に入れたがっていました」おれは口をひらいた。「マイルズ・ベンブルックもそのうちの一人です。裕福な男でしたが、こうしたお宝を見逃せるほど裕福ではなかったようです。彼は古文書を手に入れようと二人の男——ヴィト・ポストーリとフランク・ティニー巡査部長——を殺害し、のちに彼自身も殺されました。

オーヴァーマイアー警部補にはもう、ポストーリとティニーが殺された理由に関するおれの考えを話してありますので、差し支えなければここでは省略するつもりです」

「どうぞ、そうしてください」

「二番目の人物については、話すだけの価値があるでしょう」おれは続けた。「実際、彼を通じて、第三の人物の存在を知ることができたのです。この第二の人物はおれたちの味方です。彼は古文書を手に入れ、それをあなたに贈ろうと考えていたんです。二千五百万ドルの贈り物です」

司教は初めて異教徒に遭遇した女性宣教師のような面持で、おれを凝視した。「パインさん、いったいどういうことか、さっぱりわからないのですが」

「それも仕方ないでしょう。その人物の名は、マクマナス司教、ルイ・アントゥーニです」

おれは二人の驚きが去るのを待って、言葉を継いだ。「アントゥーニは年老い、死にかけています。医者に見放され、輝かしい復活も望むべくもありません」

オーヴァーマイアーと司教がそろって息を呑み、驚きの言葉をつぶやいた。

オーヴァーマイアーが口を入れた。「だからどうだと――」言葉を切り、咳払いすると、また口をひらいた。「なんともばかばかしい話だ。大ボスがこの町に姿を現す日など、二度とふたたび巡ってはこないと思っていた。その古文書とは、いったいどんな代物なんだ?」

「聖なるもの、というのが適切な表現だろう」おれは言った。「だからこそ、アントゥーニがそれに目をつけたんです。彼は栄光と竪琴を金で得ようとした。かつて州弁護士や判事、それに陪審員を買収したように。彼がたどってきた人生は、教会の仲立ちなくして、魂の救済へ至ることはできまいと、アントゥーニは考えたんです。そこで、贖罪《しょくざい》として何か善行を果たせば、教会も彼のためにひと役買ってくれるだろうと、思いつきました」

「それは思い違いです、パインさん」司教が厳かに言う。「魂の救済は、彼と彼の造り主の間の問題です。すべては誠実な償い次第なのです」

「そうでしょうとも。ですが、なんにしろアントゥーニは単純な魂の持ち主です。彼は保険を望んでいるのです――そして彼にとって、死者のためのミサ《レクイエム・マス》がその保険となるのです」

司教は驚嘆の面持で、つぶやくように言った。「信じられません。ルイ・アントゥーニ。彼の悪行はすでに伝説となっています。わたしは彼に会うべきでしょうね、パインさん。彼には精神的な導きをが必要です、彼の望むものが心の平安なのであれば」

「導き、ですか」おれは言った。「それもけっこうでしょう。しかし、あの古文書以外、彼を満足させるものはありません」

さらなる沈黙。司教はまた耳障りな音を立てて咳払いすると、机の真ん中の引き出しを開け、銀紙に包まれたのど飴を取り出した。

彼が包み紙を剥がしている間に、オーヴァーマイアーが脚を組み替えて、言った。「話がそれたようだな。ルイに教えられたという第三の人物とは？」

おれは灰皿に煙草の灰を落とすと、また背もたれに寄りかかった。傍らでは、ローラ・ワーツとコニー・ベンブルックが静かに、そして美しく椅子に座っている。その姿は司教の立派な書斎に引けをとっておらず、この場所にさらなる価値を付与していた。

「ここからは」とおれ。「二日酔いのエリック・アンブラー（英国のスパイ小説家）のように聞こえるかもしれない。二千五百万ドルという金額からして三文小説じみているのだから、それは致し方ないでしょう。

ルイは注意を払うべき人物の名前をおれに教えました。小説から抜け出てきたような悪党、容姿はおろか、ささいな特徴すら誰にも定かにはわからない。アントゥーニには世界じゅうに知り合いが散らばっていることを忘れてはなりません。その多くが悪党でしょうが、そうした連中はルイを重んじ、定期的な連絡を欠かさなかった」

我知らずあくびが出た。どういうわけか、そのあくびのせいで、その国際的悪党の話が少し馬鹿らしく思えてきた。司教は引き出しからもう一つ飴を取り出して包み紙を剝がし、オーヴァーマイアー警部補は首の横を擦って硬い毛を軋ませた。

「アントゥーニは」とおれは言った。「現代版ラッフルズ（E・W・ホーナングの小説に登場する泥棒紳士）ともいえるその悪党の名は、ジャファー・バイジャンだと言いました。そいつが男か女なのかも彼は知りませんでした。それほどバイジャンという人物は秘密のヴェールに包まれているのです。あの時、おれは内心、そんなことを言うアントゥーニを笑い飛ばしました。

とにかく、アントゥーニの話では、バイジャンはしばらく前からその古文書を狙っていたそうです。古文書を追ってロサンゼルスまで来ると、次に手に入れたワーツの後を尾けてこの町に入り、すぐさま彼を見つけ出した。どうやったかは訊かないでください。そいつは、あなたやおれやアインシュタインよりも頭がいいということでしたから。

バイジャンはワーツがここへ来たときも、そしてベンブルックを訪ねたときにも尾行していました。そいつが何よりも驚いたのは、ワーツがここへやって来たことです。つまり、ワーツが誰に古文書を売るつもりか、それではっきりしたからです。ひとたび司教が古文書を手に入れてしまえば、そいつには手も足も出なくなる。古文書はヴァチカンの金庫室にしまい込まれ、ジャファー・バイジャンといえども盗み出すのはまず不可能でしょう。

しかし、あなたは町を離れていました、司教。そのためバイジャンには二週間の猶予が与えられました。その間に、彼はなんらかの労力を費やし、ワーツが古文書をどこかへ隠したことを突き止めます。古文書はポケットに入れて持ち運ぶには大きすぎ、となるとどこかへ隠したに違いない。誰にも見つけられない場所に」

おれは脚が痺れぬよう、立ち上がって室内を歩き回った。ローラ・ワーツが不安げな笑みをおれに向けたが、目は合わせなかった。その理由はよくわかった。二人の男たちは、やや顔をしかめておれを見つめており、質問をしたいものの何を訊けばいいかわからないといった様子だ。

おれは腰を下ろし、新しい煙草に火を点けた。単に何かしたかったからだ。次いで、顎を動かした。

「そして」とおれは言った。「ワーツがふたたび司祭館に足を運んであなたと話をしたその同じ日、ジャファー・バイジャンはワーツを見失った。そうしておれがこの件にかかわることとなり、おれの名前が新聞に載りました。それにより、バイジャンがおれのことを知ったのは確実です――すでに知っていたのでなければ。ワーツの車がクッシュマン・ガレージにあるということも、おれとほぼ同時期に知ったのでしょう。

おれがワーツの車を追跡した夜、バイジャンはおれのすぐ後ろにくっついていたんです。ベンブルックの車が事故を起こしたあと、バイジャンは一ブロック離れたところに車を停め、大破したシボレーの陰までこっそりやって来ると、おれとベンブルックの会話に聞き耳を立てました。当然ながら、おれがベンブルックとワーツを取り違えていると、バイジャンにはすぐにわかったはずです。そしておれがベンブルックを連れていこうとしたその時、バイジャンは進み出ておれの頭を殴りつけました。

バイジャンはおそらくこう考えたのでしょう、ベンブルックを脅してワーツの元へ案内させよう、と。誰でも同じようなことを考えつくものです。しかしベンブルックはびしょ濡れの猫よろしく気が立っており、失神しかけているおれから銃をもぎ取ったものの、その苦労のかいなく銃弾を食らうはめになったのです」

聴衆は物思わしげな、興味深そうな面持で座っていた。コンスタンス・ベンブルックはバッグからハンカチを取り出して鼻をすすっていたが、まるで感情は込められていなかった。オーヴァーマイアーはポケットを探ってパイプと染みの浮いたセーム革のタバコ葉の袋を取り出した。火皿を袋に突っ込んでタバコ葉をすくい取ると、ずんぐりした指で葉を詰め、調理用マッチを靴の踵で擦った。一、二度吹かしてから、マッチを吹き消して捨てる。彼はゆっくりと言った。「なぜそいつはその時、きみを殺さなかったんだ?」

「そうがっかりしないでくれ」とおれ。「ひょっとすると、おれがワーツの元へと案内してくれると、バイジャンは考えたのかもしれない。この一件には、おれの知らない、そして一生知ることのない見地が多分に含まれている。おれがここへ来たのは報告をするためであって、殺人事件を解決するためじゃない。けれど、これまでに一つ二つ思いついたことがあるから、それを話しているんだ。そうするだけの価値があると思えるからね」

オーヴァーマイアーは横目でおれを見やり、片眉を上げた。「それで終わりか？　それともまだ何か言いたいことがあるのか？」

おれは言った。「今夜グレース・ストリートのあの屋敷へ足を踏み入れた際、おれはワーツの死体のほかに二つのことを発見した――一つの事柄からごく自然にもう一つの事柄が導き出されたんだ。それによりおれは、この事件全体をまったく新しい見地から眺めやることができた。一見、それはとてつもなくばかばかしく思えた。しかし考えれば考えるほど、その単純明快さの美しさが際立ってきた」

警部補は、苛立たしげな鼻息と共に、口いっぱいの煙を吐き出した。「悟りでもひらいたような口振りだな。もったいぶらずに話してしまえよ」

おれは言った。「まず、ワーツの隠れ場所を知る者は一人もいなくなった。ベンブルックは死に、もはや彼に道案内は無理だからな。しかしおれは閃きを得て、ベンブルック夫人に電話をかけ、その住所を確認した。そしてその場所へ急行した。ローラ・ワーツも一緒にだ。だが、ベンブルック夫人によれば、ワーツ夫人とおれより数分早く屋敷に着いたときには、ワーツはすでに死んでいたという」

コンスタンス・ベンブルックが勢いよく立ち上がった。「彼は本当に死んでいたわ！　わたしを犯人扱いしないでちょうだい。どうしてわたしが――」

おれは胸の前で両腕を組み、椅子の背にもたれた。「きみをなんらかのかどで犯人扱いするときには、そう言うよ。座って、口を閉じていてくれ」

彼女は口を開けたが、言葉は出てこなかった。

彼女が椅子に座り切らぬうちに、おれは言った。「もしワーツを殺したのがジャファー・バイジャンだとしたら――そうではないと誰にも言い切れはしないだろうが――ワーツの隠れ家へバイジャンを案内できる人間は存在しないのだから、導き出される答えは一つしかない。ワーツ自身がバイジャンに電話し、隠れ場所を教えたんだ」

誰も何も言わなかったが、おのおのの表情から、彼らも最終コーナーに差しかかりつつあるのがわかった。

「それが」とおれは言った。「おれが気づいた一点目だ。二点目は、ルイ・アントゥーニとおれが犯した過ちに関係がある。その過ちとは、ジャファー・バイジャンは新聞でおれの名前を見つけて、おれに近づいてくるだろうと考えたことだ。ところが、ジャファー・バイジャンはすでにおれと接触していた――実際、おれはやつのために仕事をしていたんだ」

マクマナス司教が穏やかに微笑んだ。笑みを浮かべたまま、片手をのど飴の入った引き出しに入れ、銃を取り出した。

おれが組んだ両腕をほどき、彼の頭を撃ち抜くのがひと足早かった。

15

湖の向こうで、東の空が白みはじめた。夜明けにはまだ遠いが、その兆しが確かに認められた。ウォバッシュ・アヴェニューの本署の五階、おれと地平線を隔てるものは何一つない。はるか遠方まで見渡すことができた。

おれたち三人は、オーヴァーマイアーの事務室に座っていた。コニー・ベンブルックはヒステリーに近い状態で屋敷へ送り帰され、ローラ・ワーツだけが、そのあとに続くおれの受難の時を見届けた。もはや彼女を帰らせようとする者はなかった——オーヴァーマイアーもおれも、すでに試みてはいた。しかし彼女は、おれが部屋から部屋へとたらい回しにされて聴取を取られ終えるまで、居座りつづけていた。

警部補が沈黙を破った。「わたしにはまだ、あんな馬鹿げた偽装がうまくいくとあいつが考えた理由が納得できない。よりによって、司教とはな! 司教には無数の人々と、加えて十二人の知り合いがいる。いうなれば、きわめて特殊な職業だ。だのにあいつは、なぜやりおおせると考えたんだ?」

おれは言った。「いいかい、あいつはすこぶる頭が切れた。十二使徒の上を行く胆力と機知の持ち主でなければ、あれほどの悪名を拝したりはしないだろう。そもそも、偽装はたった一日で終わるとあいつは考えていた。なぜか？　本物の司教がニューヨークかどこかへ出かけている間に、司祭館までワーツを尾けていたからだ。司教が戻ったその日に、ワーツがまた司祭館を訪れるとあいつは見当をつけた。そこで自ら東部へ赴き、本物のマクマナス司教に密かに近づき、彼の特徴や声、それに容姿をつぶさに観察した。運のいいことに、二人はおおむね互いに似通っていた――同じ年頃の平均的体型の男がそうであるようにね。ともかく、彼らがそうまで似ていなければ、バイジャンも別の方法を考え出したにちがいない。そしてマクマナス司教がシカゴへ戻る日が来ると、バイジャンは彼を殺して死体を始末した」

「だとしても、ごく親しい人々まではだませまい――たとえ一日だろうと」

「考えてみろよ」とおれ。「制服警官同様、司教というのは誰でも同じに見えるものだ。覚えているのは制服であって、中身の人間じゃない。バイジャンの企てを脅かす最大の要因は？　司教の秘書と受付嬢だ。そいつはわけもなかった、オーヴァーマイアー。彼は町に着くとすぐに駅から電話し、直ちに休暇を取るよう秘書に命じた。そして待合室を足早に通り抜け、事務室へ駆け込んだ。以来ずっと――ベンブルックとワーツを殺しに抜け出した二晩を除いて――そこに閉じこもっていた。

私立探偵に電話してワーツ捜索を依頼するほど焦っていても、バイジャンは相手が本物の司教の知り合いではないかと疑うのを怠らなかった。最初におれに電話してきたとき、前に会ったことがあるかと訊かれ、おれはノーと答えた。さらに翌日、おれが事務室を訪れて十分と経たぬうちに、彼はまた同じ質問を口にした。たいした念の入れようだ。

しかしそうした用心にもかかわらず、彼はもう少しで馬脚を露わすところだった。あの年配の受付嬢は、カメラ並みに正確な観察眼の持ち主だったんだ。おれがこの一件にかかわりを持った最初の日、彼女はおれに、マクマナス司教は面変わりしたと言った。年取り、やつれ、顔の皺が増えた、とね。心配事があるからだろうと、彼女は結論づけた――彼から古文書の話を聞かされたときに、おれもなるほどと思った。だが、おれはうっかりしてたよ、警部補。受付嬢の弁によれば、彼は列車を降りたときからそういう容姿だったということを、おれは見落としていた。その存在を知る前に、どうして古文書のことで気を揉んだりできるというんだ？　おまけにおれ自身、彼がつい最近まで髪を片側で分けていたらしいと気づいていたというのに。頭のてっぺんの髪を薄くさせ、顔にどうらんをひと塗りかふた塗りする――そら、そっくりじゃないか。どうだい、不可能じゃないだろ――だから実行したのさ」

おれは立ち上がり、廊下の先にある手洗いに行った。建物のどこかで酔っ払いがわめき立てるのが聞こえてきた。疑わしげな目をした気難しそうな男たちと、廊下ですれ違う。疑わしげなのも気難しそうなのもおれのせいではない。連中は普段からそうなのだ。

部屋に戻ると、二人は先ほどと同じく座ったままだった。オーヴァーマイアーはまたパイプをくゆらせていたが、その表情からして、さほど愉しんでいるようではなかった。

おれは腰を下ろし、空いている椅子に両足を上げた。「家へ帰らせてもらいたい、オーヴァーマイアー警部補。帰ってもいいだろう？」

「ああ、わかってるよ」彼は首の後ろをゆっくりとさすった。「あいつが古文書をどこへ隠したか、知りたいんだがね」

「ひょっとすると、あいつは手に入れてないのかもしれない」おれは言った。

オーヴァーマイアーは口をあんぐりと開けた。「いったいなんの冗談だ？　古文書を手に入れたのでなければワーツを殺さなかっただろうと言ったのは、きみじゃないか」

「ワーツが自分で持っていたとは思えない」とおれ。「ワーツは司祭館に電話し、古文書を取りにきてくれとバイジャンに言ったんだろう。そして隠し場所を彼に教え、それが嘘ではないとバイジャンは確信した。いいかい、警部補、もしワーツがバイジャンに古文書を手渡していれば、彼は司祭館に舞い戻りはしなかっただろう。おれの推測では、彼は朝になってから古文書を取りにいき、町をずらかるつもりだったんだ」

「なら、ワーツを殺した理由は？」

おれはにやりとした。「おれに全部考えさせようというのかい？」

彼はおれをにらみつけ、質問を繰り返した。

「これはおれの推測だが」おれは続けた。「じゅうぶんに筋が通っているはずだ。古文書の入手は朝まで待たされることになったバイジャンは、最後の最後でワーツの気が変わって古文書を横取りされるのを恐れたのかもしれない。あるいは、バイジャン、つまり司教が去ったとたん、ワーツは自分がだまされていたことに気づき、騒ぎだすかもしれなかった。ワーツの死はもちろん、マクマナス司教の失踪もいずれ人々の記憶から忘れ去られる。それで終わりだ。ジャファー・バイジャンの存在は誰にも知られない」

おれは椅子から足を下ろすと、立ち上がり、オーヴァーマイアーの机から帽子を拾い上げた。

「時間切れだ。もしまだ質問があれば、書き留めておいてくれ。おれが引退して、追憶にふけるときが来たら、訊きにくるといい。行こう、ワーツ夫人」

おれは戸口で立ち止まり、振り返ってオーヴァーマイアーを見た。「なぜ答えにたどり着くのに、これほど時間がかかったと思う、警部補？ バイジャンが成りすましたのが、ただの人間ではなく司教だったからだ。人間は――誰だろうと――殺人者になり得るし、疑いの対象となり得る。だが、司教は違う。その職業の性質故に、そうした瑕《きず》とは無縁の存在なんだ。誰だって――邪な連中にひどい目に遭わされて、どれほど疑心暗鬼になろうと――普通の人間と同じ目で聖職者を見ることはしない。聖職者を神聖化してしまうんだ、それが当然だというようにね。しかし今回は、その相手を間違えていた。いわば悪魔に光輪を授けたんだ。

これで演説は終わりだ。ごきげんよう、警部補」


約束どおり、彼女は十二時におれを訪ねてきた。おれたちはディンズモア・アームズの入り口まで半ブロック歩き、プリマスに乗り込んだ。雨は四時頃やんでいたが、空はまだ小学校の黒板のような色をしていた。

エンジンをかけていると、彼女が尋ねた。「これからどこへ行くの、ポール？」

「何時間か前に、本署から帰る途中で話さなかったかい？」

「しらばっくれないで！　ドライブに行くから正午頃に来いとしか言わなかったじゃないの」

「ああ。そういうことさ」

「どうして隠し立てするの？」

「誰が隠し立てするって？」おれはプラット・ブルヴァードへ折れた。「おれにはやるべきことがある。きみは一緒に来て、おれの探偵ぶりを見たいだろうと思ってね」

開け放たれた窓から吹き込む風が、きらめきを放つ彼女の髪を揺らした。「レイモンドの死に関係があることなのね、ポール？」

「ワーツと、二人の司教を入れて五人の死にね。多くの血が流れたものだ、ワーツ夫人」

「だけど、もう終わったことじゃない。そうでしょう？」

「殺人がかい？　そうだな」

「だったら――」

おれは言った。「きみがこの町へ来たのは、あるものを手に入れるためだろ、ワーツ夫人。それにおれは、道を踏み外した、きみの結婚相手に同情する気はさらさらない」

「ポール！」彼女の指がおれの右腕に食い込んだ。瞳をぎらつかせている。「あの古文書のことね？　どこにあるか知ってるんでしょう？　これから取りにいくのね？」

赤信号で停止し、「きみのせいで、未亡人に関して悪い印象が植えつけられそうだ。わかってるだろう？　夫が死んだら、その妻は目を泣き腫らし、縁の黒いハンカチを震える指で握り締めているものじゃないのか？」

彼女はおれの腕から手を離して膝の上に落とし、目を背けた。「冗談はよして、ポール。あたしだって、レイモンドの死には落ち込んでいるのよ。だけど彼のことは愛していなかったし、去年から離れて暮らしていたんだもの。そのことは話したでしょ」

「ああ」ふたたび車を発進させ、交差点で小さな湖ほどの水たまりを通り過ぎた。雨が降っていたこと、そしていつなん時また降りだすかもしれぬことが思い出された。「残る依頼人はきみだけだ、ワーツ夫人。で、おれは仕事を片づけようとしているところだ。きのうの午後、きみが一緒にいるときに、オーヴァーマイアーがおれのアパートメントに来て、あることを口にした——それでおれは、どうにか古文書を見つけ出せるんじゃないかという気になった。もし手に入れられたら、レイモンド・ワーツの未亡人として、きみが所有権を主張することだろう。だが、きみの手に渡すつもりはない」

怒りと焦燥がないまぜとなって、彼女の美しい顔に表れた。「でも、そうしてもらわなきゃ困るわ！　あたしのものだもの！　そのことばかり考えていたのに……」

「だろうね。二千五百万ドルともなれば、ほかのことなどどうでもよくなるものだ。しかし結局のところ、あれは金じゃない。ただの紙切れだ。おれは古文書をルイ・アントゥーニに渡すよ。きみは彼から金をもらえるだろうさ。おそらく、すぐにとはいかないだろうし、額もそれほど多くはあるまい。きみはロサンゼルスへ戻り、中庭《パティオ》で座って待つといい。そしてある日、郵便配達人が訪れ、きみは金持ちになる。そもそも、古文書が見つかればの話だが」

彼女は声を強張らせた。「自分のものでもないのに取り引きをする権利は、あなたにはないわ」

「小難しいことは言うなよ。実際、あの古文書はきみの旦那のものでもなかっただろう。警察のファイルにしまい込まれ、本物の持ち主を捜すことになってもいいのか?」

数ブロックの間、彼女は押し黙っていた。やがて、口をひらいた。「どうしてそんなことをする気になったの、ポール?」

「おれはルイ・アントゥーニと約束した。おれは約束を守るのが好きでね、ワーツ夫人。ルイは天国へのパスポートを手に入れ、おれは五万ドルを手に入れる。おれは金持ちだよ、ワーツ夫人」

「その呼び方はもうやめてったら!」彼女はいまや笑みを浮かべ、肩をおれの肩に押しつけていた。「あなたはとても素晴らしい人でもあるわ——それに、少しおどろかされることもあるわね。ねえ……五万ドルあれば、素敵なハネムーンを楽しめるわよ」

「そうだな。だが、ハネムーンに行くには相手の女がいる」

「あたしも女よ、ポール」彼女の声はかろうじて聞き取れた。

おれは舌打ちした。「考えてみろよ。みんなの叩かれ役である、金もない仕事熱心なパインが、女相続人と結婚するなんて」

「結婚するなんて言ってやしないわ——ハネムーンだけよ」

「おれの学生時代のことを話したことがあったかな?」おれは言った。「あの頃はフットボール三昧だった。おれはリーグの中でも名うてのパスの投げ手でね。だがいつも、おれは投げてばかりだったよ、ワーツ夫人。受け取るのは苦手だったんだ」

残りの車中、沈黙が続いた。

おれは似たような家が建ち並ぶ閑静な通りに折れ込んだ。角からさほど奥まっていないところにある、一軒の家の前で車を縁石に寄せる。赤い煉瓦、縁が緑色の窓とドア、芝生はきちんと刈り込まれている。

おれは車の反対側へ回り、ローラ・ワーツのためにドアを開けてやった。そして、舗道を歩いてポーチへ上がった。

ベルを鳴らすと、茶色の髪の三十五歳くらいの女がドアを開けた。見惚れるほど美しく、花柄の服を着ていた。彼女はローラ・ワーツとおれを不審そうに見つめた。

おれは言った。「おれの名はパインです、テーラー夫人――テーラー夫人ですよね?」

「わたしはアイリーン・テーラーです、パインさん。どんなご用です?」

見たかったものはすでに見終えていた。赤い目の縁と、唇についた歯の嚙み跡。

「おれは私立探偵です、テーラー夫人。こちらはミス・ノース、おれの秘書です」

とたんに、アイリーン・テーラーの瞳に警戒の色が浮かんだ。何か言いかけて口をつぐみ、期待に満ちたおれの表情を見やる……彼女は脇へよけた。

「お入りになって」

おれたちはそこそこの広さの居間へ通された。年代物の家具が控えめに配されている。小さな暖炉の覆いの奥で炎が消え残り、白い炉棚の上には豆の入った赤いボウルが二つ置かれていた。

ローラ・ワーツとおれは、彼女の向かいにある長椅子に腰を下ろした。「お悔やみ申し上げます、テーラー夫人」おれは言った。

彼女は驚いた振りをしようとしたが、悲嘆が癒えるほど時間も経っておらず、うまくいかなかった。

おれはうなずいた。「もちろん、おれが言っているのはレイモンド・ワーツのことです。彼とは個人的に会ったことはありませんが、共通の知人がいましてね」

ローラ・ワーツは清教徒の良心にように身じろぎもせず座ったまま、もう一方の女を見つめ、膝に置いた灰色の革のバッグへ指を突っ込んだ。

「どうしてそれがわかったの?」アイリーン・テーラーが囁いた。「だって、そんなはずないわ! マイルズ・ベンブルックだって知らなかったのよ」

「おれも知りませんでしたよ、あなたがドアを開けるまではね。しかし、あなたは泣いていた、テーラー夫人――マイルズ・ベンブルックが死んだときには、泣かなかったというのに。オーヴァーマイアー警部補からきのうそれを聞かされたとき、不思議に思ったんです」

彼女は無表情でおれを見た。「マイルズ・ベンブルックは素晴らしい友人以外の何者でもありませんでした、パインさん。わたしは長年彼の秘書をしていて、彼が事業をたたむことになったとき、感謝の印にこの家をわたしにくれたんです」

「それで、レイモンド・ワーツのことは?」おれは訊いた。

「彼を愛していました、パインさん――四日前に、彼がそのドアからマイルズと一緒に入ってきた瞬間から。彼は何かに怯えているようでしたが、わたしには何も言いませんでした。話してくれたらよかったのに——彼のためなら、なんだってするつもりでした」

ローラ・ワーツが言った。「ご存じかしら、テーラー夫人——」

すかさずおれは片手を彼女の肩に置いた。おれの指が肩に食い込むと、彼女はふいに黙り込んだ。

「ワーツ氏がここにいる間に、あなたに何か預けたと思いますが」おれは言った。

彼女の瞳に、さっと警戒の色が戻った。「わたしに何か預けた？　さあ、覚えはないけど——」

「よく考えてみてください、テーラー夫人。彼には信頼できる人間がいませんでした——マイルズ・ベンブルックでさえ信用できなかったのです。ベンブルックの死の知らせを聞いたあなたの反応を警部補に教えられるまで、彼があなたに預けたという可能性は考えもしませんでした。あなたはベンブルックを愛しているのだと考えていたんです——もしそれがあなたの手に渡れば、あなたはそれをベンブルックに渡すだろうとね」

長い間、誰もひと言もしゃべらなかった。ローラ・ワーツは呼吸《いき》をするのも苦しそうだった。とうとう、おれは口をひらいた。「彼はあなたに渡したんですね、テーラー夫人？」

「ええ、パインさん」

おれは一つ息をついた。「ありがとう。そいつをおれに渡してもらえますか。おれから然るべき人物の手に渡すつもりです」

彼女は何か言おうとしたが、口を開けただけだった。ローラ・ワーツがバッグからコルト二五口径を取り出し、おれに向けたのだ。いまや彼女は立ち上がり、アイリーン・テーラーも射程内に入るよう後ずさりした。

彼女が言った。「古文書はあたしがもらうわ、テーラー夫人」

真の静寂が辺りを押し包んだ――驚愕という静寂が。おれは言った。「きみの忍耐力が足りないだけなのか、それともおれが何かミスを犯したのかい？」

おれは嘲笑を向けられた。銃口すらせせら笑っているようだ。「今度という今度は、あんたのミスよ、ポール」彼女は言った。「あたしはローラ・ワーツじゃないわ――ちょっとの間、彼女の名前を拝借しただけなの。あたしは欲の皮の突っ張った前妻で、夫への同情心など上辺だけだと、あんたが信じるよう仕向けたのよ。その答えにあんたはすっかり納得して、それ以上追及しようとしなかったわ」

「いい教訓になったよ」とおれ。「一つ訊きたいんだが、きみがどうやっておれを出し抜いたか人に説明してやるのに、なんてきみを呼べばいいだろう？」

二度目の嘲笑。「あたしの名前なんて、あんたには意味のないものだわ。ロサンゼルスでジャファー・バイジャンがカートを殺してから、あたしはずっとあの古文書を追いかけてきたのよ。カートと一緒にアメリカにやって来たという女はあたしなの。アントゥーニが話していたわ。あんたも聞いたでしょう？」

おれは何も答えなかった。

アイリーン・テーラーが言った。「あなたは考え違いをしてるわ、ミス・ノース」

その静かで無関心な声音に、左フックを食らったかのように、ブロンド女の背筋がしゃんと伸びた。「いったいどういうこと？」擦れ声で言う。

「もう古文書はないの」

銃口がぴくりと動き、おれは脚の筋肉が緊張するあまり、飛び上がりそうになった。「嘘は言わないでよ!」

「嘘じゃないわ」アイリーン・テーラーが銃に怯えているのだとしたら、おれよりも視力のいい目でなければわからなかっただろう。「その古文書は見ればわかるの、ミス・ノース?」

顔を強張らせたブロンド女は、もう一人の女へゆっくりと一歩詰め寄った。「わかるわよ!もしあんたが——」

「だったら、暖炉を覗いてごらんなさい。燃えかすが残っているでしょうから。レイモンド・ワーツが殺されたと知らされたとき、彼を殺した犯人に望みの物を手に入れさせはしないと決めたの。あなたたちが来る二十分足らず前に、その古文書を燃やしたわ」

ローラ・ノースは気を失うかに見えた。しかし彼女は部屋を横切り、素早く暖炉の覆いを取り外した。ひざまずき、銃口と片目をおれたちに向けつつ、真鍮の火搔き棒でほとんど灰と化した小さな炎を搔き回した。

やがて彼女は立ち上がった。火搔き棒が音を立てて煉瓦の床に落ちた。彼女の顔から血の気が引いていた。「あんたは馬鹿よ!」彼女は叫んだ。「自分がしたことをわかってるの? あれが何か知らなかったの?」

アイリーン・テーラーの表情は微動だにしなかった。その声は相変わらず無関心だった。「レイモンドは、とても古くて価値のあるものだと言っていたわ。わたしはそれ以上何も訊かなかったの」

「価値のあるもの?」ブロンド女の声は途中で割れた。「何百万ドルもの値打ちがあったのよ、それを——それを——」

アイリーン・テーラーは聞いていないようだった。おれは若いほうの女を見つめ、その次の行動を見守った——テーラー夫人とおれに、銃弾をぶっ放すかどうかを。

ブロンド女は向き直って、バッグを拾い上げると早足で玄関へ向かい、ドアから出ていった。

おれは独りごちながら長椅子に体を沈めた。向かいに座るアイリーン・テーラーは、無表情のままそれを聞いていた。そしておれの独り言が終わると、口をひらいた。「彼女を逃がしてしまっていいの、パインさん?」

「どうにもならないからね。彼女は逮捕されるようなまねは何もしていない」

「でも、彼女は古文書を手に入れようとしたわ」

「手に入れはしなかった。彼女がしたことと言えば、まんまとおれに取り入っただけさ。それだけじゃ、刑務所にはぶち込めない……その——本当に燃やしてしまったのかい、テーラー夫人? 一枚残らず?」

「そうよ、パインさん」

彼女を信じるなというほうが無理だった。「それは」とおれ。「残念でならないよ。だが、覆水盆に返らず、だ。さようなら、テーラー夫人。あなたは素晴らしい女性だ」

ループへ戻る道すがら、おれはルイ・アントゥーニのことばかり考えた。この知らせを彼はどう受け止めるだろう？　彼のような男――自分を落胆させた人間には、一つの答えしか求めてこなかった男――から、天国への一縷《いちる》の望みを奪ったら？　想像に難くない。

ウエスト・サイドにある、あの小さな煉瓦造りの平屋へ入っていき、蒸し暑い部屋で机越しに彼と向き合う自分を、おれは他人事のように眺めた。おれの話す声が聞こえた。「あれは偉大な夢だったよ、ルイ。だが、もうどうしようもない。あんたの輝かしい道は閉ざされたよ」

両足にコンクリートの重しをつけられ、排水路がおれの棺となってもおかしくなかった。せいぜい少なく見積もっても、おれの五万ドルはふいになるだろう。それぐらい、はした金に思えた。

一時四十五分、おれは繁華街で、駐車場の係員にプリマスを引き渡した。その男はおれの表情を見て唸り声を上げると、おれの車で傾斜路を上っていった。おれはウォバッシュからジャクソン・ブルヴァードへと歩き、『デイリー・ニューズ』の最新版を買うために、角のニュース・スタンドに立ち寄った。

おれは長い間、突っ立ったまま見出しを見つめた。釣り銭を差し出して、男が言った。「いらないのかい、旦那？」

おれは首を振り、舗道の端へ歩いていった。信号待ちをしながら、もう一度見出しに目をやった。

往年のギャングの大ボス、眠りながら逝く

新聞を折り畳み、脇に挟んだ。東の空に、雲の切れ目ができている。しばらく雨は降らないだろう。おれは青い切れ端を見上げた。あのどこかに、ルイ・アントゥーニが切符を買おうとした場所がある。

ひょっとすると、そんなものがなくとも、彼は招じ入れられたかもしれない。

ヴェールを脱いだ「第二の光輪《ヘイロー》」

法月綸太郎（推理作家）

五月。雨のシカゴ。

依頼人は、カトリック教区のマクマナス司教。

仕事の内容は、イエス・キリストの自筆文書（！）を見つけること――。

私立探偵ポール・パインが、二千五百万ドルの至宝をめぐって、血みどろの争奪戦に巻きこまれる『悪魔の栄光』*Halo for Satan*（一九四八）は、ハワード・ブラウンがジョン・エヴァンズ名義で発表したHalo《ヘイロー》三部作の二番目の長編に当たります。暗黒街のボスと正体不明の怪人、百万長者と悪女たちが入り乱れ、三つ巴四つ巴のサバイバルゲームを展開するサプライズ満点のストーリーは、どこを切っても純正ハードボイルド。古きよき時代の私立探偵小説の王道を行く、不朽のスタンダードの本邦初紹介です。


二十一世紀になってようやく邦訳された本書を手にして、感慨にふける読者も少なくないでしょう。正統ハードボイルドの歴史に燦然とかがやくポール・パイン・シリーズは、Halo三部作の『血の栄光』*Halo in Blood*（四六）と『真鍮の栄光』*Halo in Brass*（四九）、それに八年の間をおいて、本名のハワード・ブラウン名義で発表された第四作『灰色の栄光』*The Taste of Ashes*（五七）が訳されていますが、なぜか『悪魔の栄光』だけ未紹介のまま（行き詰まった長編を短編とカップリングした八五年の第五作 *The Paper Gun* は除く）、六十年近い歳月が過ぎてしまったのですから。

その六十年の間に、アメリカのハードボイルド／私立探偵小説を取りまく状況は、大きく様変わりしました。ベトナム戦争の敗北とフェミニズムの台頭、そして九〇年代ノワールによるハードボイルドへの死亡宣告――「卑しい街をひとり行く孤高の騎士」という神話的なヒーロー像は、今やすっかりメッキがはがれ、埃まみれの化石同然になってしまったようですが、だからといって前世紀の半ばからタイムスリップしてきた本書を、博物館行きの骨董品と決めつけることはできません。むしろハードボイルド受難の時代だからこそ、潔いほどステレオタイプに徹したポール・パインの地金の輝きに、あらためて目を向けるチャンスだと思います。

というのも、ジョン・エヴァンズのHalo三部作は、一九四〇年代後半、最初の危機に瀕していたジャンルの求心力を取り戻すため、私立探偵小説を再帰的《リフレクティヴ》に定義した最初の成功例だからです。作者本人もはっきりと認めているように、ポール・パイン・シリーズは、レイモンド・チャンドラーの小説の確信犯的な「本歌取り」にほかならないのですが、エヴァンズの貢献（周到なプロットと巧みなサプライズ演出）を抜きにすれば、六〇年代のロス・マクドナルドの高度な達成もなかったかもしれません。

後世の読者がハードボイルドの「伝統」と見なすようになるものを、先行作品から目に見える形で抽出し、リサイクル可能な様式——小鷹信光氏言うところの「きわめてリアリスティックなドリームランド」——に鍛えなおした陰の功労者と呼んでもいいでしょう。小鷹氏が「マンハント」（六二年十一月号）に発表した「行動派ミステリィ作法④／J・エヴァンス作『悪魔への後光』——初期の三部作を中心に」という紹介文の中には、すでにつぎのような指摘があります。

私立探偵が事件の依頼を受けて調査にかかり、死体を発見し、オフィスに戻るやギャングスターに一撃をくい、見知らぬ女性に介抱されるくだり。二人組のチンピラに誘拐されたり、尾行や、警察とのおきまりのやりとりのくだりなどが、ひとつの型にはまっていることも感じられます。トントントンと講談や落語のように、きまった型をとって展開される——ひとつの典型がここにあると思います。

第二次大戦以後、ペイパーバック本で氾濫した私立探偵ものをあまり多く読みすぎた方には、年代的には古いJ・エヴァンスの作品などをリプリントでお読みになると、たいへん類型的に思えるでしょうが、ほんとうは終戦直後に書かれたこれらの作品こそ、後につづく多くの作品の見本であったのです。

＊

ポール・パイン・シリーズが私立探偵小説の「本流」を絶やすことなく、伝統的スタイルのすぐれた文化的遺伝子《ミーム》を次世代にバトンタッチできたのは、ジョン・エヴァンズという作家が、パルプ・マガジンの腕きき編集者ハワード・ブラウンという、もうひとつの顔を持っていたことと切っても切れない関係があります。

一九〇七年、ネブラスカ州オマハで私生児として生まれ、不遇な少年時代を送ったブラウンは、十七歳のとき故郷を飛び出し、ヒッチハイクでシカゴにたどり着きました。おりしも禁酒法時代（二〇〜三三）のまっただなか、「暗黒街の帝王《スカーフェイス》」アル・カポネが牛耳る大都会シカゴは、すっかり彼を魅了したようです。鉄鋼会社の職工、デパートの発送係、セールスマンや家具会社のローン回収係など、さまざまな職を転々としながら、パルプ・マガジンへの投稿を始めたブラウンは、四一年、地元のジフ・デイヴィス出版社に採用され、「マンモス・ディテクティヴ」誌の編集を任されることになります。後に同社の看板SF雑誌「アメージング・ストーリーズ」や「ファンタスティック（・アドヴェンチャーズ）」の編集長を務めたことからも、彼の名編集者ぶりがうかがえるでしょう。

編集の激務をこなす一方、ブラウンは複数のペンネームを使ってSFやミステリを執筆し、自社の雑誌に掲載していきます。最初の長編 *Warrior of the Dawn* は、少年時代の憧れだったE・R・バローズ風のヒロイック・ファンタジーで、「アメージング・ストーリーズ」に連載された後、四三年に単行本になりました（ジフ・ディヴィス社を退職した五六年に刊行された長編 *Return of Tharn* は、その続編に当たります）。

ミステリ誌の「マンモス・ディテクティヴ」には、下積み時代の経験を生かして、デパート探偵ウィルバー・ペディや、不動産会社のトラブルシューター、ラファイエット・マルドゥーンのシリーズなどを発表。*Incredible Ink*（九七）に収められた当時の短編について、ジョン・L・ブリーンは、「パルプ・マガジンはほとんどクズだとしても、その崩れゆくページから救い出すべき価値ある作品がある」とコメントしています。

四〇年代のブラウンは、パルプ・マガジンの常連作家だったロイ・ハギンズや、ウィリアム・P・マッギヴァーンと親しかったようです。『血の栄光』ではハギンズの『女豹』（四六）、本書にもマッギヴァーンの『囁く死体』（四八）と、二人の処女長編への言及がありますが、これは編集者ブラウンが、同じ志を持つ新人作家にエールを送ったようなものでしょう。後者が皮肉っぽい書き方になっているのは、マッギヴァーンへの当てこすりではなく、『囁く死体』の主人公が「探偵雑誌の編集長を務めるミステリ作家」という設定なので、つい本人の地が出てしまったところだと思います。

これに限らず、ポール・パイン・シリーズには、楽屋落ち的なミステリへの言及がふんだんに盛りこまれており、それらの記述からエヴァンズという作家の、探偵小説ジャンルに対する強い帰属意識を読みとることができます。中でも注目すべきは、Halo三部作に共通して顔を見せる唯一のレギュラー、アパートの夜警サム・ウィルソンとの会話シーンでしょう。詮索好きで、パルプ探偵小説の愛読者であるサムは、私立探偵パインの虚実を裏返した分身、もしくはバーチャルな後見人（興味深いことに、本書と同じ一九四八年には、フレドリック・ブラウンのメタＳＦ

『発狂した宇宙』の中編版がパルプSF誌に発表されています）という立場にあり、ハードボイルドという共同幻想《ドリームランド》を維持するために、なくてはならない存在となっているからです。

パインとサムの共依存関係は、パルプ・マガジンのコレクターである「名無しのオプ」シリーズ（ビル・プロンジーニ）や、私立探偵小説マニアの妄想が現実化する『俺はレッド・ダイヤモンド』（マーク・ショア）といったポストモダン・ハードボイルドを先取りするものです。軽い息抜きの場面とはいえ、こうした記述が紛れこんでいるのは、やはりジャンルに対する危機的《クリティカル》／批評的な意識の表れに見えますが、現場の腕きき編集者だったブラウンの目に、当時のハードボイルド・シーンはどのように映っていたでしょうか？

パルプ・マガジンという「卑しい」出自を持つハードボイルド探偵は、一九四〇年代後半、ハリウッドの私立探偵映画ブームと、薄利多売を旨とする安価なペイパーバックの普及（戦地のGI向けに支給された〈軍隊文庫〉を含む）によって、ようやくアメリカ大衆文化の神話的ヒーローの座を占めました。

にもかかわらず、第二次世界大戦中から戦後にかけて、ハードボイルド・シーンは早くも停滞期を迎えます。最大の理由は、戦前のシーンを牽引した二人の立役者の沈黙――ダシール・ハメットはとうに筆を折って久しく、レイモンド・チャンドラーもハリウッドの脚本家生活で疲弊して、スランプに陥っていたためですが、同時にジャンルの大衆化が、私立探偵物の粗製濫造に拍車をかけたことも、その一因でしょう。『娯楽としての殺人』（四一）でハメットを絶賛したハワード・ヘイクラフトは、「ニューヨーク・タイムズ　ブックレビュー」（四五年八月十二日）に寄稿した「第二次世界大戦下および戦後の推理小説」の中で、つぎのような辛口のコメントを記しています。

早いうちに書き留めておかねばならない一つの例外がある。総体的なテクニックの進歩に比べて、ハードボイルド小説が業を煮やすほど見せかけだけの退屈なものになっているのだ。ハメットの黄金時代が懐かしくなるほどに（レイモンド・チャンドラー、A・A・フェア他、二、三の例外を除くと）、タフガイたちがアクションを探偵活動と思いこんだり、アルコール中毒をユーモアと取り違えたり、リアリズムをポルノと勘違いしていたりでは、ちょっとばかり情けなくなってくる。〔松井百合子訳〕

こうした通俗・大衆化のシンボルといえるのが、ミッキー・スピレーンのマイク・ハマー・シリーズです。一九四七年の第一作『裁くのは俺だ』を皮切りに、五二年の『燃える接吻』に至るまで、スピレーン＝ハマーの男根主義的暴力小説は、空前のベストセラーを記録しましたが、その作風はまさにヘイクラフトの危惧を裏書きするようなものでした。ほぼ同時期にハードボイルド・シーンの最前線に躍り出たスピレーンの快進撃に、エヴァンズ／ブラウンも複雑な思いを抱いたにちがいありません。

マイク・ハマー・シリーズが一段落した五二年、ブラウンはスピレーン名義で「ヴェールをつけた女」を代作し、お膝元の「ファンタスティック」に掲載します。「スピレーンの異色の初SF！」と銘打たれたこの中編は、E・R・バローズとマイク・ハマー的タフガイの二重パスティーシュ――マッチョな資産家テリスが、緑色の肌を持つ地底人のヒロインを守るため、非米活動調査委員会《HUAC》を擬した政府の査問委員会にたったひとりで立ち向かうという、スピレーン本人も腰を抜かすほどの問題作でした。『スピレーン傑作集2』の解説で、代作の事情に触れながら、小鷹信光氏はつぎのように述べています。

　この設定は、作品のおもしろさとはほとんどかかわりをもたないにせよ、あきらかに、愛国的右翼自由主義者マイク・ハマーへの挑戦状である。（中略）「ヴェールをつけた女」は、希望のない失意のままでおわる。じつに悲劇的なアンチ・サクセス・ストーリーなのである。もしこの作品に、ハマー・シリーズとの異質性、成功した初期七作のパロディとしての真の意味を求めるとすれば、その点をおいてないだろう。（中略）ミステリアスな謎はのこるが、とにかく「ヴェールをつけた女」が、皮肉なことにハマー・シリーズに終止符を打つ傑作中編であることはまちがいはないのだ。

「ヴェールをつけた女」を一読すれば、エヴァンズ／ブラウンがいかに「本歌取り」の達人であり、有能な編集者であるか、ということがわかるはずです。しかし、それ以上に重要なのは、この代作がマイク・ハマー・シリーズを文字通り「内破」してしまったことでしょう。彼のアイロニカルなふるまいが、戦後の通俗ハードボイルドに対する痛烈なカウンターパンチだったことは、いうまでもありません。

*

身元不明の男の埋葬に立ち会う十二人の牧師の謎と、百万長者の不品行な娘の素行調査が並行し、意外な真相が明かされる『血の栄光』。シカゴで失踪した田舎娘の捜索が、レズビアン女性の連続殺人の引き金となる『真鍮の栄光』。未亡人の依頼で同業者の不審死を調べ始めたパインの前に、町ぐるみの隠蔽工作が立ちふさがる『灰色の栄光』――ポール・パイン・シリーズに共通する特徴として、結末の意外性を重視したプロットと魅力的な悪女の存在が指摘されますが、お読みになればわかる通り、『悪魔の栄光』もその例外ではありません。特にパインが犯人の正体を暴くシーンは、開いた口がふさがらないような、問答無用のインパクトに満ちています。とはいえ、すでに邦訳のある三長編と比べると、やや趣の異なる作品になっていることもたしかなのですが。

ストーリーから荒っぽい印象を受けるのは、キリストの自筆文書をめぐる宝探しが、ダシール・ハメットの『マルタの鷹』（一九三〇）を踏襲したものだからでしょう。『アラビアン・ナイト』風の響きを持つジャファー・バイジャンという怪人も、『マルタの鷹』のジョエル・カイロを下敷きに、フー・マンチュー博士や三〇年代の「仮面のパルプ・ヒーロー」もどきの誇張をほどこした、ある意味レトロなキャラクターです。

ところが、ハメットが登場人物の口を通して、ロードス島騎士団に始まる「鷹」の来歴を長々と語っているのに対して、エヴァンズは古文書の由来をずいぶんあっさりと流しています。荒唐無稽になりすぎないよう、筆を抑えたのかもしれません。それでも、リアルタイムの読者にとって、この導入はそれほど唐突なものではなかったはずです。なぜかというと、本書が発表される前年、「死海写本」の発見（死海北西部のクムラン付近の洞窟で、山羊飼いの少年が『旧約聖書』の写本の断片を見つける）という歴史的な大事件が起こっているからです。時事ネタをすばやくアレンジして、大風呂敷を広げるところなど、いかにもパルプ編集者らしいセンスが感じられますが、『悪魔の栄光』にしっかりと刻印された同時代性は、それのみにとどまりません。

前年の一九四七年には、本書のモチーフとなるもうひとつの重要な出来事が起こっています。言わずと知れた「暗黒街の帝王」、アル・カポネの死です。

ニューヨークの貧しいイタリア系移民の子として生まれ、少年時代から犯罪組織に加わっていたアル・カポネは、禁酒法施行（二〇）の翌年、活動の拠点をシカゴへ移し、外国酒の密輸と密造酒の製造、販売を手がけます。莫大な収入を得てイタリア系ギャングの頂点に立ったカポネは、政界・警察を買収、さらに二九年の「聖バレンタインデーの虐殺」など、数多くの抗争・殺人事件の黒幕として、市の実権を握りました。「アンタッチャブル」で名を馳せたエリオット・ネスとの死闘をへて、三一年、カポネは脱税容疑で起訴。懲役十一年の有罪判決を受けて、最終的にアルカトラズ刑務所に収監されます。三九年に出獄し、フロリダで隠退生活を送りましたが、すでに神経梅毒に冒されて廃人となっており、二度と古巣のシカゴへ戻ることはありませんでした。

『悪魔の栄光』の影の主役であるルイ・アントゥーニという人物が、カポネをモデルにしていることは、一目瞭然でしょう。もともとシカゴという街は、本書に登場するティニー巡査部長もそうですが、アイルランド系の移民が多いせいで、カトリック色の濃い土地柄です。禁酒法というのは、禁欲的なプロテスタンティズムの悪しき象徴みたいなものですから、同じカトリックのイタリア系ギャングが禁酒法を逆手にとって、シカゴで勢力を拡大するのは理の当然ということになります。カトリック教会の司教が依頼人、という本書の一風変わった設定も、そうした土地柄から自然に出てきたものでしょう。

禁酒法とカポネの時代は、「ジャズ・エイジ」「狂乱の二〇年代《ローリング・トウエンティーズ》」と呼ばれるシカゴの黄金時代でもありました。佐藤賢一氏のピカレスク小説『カポネ』を読むと、地元のシカゴ市民にとって、カポネは単なる「民衆の敵ナンバーワン」ではなく、アメリカン・ドリームを実現した神話的ヒーローであり、享楽的な都市文化と大衆消費社会の庇護者という別の顔を持っていたことがわかります。ロバート・キャンベルのシカゴ探偵物『ごみ溜めの犬』(八六)にも、こんな一節がありました。「シカゴは禁酒法時代を乗り越えられずにいるのだ。(中略)カポネ以後、何もかもが下り坂になったとでもいうように」[東江一紀訳]

むろん、二〇年代のシカゴで青春期をすごしたエヴァンズにとっても、禁酒法時代の「暗黒街の帝王」にまつわる記憶は、輝かしい「栄光」に包まれていたはずです。小鷹信光氏の文章ばかりで恐縮ですが、読者の心に強い印象を残すアントゥーニの描写について、前記の「行動派ミステリィ作法」からもうひとつ、示唆に富むくだりを引用しておきましょう。

同じ旧時代的人物でも、死にかけている古いシカゴ時代のギャングの描写などは、ホンモノといった感じがします。古い大ボスのかもしだす雰囲気・人生観・虚勢には、時代のうつりかわりがはっきり描写されていると同時に、ちょっぴり〝懐かしき良き時代〟への懐古趣味もうかがわれます。

かつての王国に帰還できなかったアル・カポネへの鎮魂歌《レクイエム》――『悪魔の栄光』の最大の読みどころは、ここにあるといっていいでしょう。そして、エヴァンズの文体に「懐かしき良き時代」へのノスタルジーを見いだした小鷹氏の指摘は、期せずしてハワード・ブラウンの「その後」を暗示していました。

というのも、チャンドラーとパインへの『長いお別れ』を告げるような、陰鬱なムードの漂うシリーズ第四作『灰色の栄光』（夜警のサムも登場しない）を発表したのを最後に、シカゴの街と私立探偵小説に見切りをつけ、盟友ロイ・ハギンズの招きでハリウッドに活動の拠点を移したブラウンは、まるで過去に取りつかれたかのごとく、禁酒法時代のギャング抗争をテーマにした

ＴＶ・映画のシナリオ（晩年は同じテーマの小説）を書き続けることになるからです。

ロイ・ハギンズと組んだブラウンは、五七年以降、「マーヴェリック」「バージニアン」「逃亡者」といった人気シリーズを始めとして、数多くのＴＶドラマ脚本を手がけました（「鬼探偵マニックス」では、「刑事コロンボ」の産みの親レヴィンソン＆リンクとも仕事をしています）。そうしたおびただしいシナリオの中でも、禁酒法時代のギャング抗争をテーマにした作品は、別格の位置を占めており、ある意味で、後半生のライフワークと呼ぶことができるでしょう。たとえばブラウンは、ロジャー・コーマン製作で、二本のカポネ映画――「聖バレンタインの虐殺／マシンガン・シティ」（一九六七）と「ビッグ・ボス」（七五）――のシナリオを書いていますし、それ以前にも、禁酒法時代のニューヨークの伝説的ギャング、ダッチ・シュルツを描いた映画「ギャングの肖像」（六一）では、ハリー・グレイの原作小説の脚色を担当しました。

一話完結のＴＶシリーズ「プレイハウス90」で放映されたSeven against the Wall（五八）は、聖バレンタインデーの虐殺を題材にしたエピソードですが（警官に扮したカポネの配下が、闇酒の手入れを装って、抗争相手の七人のギャングを壁の前に立たせ、マシンガンで皆殺しにした）、このドラマにもハワード・ブラウンの名前がクレジットされているようです。七〇年代に入ってからも、ブラウンの筆力は衰えず、人気ＴＶシリーズ「スパイ大作戦」に、四本のシナリオを提供。舞台こそカポネ時代ではありませんが、四話すべてが犯罪シンジケートがらみの脚本でした。

さて、三十年近く活字の世界から離れていたブラウンですが、一九八五年、ＰＷＡ（アメリカ私立探偵作家クラブ）から功労賞《ジ・アイ》を授与されたのをきっかけに、小説の執筆を再開します。八八年、満を持して発表されたブラウン名義の新作長編 *Pork City* の舞台は、やはり禁酒法時代のシカゴでした。

この作品は、一九三〇年六月、カポネ一党との癒着が噂されていた「シカゴ・トリビューン」紙の名物記者、ジェイク・リングルが殺害された事件を扱った実録物の歴史ノワールで、本国では、ジェイムズ・エルロイの〈ＬＡ四部作〉や、マックス・アラン・コリンズのネイト・ヘラー・シリーズと肩を並べるほど、高い評価を受けているようです。ブラウンは、ポール・パイン・シリーズ中絶の理由を問われて、「ハードボイルドに飽き飽きしたからだ」と答えたそうですが、カポネ時代のシカゴへのこだわりだけは、齢八十になっても捨てられなかったということでしょう。

（付記）

せっかくの機会なので、ポール・パイン・シリーズ以外のエヴァンズ／ブラウン作品について、いくつか補足しておきましょう。ハワード・ブラウン名義で発表された『夜に消える』*Thin Air*（五四）は、ニューヨークの広告代理店の重役が、神隠しのように失踪した妻を発見するため、宣伝メディアを総動員して捜索キャンペーンを打つという「劇場型捜査」小説の先駆的作品。十八番の「変身／なりすまし」テーマを巧みに織りこんだ、五〇年代サスペンスの佳作です。「まるで二日酔いのエラリイ・クイーンだが、まがりなりにも話のつじつまは合う」というくだりなど、ブラウン節も健在。

ロイ・ハギンズ名義の代作「闇の中の男」*Man in the Dark*（五二）は、パトリック・クェンティンのダルース夫妻シリーズをバッド・エンディングに書き換えたような、題名通りのダークな短編。身元不詳の焼死体の扱いに、この作者らしいヒネリがあります。邦訳は「日本版ＥＱＭＭ」一九六三年六月号に掲載。

ジョン・エヴァンズ名義で「マンモス・ディテクティヴ」四四年二月号に掲載、九七年にブラウン名義で初単行本化されたのが *Murder Wears a Halo*（未訳）。ジョン・Ｌ・ブリーンは「陪審席」のレビューで、「シカゴのパルプ・ライター、ドン・ハーンは謎めいた文学好きの美女ロア・サントリーと恋に落ち、その二人の関係は二件の殺人事件の裁判と、ブラウンがペリー・メイスンに敬意を表したエンディコット（エンド）・オーヴァーエンドの唯一の事件記録に結びついていく」と紹介しています。

やはりエヴァンズ名義で『血の栄光』の翌年に発表された *If You Have Tears*（四七）は、美貌の秘書ローナの色香に迷い、転落していく銀行重役を描いたＪ・Ｍ・ケイン風のノワール。これも未訳なので詳しい内容はわかりませんが、ケイン原作、チャンドラー脚本の映画「深夜の告白」にインスパイアされたとおぼしきストーリーで、小味なツイストを利かせた悪女物のクライムノベルのようです。

Halo for Satan

(1948)

by John Evans

〔訳者〕

佐々木愛（ささき・あい）

1973年生まれ。北星学園女子短期大学英文学科卒。訳書に『検屍官の領分』、『殺人者の街角』、『陶人形の幻影』、『トフ氏に敬礼』（以上論創社刊）がある。

悪魔の栄光

——論創海外ミステリ　46

2006年5月10日　初版第1刷印刷
2006年5月20日　初版第1刷発行

著　者　ジョン・エヴァンズ

訳　者　佐々木愛

装　幀　栗原裕孝

発行人　森下紀夫

発行所　論　創　社

〒101-0051 東京都千代田区神田神保町2-23 北井ビル
電話 03-3264-5254　振替口座 00160-1-155266

印刷・製本　中央精版印刷

ISBN4-8460-0661-1

論創海外ミステリ

RONSO KAIGAI MYSTERY

順次刊行予定（★は既刊）

★40 灼熱のテロリズム
ヒュー・ペンティコースト

★41 溺　愛
シーリア・フレムリン

★42 愚者は怖れず
マイケル・ギルバート

★43 列のなかの男　グラント警部最初の事件
ジョセフィン・テイ

★44 死のバースデイ
ラング・ルイス

★45 レディ・モリーの事件簿
バロネス・オルツィ

★46 悪魔の栄光
ジョン・エヴァンズ

★47 エヴィー
ヴェラ・キャスパリ

★48 ママ、死体を発見す
クレイグ・ライス

★49 フォーチュン氏を呼べ
H・C・ベイリー

50 シールズ（仮）
ピーター・ディキンスン

51 死の舞踏（仮）
ヘレン・マクロイ